文芸社セレクション

逃がせ！ 脱走アメリカ兵を

神戸・1970年のマグニフィセント・ナイン

大下 潤

OSHITA Jun

文芸社

もくじ

主な登場人物

■富田一平（とみた　いっぺい）

浪人。十八歳。生田神社近くにある予備校に通いながら、神戸市内に拠点がある社会人サッカーチームでプレーしている。無類の映画好き。アメリカンニューシネマよりも六〇年代フランス映画を好んで観る。邦画はＡＴＧが配給する作品以外はほとんど観ない。

■アメリカン＝大杉拓也（おおすぎ　たくや）

富田一平の友人。十八歳。一九六九年四月、父親の転勤に伴って東京から神戸に引っ越してくる。関西弁に染まらず常に関東弁で話す。ポルトガルの伝統的タイル、アズレージョの制作技法を現地で学びたいと考えている。神戸市垂水区のジェームス山に自宅がある。

■周（しゅう）さん＝周　洪龍（ちゅ　ほんろん）

貿易商。華僑。五十歳くらい。大金持ち。高級住宅地、神戸市中央区北野町にある骨董屋『スポット』が入居する洋館の持ち主。『ジャック・ダニエル』とパイプをこよなく愛する。

■スミレさん＝フランシーヌ・菫（ぢぃん）

神戸市垂水区の海岸沿いにある高級会員制クラブ『ヤプー』の経営者。周洪龍とほぼ同年齢。父はフランス人、母は中国人。菫（ぢぃん）は日本語で〝スミレ〟と読めることからスミレさんと呼ばれている。

■沢渡紗江子（さわたり　さえこ）

『スポット』の経営者。三十歳。両親が東京でジャズ喫茶を経営していた関係で幼少時からジャズに親しむ。高校生の頃からジャズ・シンガーとしてステージに立っていた。

■中村小夜（なかむら　さよ）

『スポット』従業員。二十一歳。関西の名門私立大学英米文学科在籍。四回生。父親の仕事の関係で八歳から十四歳までアメリカのボストンに住んでいた。

■田宮次郎（たみや　じろう）

私立探偵。三十五歳。大杉拓也の母・孝子の弟。メリケン波止場近くのビル『メゾン・ベル・ドゥ・ジュール』に事務所を構える。好物は南京町にある馴染みの店で出される豚まん。愛車はホンダ・モンキー。

■イルファン・カブール
貿易商。インド人。四十五歳くらい。田宮の事務所の隣に会社を構える。愛車はマセラティ・メキシコ４２００。〝約束は必ず守る〟を信条とする。

■飯塚　亮（いいづか　とおる）
車の改造を専門とする自動車修理工場の経営者。三十三歳。元カミナリ族。カーレーサーと肩を並べるほどの運転技術を持っている。〝逆ハン〟は得意中の得意。

■フィリップ・ゼフィレッツリ
脱走米兵。二十歳。周と深い関係があるイタリア系アメリカ人夫妻の息子。

■メガネ男
犯罪組織『アーミー・ネット』の構成員。

逃がせ！ 脱走アメリカ兵を

神戸・1970年のマグニフィセント・ナイン

一

万博の開幕まであと十日と少しになった三月初旬、僕はサンチカ（三宮地下街）の喫茶店に、いつものように約束した時間の十五分前に着いた。入り口から店内を見渡してもアメリカンの姿は見えないが、遅刻したことは一度もないのであと少しで来ると思う。

待ち合わせをすればたいがい僕が先に来ている。全然気にならない。待たせるよりは待つ方が精神的に楽。たとえ約束した時間の前であったとしても、相手が先に着いていると〝待たせてゴメン〟という気分になってしまう。なんか自分でもめんどくさい性分だと思う。しかし、昔からこうなのでしょうがない。

アメリカンというのは、去年春に予備校で開講された高校三年生対象の大学受験講座で知り合った大杉拓也のあだ名。初めて言葉を交わした講座初日に、彼が着ていた特徴的な服から受けた印象に由来している。

英文法の講義に備えてテキストとかノートを机の上に広げていると、隣の席から

「俺大杉拓也ってんだ、よろしく」と声をかけられた。いきなりの自己紹介と耳慣れない関東弁に面食らっていると、「びっくりさせて悪いね。でもさ、袖すり合うもなんとかって言うじゃん」と畳みかけてきた。

「僕は富田一平ゆ（言）うねん、よろしゅうに」

かろうじて挨拶を返しながら声がした方に体を向けた。まず目に飛び込んできたのが、左胸に〝U.S.ARMY〟とかすれた黒字で書かれたグリーンのジャンパー。チャックの金具がかなり太く頑丈そうで、立てた襟の先は丸くカーブしていた。見たことがないジャンパーだった。

「それアメリカ兵が着てるのとおんなじもんなんか」

「そうなんだ。いいだろこのジャンパー。動きやすいんだよ」

そう言いながらクロールで泳ぐ時のように両肩を二、三回まわした。

「元町のガード下に軍隊の払い下げ品専門に売ってる店あるじゃん、そこで買ったんだ。ついでに言うと下に着てるセーターとシャツもアメリカ軍のやつ」

この時にアメリカンというあだ名が自然と浮かんできた。ただし、このあだ名で呼びかけたことはない。

知り合って二日目のことだ。

アメリカンが、「名字にクンづけはやめようぜ。お前は富田一平だからこれからは一平って呼ぶ。だから俺のことは拓也って呼んでくれ。それでいいだろ」と提案してきた。

知り合って二日目なのにもう名前で呼び合うのかとは思った。しかし、グイグイ入り込んでくるけれど、そこに押しつけがましいところは感じなかったし、なんか気も合いそうな気がしていたので、「ええよ」と軽く返事をした。

これで、面と向かってアメリカンと呼びかけることはできなくなった。ただ、アメリカンというあだ名がストレートに風体を表していてかなり気に入っていたので、頭の中では拓也ではなくアメリカンを使っている。

以降、僕が関西弁、アメリカンが関東弁という会話の構図に違和感を覚えることもなく、受験のことや家族のことを話すくらいまでお互いの距離感はどんどん近くなっていった。

そして、先月僕たちは揃って大学受験に失敗、浪人となった。別に浪人になるところまで合わせる必要はないのに、同じ身分になってしまった。

今日喫茶店で待ち合わせたのは、二人で生田神社の近くにある予備校へ入学資料を受け取りに行くためだった。もう来る頃と入り口の方を見ようとしたら、背後から「お待たせ」という聞き慣れた声がした。

アメリカンはUSと書かれた濃緑色のショルダーバッグをテーブルの端に置くと、

僕と向かい合って座った。いつものように、毛皮で縁取りされたフード付きのアメリカ軍払い下げジャンパーを着ている。

　このジャンパーを初めて見たのは去年の十一月の終わり頃だった。

「なんや大げさなもん着とるなあ。フードに毛皮がついてて、二の腕のとこにまでチャック付のポケットがあるやないか」

「いいだろこれ。アメリカ軍がアラスカの冬を基準にして作った防寒着でN-2B（エヌ・ツー・ビー）って名前がついてんだ。日本の冬くらいだったら中はシャツ一枚でも全然寒くないんだぜ」

　あの時は少し自慢げな調子で教えてくれたし、以降会うたびに着ているから、かなり気に入っているのは間違いない。

　今日はズボンがジーパン、靴はオニツカのバッシューだったので上から下までアメリカ軍仕様ではないものの、迫力あるフード付きジャンパーを着たアメリカンは店内でひときわ目立っていた。

「ところでよ、一平は予備校行くんだろ」

　座った途端、今日の目的を切り出してきた。

「どうしたんや。雑談ちゅうかウォーミングアップの会話なしにいきなり重たい話始めてしもて。びっくりするやん。それに俺が予備校行くかどうか確認するんやのうて、一緒に予備校の入学資料を受け取りに行こっちゅうことやろ。日本語正確に使わなあかんで」

「間違えてないよ。一平は当然予備校に行くもんだと思ってる」

アメリカンは平然としていた。

「わけ分からん。なんか予備校行くのやめたってゆうてるみたいや」

「そのとおり。受験勉強やめてポルトガル語の勉強始めることにした」

「えっ……」

浪人が決まったことで、受験勉強という単語で簡単にくくれる生活を再び一年間過ごすのはかなりうっとうしい。しかしそれも仕方がないと諦めていたし、当然アメリカンも同じと考えていた。

それが、「受験勉強やめてポルトガル語の勉強始める」だ。

予想もしなかったアメリカンの決意表明。

「ポルトガル語って、あのスペインの左隣にある国の言葉のことか」

間が抜けた僕の聞き返し。

「そう、そのポルトガルの言葉を学ぶつもり。正確に言えばポルトガル語で自由に会話ができるようになるための勉強ってことなんだ」

「会話ってゆうけどどこで勉強するん。英会話学校やったらちょっと探したらすぐ見つかるけど、ポルトガル語やで。ありがとうは英語でサンキューって簡単に出てくるけど、それをポルトガル語でとなったら思いつかん。それくらい馴染みのない国の言葉や」

「ありがとうを男性が言う場合はオブリガード、女性が言う時はオブリガーダ」

アメリカンの自信満々というか自慢げな口調。

「ちゃうちゃう、俺が聞きたいのはそうやない。なんで受験勉強やめてポルトガル語の勉強するねんっちゅうことや。ひょっとしたら大学落ちてやけになってるんか」

「悪い、ちょっとふざけすぎたな。でもよ、やけでもなんでもなく悩みに悩んで引っ張り出した決心だから、いざ決めたってなると気分も軽くなるんだよ」

「まあ悩みから解放されたんやったら百歩譲ってはしゃぐのは分からんでもない。でもな、受験勉強やめてポルトガル語の勉強っちゅうのが全然理解でけへん。話が飛躍しすぎや。もうちょっと分かりやすく説明してくれ」

「確かにそうだよな。小川ローザが『オー、モーレツ！』って叫びたくなるくらいぶっ飛んでるのは俺も分かってる」

どうしてここで小川ローザが出てくる。

テレビで何度も観た、めくれ上がった白いミニスカートから垣間見える下着を思い浮かべてしまった。

「お前な、いきなり小川ローザなんてゆうな。集中力がそがれるやないか」

そこまで言って、隣のテーブルにいる二人連れの女性客が僕たちを睨んでいるのに気がついた。周りに客がいる喫茶店で、小川ローザのコマーシャルを話題にしてはいけない。

「ポルトガル語の話、続けよか」

僕は低い声で先を促した。

「そうだな。話がちょいと長くなるけどいいよな」

少し赤くなったアメリカンの顔を見ながら頷いた。

「去年の五月頃だったと思うけど、工芸デザインが勉強できる大学に行きたいって話したこと覚えてる？」

予備校の教室で休み時間に聞かされたことを思い出した。

「おう、それは覚えてる。工芸デザインとか初めて聞く言葉やったし、それが家具やらなんやらのデザインするとこで、それを勉強したいってゆうてたな」

高校一年の秋頃に工芸デザインが勉強できる大学を志望校にしたと言っていた。早い時期から将来の目標と志望校を関連づけていたアメリカンの前向きな姿勢に驚き、比べて何も考えていない自分に焦りと情けなさを感じた。だからあの時のことはよく覚えている。

「あん時工芸デザインの勉強やりたいって話はしたけど、時間がなくてどうしてやりたいかっていうことは話してなかったよな」

アメリカンはショルダーバッグを手元に引き寄せ、中から取り出した数枚の写真をテーブルに広げた。写真には白地に青一色の幾何学模様を装飾的に組み合わせたものや、キリストらしき人物が磔にされた絵などが写っていた。

「なんやこれ。外国の絵か」

全く見当もつかなかった。

「確かに絵だけどさ、よく見てみな。これ全部タイルを貼り合わせて作ってるんだ。碁盤の目のように筋があるだろ、そこがタイルとタイルのつなぎ目というわけ」

「タイル？　風呂場の床とか壁につこ（使）うてるアレか。でもえらい手間かけてるな。タイル一枚一枚を貼り合わせてようやく全体の絵が完成するとゆうことやろ」

「まぁ厳密に言えば何枚かを並べて事前に絵を描いて、それから窯で焼いて一つの作品になるように貼り合わせていくとか、一枚ずつ同じ模様を描いたものを焼いて、それをデザインっぽく組み合わせるとかいろんな方法があるみたい」

アメリカンは手に取った写真を指差しながら説明してくれた。

「でも拓也、この写真とポルトガル語がどう繋がるんや。それに大学行くのやめたことも関係あるんやろ」

「全部繋がってるのよ。まず、これはアズレージョといってポルトガルで昔から作られてる絵とか模様を描いたタイルなんだ」

「アズレージョ？　全然聞いたことないわ。どこでそんな言葉仕入れてきたんや」

「そらそうだ、多分ほとんどの人は聞いたことないと思う。だからまずどこで知ったかっていうとこから話していくけど、俺の親父が商社に勤めててロンドンにいたっていうのは知ってたっけ」

「おう、前にちょっとそんなことゆうてたな」

　確か五年前に東京本社勤務からロンドン支店に赴任して、一年くらい前大阪支社に異動したと話していたのは覚えている。

「ロンドン支店が決まった時は俺んちも大変でさ。俺が中学二年になった頃で、母さんが『絶対に私は行かない。好きな日本から一歩も出たくない』って強硬に主張したんだ。俺は外国に住むのもいいじゃんって思ったけど、結局は親父の方が折れて一人で行ったんだ」

「親父さん一人で外国生活か。大変やったやろな」

「そら大変だったって言ってた。行ったことない国で、いきなり仕事以外のことも全て自分でやるんだからな。まあロンドンにいた時の苦労話はいろいろ聞かされたけどそれは関係ないんで、こっから俺が高校一年だった六七年の五月まで時間を飛ばすね」

「高校一年ゆうたら拓也がまだ東京の高校におる頃やな」

アメリカンは、毎年春先に新聞や週刊誌が発表する全国高校別東大合格者数で常にベスト二十に入る、僕でも校名くらいは知っている東京都内の有名進学校に通っていた。

「そうそう。それで五月に入ってすぐの頃に親父から国際電話がかかってきて、『おまえ八月に二週間ほどこっちに来ないか』って言うんだよ。若いうちにヨーロッパのいろんな国を見ておくのもこれからの時代必要だってのが理由だったな。いきなりだからびっくりしたけど、外国に行けるっていうチャンスなんてめったにないじゃん。その場で俺は即答、『行く』って言ってた」

「スゴイなお前、外国行ったことあるんや。初めて聞いたわ。それもジャルパックみたいな団体旅行でグアムとかハワイ行くんやのうて、親父さんが現地におるゆうても単独でヨーロッパに行ったんや。お母さんは反対せえへんかったんか」

「勝手に決めるなとは言われたけど反対はしなかったな。ただ『ヒッピーみたいな格好で戻ってきたら絶対に家の中に入れない』と宣言はされた。まあ、有楽町の交通会館ってところでパスポート受け取ってから、伝染病の予防注射を交通会館近くの保健所みたいなとこへ打ちに行ったり、ビザを母さんと一緒に大使館までもらいに行ったり何だかんだ時間はかかったけど、準備に関してはそんなに大変だと思わなかった。

飛行機も乗ってしまえば目的地まで自動的に運んでくれるし、空港で親父が待ってるっていうのは分かってたから心細い感じはなかったな」

ヨーロッパに行ったことがあるアメリカンが羨ましい。僕も海外に行こうと決意らしきものをすることがある。たいていは映画を観ている時や観た後だ。『冒険者たち』に出てくる、アラン・ドロンが操縦する複葉機から見る凱旋門やシャンゼリゼ通り、『夜霧の恋人たち』ならジャン＝ピエール・レオが歩いた石畳の道など、今でもそこに立っている自分を想像するだけでかなり幸せな気分になれる。

しかし、旅費の捻出方法や渡航手続き、言語、ホテルの手配、現地での移動手段などあれこれ考えているうちに決意はだんだん萎み、結局行きたいと憧れる感情だけになる。

比べてアメリカンは一本の国際電話でヨーロッパ行きを即断した。必要なことは後で考えればいいと言わんばかりに、目の前に現れたチャンスをがっしりと抱きかかえて離さなかった。大江健三郎の小説の題名と同じ。まさしく『見るまえに跳べ』だ。

「それでさ、空港に着いて到着口出たら親父がニコニコしながら『拓也、ここだここだ』って手を振りながら大声で叫んでさ。周りの人間がこっち見てて照れくさかったけど、なんとなく親父と握手までしちゃったよ。そっからだぜ、怒濤のヨーロッパ五カ国二週間の旅がスタートしたのは」

「二週間で五カ国、えらい駆け足の旅行やな」

「いやぁきつかった。だってさ、着いたその日に同じ空港からリスボン行きの飛行機に乗ったんだからな。親父もむちゃくちゃのスケジュール組んでくれるよな」

「なんか映画スターみたいやな。でもリスボンゆうたらポルトガルやから、アズレージョの国にいきなり行ったっちゅうことやな」

「そうロンドンからリスボンまで一足飛び。そんでもってアズレージョと運命の出会いというわけ」

アメリカンは冗談めかしたが、「運命の出会い」と言うくらいだから、アズレージョとの出会いはかなり衝撃的だったようだ。

「なんや急に運命の出会いとかロマンチックな言い方して。どこで見たん、そのアズレージョっちゅうタイルを」

「着いた日はホテルに直行して外には出なかった。やっぱ疲れたからさ。で、翌日街に出たんだ。最初はどっか観光名所とかに行くかと思ったけど、そんなことは全然なかった。ただ地下鉄とかバスに乗ったり、市場とかをぶらぶら見て回るだけ」

名所旧跡を見学しない海外旅行。見聞を広めるのが目的のはず。理解できない。

「リスボンにどんな観光名所があるか知らんけど、そんなとこは行かんと目的もなしにふらふらしとったということか。けったいな話やな。拓也の親父さん何を考えてたんやろ」

「そう思うだろ、俺も不思議だったんだよ。だからなんでぶらぶらするだけなんだって聞いたんだよ。そしたら『観光名所行ってその国の良いとこばっかり見てもつまらん。そこに住んでる人と同じように地下鉄やバスに乗ったり、街を歩くことで何かを肌で感じる方が面白い』って言うのよ」

お父さんの言い分、なんか説得力がある。

「へーえ、おもろい考えやな。そんなん団体旅行やったら絶対経験でけへんもんな。拓也の親父さんってかなりユニークな考えする人ちゃうか」

「ユニークというかなんていうか。でもよ、俺は親父の考え方嫌いじゃないね。みんなが知ってるとこ行くより、知らないとこ行く方が絶対楽しいじゃん」

そらそうだ。小田実の『何でも見てやろう』風で確かに刺激的だ。

「そんなわけで、お金と時間と手間かけてヨーロッパくんだりまで来て、やったのは街を散歩することだけ。ほんと妙な海外旅行だったけどいい経験ができたのは確か。それに俺はやりたいことも見つけたんだから、この散歩方式が大正解だったたってことになるね」

「そういうことやな。散歩方式海外旅行って聞いたことないけど、結局これと出会うことができたんやからな」

僕はテーブルの上にある写真を一枚取り上げた。

「それ迫力あるだろ。十七世紀のリスボンを描いてるんだけど、この作品が飾られてた修道院が俺の人生を決めたところなんだ」

「修道院？」

びっくりした。以前お互いに受験科目に世界史を選んでいたこともあって、必須のマルティン・ルターの宗教改革について話をしていた時のことだ。

アメリカンが、「これはキリスト教に限らずだけど宗教ってのは厳しいもんだな。俺んちは無宗教だからそこらへんのところよく分かんねえけどよ、根っこは同じなのに解釈の違いで殺したり殺されたりするんだもんな」と話したことがあるからだ。

「でも、お前自分で無宗教ってゆうたことあるやん。そんな人間と修道院って全然結びつかんで」

「おうそうだったな、言ったことある。でもさ、リスボンで修道院に入ったきっかけは宗教どうのこうのとは全然関係なくて、全くの偶然なんだ。さっき言ったみたいにぶらぶら街を歩いてるうちにどこにいるか分かんなくなったんだよ。それで地図を広げてああでもないこうでもないって親父とやってたら、そばの建物から出てきた黒い服着た女の人が英語で道に迷ったんですかって聞いてきたんだよ」

「黒い服って、そこで葬式でもやってたんか」

アメリカンはびっくりしたように一瞬目を見開いたが、すぐに笑い出した。

「悪い悪い、俺の話し方がよくなかった。黒い服に白の頭巾を被ったシスターって言えばよかったな。それとシスターを姉妹って考えるなよ、もっとおかしなことになるから」

『尼僧物語』に出演していたオードリー・ヘップバーンと同じ格好だ。

「それぐらい分かるわ。修道院と聞いてシスターとなったら、身も心も神に捧げた女の人っちゅうことやろ」

「そのとおり。で、そのシスターと親父が英語でいろいろ話し始めたから、俺は横で突っ立ったままぼんやり周りの景色見てたんだ。そしたらいきなり親父が『おい、修道院の中に入れるぞ』って言ったんだよ。思わず『えっ』て聞き返したよ」

それは誰だって驚く。道を教えてもらっていると思っていたのが、いきなり修道院の中へ入ることになったのだから。

しかし、修道院というのは一般の人間が入ることは厳しく制限されていると聞いたことがある。ましてや得体の知れない二人の東洋人男性を簡単に招き入れるものだろうか。

「でも拓也、修道院に一般の人が入れるんか。それにお前らはポルトガルの人から見たら外国人やで」

「そうそう、俺も同じことを考えた。だからどうして入れるんだって親父に聞いたら、この修道院は敷地内に教会があって一般の人が出入りするのは自由だったらしい。でも中に入ることになったのは他にもっとスゲェ理由があったからなんだ」

当然「スゲェ理由」の内容は分からない。

「親父が道順を聞いてる途中で、なんかの拍子に我々は日本人だって言ったんだ。そしたらいきなりシスターが地図の説明をやめて、『ここには私たちが誇りにしている多くのアズレージョがあります。それをご覧になりませんか。数百年の昔から親しくしている日本の人に見てもらえたら、これ以上の喜びはありません』って、中に入ることを強く勧めてきたんだ」

「なんやそれ、すごいな」

「そうだろ。『日本の人に見てもらえたら、これ以上の喜びはありません』なんてそんな簡単に言える言葉じゃないぜ。アズレージョがどんなスゴイもんかって思っちゃうよな」

僕が持っていた写真を取り上げ、目の前でひらひらさせたアメリカンの顔が少し赤い。

「そんでもって中に入ったんだけど、そこでようやくアズレージョが絵とか模様を描いたタイルって分かったんだ。確かに誇りにしているだけのことはあると思ったね。

すごかった。中庭の回廊になってるとこの壁に何メートルもの作品があったり、噴水台がきれいにアズレージョで装飾されてたり、とにかくあちこちにあるんだ。それをシスターが一つ一つきちんと解説してくれるのよ。『これは十八世紀の作品で宗教的意味はこう、これは十九世紀の作品で作者は誰々』って具合にね。単なるタイルじゃなくて、修道院にあったアズレージョ全部に歴史があるんだよ」

絵や文様が描かれたタイルに込められた数々の歴史や物語。熱の入った話し方に煽られて、なんか僕も興奮してきた。

「それに加えて、歴史的な芸術作品として大切に保存されているだけだと思ったアズレージョが、実際は日常生活でも普通に利用されていることを教えられたんだ。道路の名称を描いた標識、家の外壁、台所や浴室、とにかくいろんなところで使われてるのよ。普通に生活の中で使われてる身近な伝統工芸品ってことだよな。しかもさ、アズレージョをポルトガルの誇りと考えて、昔から伝えられている作り方や絵柄の表現方法を守るために勉強してる若い奴が結構いるっていうんだ。そんなことをシスターから聞いてるうちになんか頭がガンガンしてきたんだ」

「アズレージョに感動したっていうことなんか？」

「もちろんそれもある。だけどそれ以上に感じたのは、伝統工芸を守ろうとしてるポルトガルの若い奴に比べて、俺は何をやってんだっていうこと。それがガンガンの意味」

アメリカンはN-2Bを脱いだ。

「それでさ、日本に戻ってからじっくり考えたんだ」

「じっくり考えたって、何を」

「最初はどうやったらあいつらみたいになれるかって考えたんだ。でもよ、アズレージョを勉強してるポルトガルの若い奴らに比べて、俺には具体的に何をやるってのがなかったからまとまらないのよ。当たり前だよな。なーんもやってないのに気持ちだけ熱くなってたんだから。ない物ねだりの典型みたいなもんよ」

アメリカンは自虐的な言い方をしたが、そんなことはない。何もない状況から模索し始めている。気持ちはしっかり前を向いている。

それに比べて同じ頃の自分はどうだったか。

「お前はまだましや。具体的なもんがないゆうても、とにかくこの先どうしよかって前向きに考えてたんやから。俺なんか高一の時からずっとひどかったで。毎朝学校へ行くのが憂鬱で先のこと考える余裕なんかなかったわ」

入学した高校は進学校だった。そのためギリギリの学力で合格した僕にとって、三年後の大学受験を見据えた授業はテンポが速くついていくのに最初から苦労していた。

サッカーが好きで入ったサッカー部も、チーム戦術として採用していたキック・アンド・ラッシュになじめず、しかも〝精神注入〟と称するウサギ跳び二十メートル十本や三十メートルダッシュ三十本などが、ほぼ毎日最下級生に課せられた。

ウサギ跳びやダッシュをさせられている間、常にこれはサッカーなのかと自問していた。

結局サッカー部は高校一年の秋に退部。以降は、こんなはずじゃなかったという苛立ちと同居する高校生活だった。

「それでも映画は欠かさず観てたんだろ。前に言ってたじゃん、ガキの頃からずっと映画館通いをしてたって」

アメリカンの指摘は正しい。唯一の楽しみは映画。休日になると三ノ宮駅周辺に何館かある映画館のどこかに必ず入っていた。小遣いのほとんどは電車賃と封切館や二番館、三番館の入場料に消えていた。

「確かにそうや。大げさにゆうたら三年間の高校生活の中で、映画観るのが唯一のオアシスみたいになってたな」

「一平さぁ、オアシスって言うくらい好きなら、いっそのこと作る方に回ってみたらどうなの。例えば撮影現場で一番偉い映画監督目指すとかさ」

話がアズレージョから逸れていることを気にする様子もなく、アメリカンはさらっと思いつきを話したような感じだった。

映画の現場で働く自分を夢想したことはある。時に映画監督、時にカメラマンなど職種はバラバラ。結局のところ映画が好きという趣味の延長線上にある興味からで、将来やりたい仕事として考えたことはなかった。

ただ、映画の脚本家にはかなり惹かれている。登場人物になりきってセリフを考えたりストーリーの筋立てをするなど、けっこう面白そうな仕事とは以前からなんとなく思っていた。

そのなんとなくだった気持ちが、思いがけず「作る方に回ってみたら」というアメリカンのアドバイスに共鳴した。観る側から脚本家という作る側に立ち位置を変えた未来の自分。

想像してみると、悪くない気分だ。

「なんだよ一平、急に黙り込んじゃって。さては映画監督ってのが図星ってことか」

「いいやそういうことはないねんけど、映画を作る側に回るっちゅうのもおもろい話やなあってちょっと思ったんや」

「そうなんだ。それだったら今度またお前の考えがまとまった時に話そうよ。それでよ、話があっちこっち飛んじゃって悪いけどアズレージョに戻るな」

脚本家になった未来の自分は、家に帰ってからじっくり想像することにした。

「それでさ、ない物ねだりの状況から抜け出すためにいろんな人から意見を聞こうって決めたんだ。悩むより動けってとこだな。まず親父に聞いた。国際電話は料金高いから自分の気持ちを書いた手紙出したんだ。そしたら一行だけ書かれたハガキが届いたね」

「たった一行？　どんなことが書いてあったん」

「『大きいことはいいことだ』。それだけ」

「なんやそれ。親父さんはチョコレートのコマーシャル知ってて書いてきたんかな。まじめに書いたと思うけど、冗談みたいな返事やな」

テレビのコマーシャルで観た、気球に吊るされたゴンドラに乗った山本直純が身を乗り出し、地上で「大きいことはいいことだ」と歌う大群衆に向かって、ぶんぶん両手を振って指揮する場面を思い出した。アメリカンの悩みと全く結びつかない。

「俺も最初は親父ふざけんなって思ったけど、落ち着いて意味を考えるうちに、『こういうことじゃねえのか』ってのがふわっと頭の中に浮いてきたんだ」

「こういうこと？」

「うん。簡単に言えば小さくまとまるなってこと」

「なるほどそういう解釈か。お前はまだ若い、時間はあるから焦らんといっぱい考えろっちゅうことやな」

「そういうこと。そっからだよ気持ちがどんどん前向きになったのは。図書館行って参考になりそうな本をあさったりとにかく動いた。そしたらさ、決定的なアドバイスをしてくれた人がいたんだ」

「大学で工芸デザインを勉強しようって決心させたアドバイスってことか」

「ものすごく大きな動機づけになったって言える。話してくれたのは垣内（かきうち）っていう美術の先生。マッシュルーム・カットからいきなり坊主頭になって、紋付き袴姿で卒業式に出たり、男子生徒だけを美術教室に集めて、なぜ西洋の古代彫刻にある男性像の性器に包茎が多いかを話してくれたりとか、かなり型破りな先生だったんだ」

　包茎という言葉にどきっとした。周りの客に聞こえはしなかったかと気になったこともあるが、何より僕が仮性包茎だったからだ。

　けっこう悩んでいるので、古代彫刻の男性像に多いという話はいくらか気分を軽くしてくれた。ひょっとしてその先生は、僕のように悩んでいる生徒に対して「気にするな」とメッセージを送ったのか。それとも純粋に美術史的な解説をしたのか。今度、さりげなく話の内容をアメリカンに聞いてみよう。

「垣内先生のアドバイスはさ、そこまでポルトガルの伝統工芸を守ろうとしてる若い奴に感動したんなら、工芸デザインを大学で勉強してみたらって提案してくれたんだ。そっからスタートして、ポルトガルの若者みたいに君も日本の伝統工芸を守りつつ、現代に活かした物作りを追求するのもいいんじゃないかって言うんだ。そん時は工芸デザインって何って思ったけど、いろいろ調べるうちにだんだん気持ちが傾いてきて、いいじゃん、これにしようって決めたんだ」

「なるほどなあ。美術の先生のアドバイスが志望校を決めた原点ってとこやな」と言いながらも、僕は内心あれっと思った。

今の話は大学で工芸デザインを学び、日本の伝統工芸を守りながら現代にも通用する物を作ると決意した話だ。それがどうして大学進学をやめて、しかもポルトガル語の勉強を始めるという決意になるのか。

「ちょっと待ってんか。話がうまいこと繋がらへん。そんな大事な原点があるのに何で受験やめるんや」

アメリカンは僕に「ちょっと待って」と言ってから、通りかかったウエイトレスにコーヒーのお代わりを注文した。「一平はどうする」と聞いてきたので、百二十円の追加出費は痛かったが僕も頼んだ。

ウエイトレスがテーブルから離れると、アメリカンは再び話し始めた。

「話がちょっと変わるけど、俺さ、受験前に何回か受けてた模試の合格率判定全部良かったじゃん。だから大学入ってからのことしか考えなかったんだ。母さんは滑り止め受けとけってうるさかったけど無視してたんだ。ところが結果は不合格。ショックというよりは単純にびっくりしたっていう感じだったな」

「確か合格率八十パーセントっちゅう判定やったな。そら合格するって思うわ」

「そうそう。でさ、不合格で気弱になってたかも知んないけど、やっぱ滑り止めは必要だったかって考えたり、そんなことはない、一年後も目指す大学で勝負するべきとか、ああでもないこうでもないってイライラしっぱなし」

合格は当然と予想していたのが、予期せぬ不合格。感情の起伏が激しくなるのは当然だと思う。

「それでさ、途中から時間のことを考えるようになったんだ」

「時間？」

「来年大学に合格したらそこから四年間、それに浪人の期間を入れると五年間は準備のために使われるだろ。落第したらもっと延びるじゃん」

落第と言ったところでアメリカンは笑った。

「まあ落第は冗談だけど、それでも浪人期間入れた卒業までの五年間はけっこう長いって感じるようになったんだ。入試に失敗するまでは大学で四年間頑張るぞって決めてた。それが浪人になった途端焦りに近いもんが生まれてきた。この感じ方の落差はすげぇよ」

「それは、合格すると思てた大学に落ちたショックで一時的に感じたもんや。ひと月もしたら気分も盛り返してると思うで」

なんか僕は無責任なことを言っている。ひと月先の心境変化など誰も分からない。

「そうならないと思う」

アメリカンは即座に否定した。

「普通に考えたら十八歳の五年後ってまだ二十三歳だからどうってことないんだよ。でも俺は長いと感じた。それはなぜだ。そっから試行錯誤するうちに、やりたいことが違ってるんじゃないかって思い始めたんだ」

費やされる時間で悩み、そして次はやりたいことが違うという話。着地点はどこになるのだろう。

「なんや迷路に入ってしもたような気もするけど。工芸デザインをやろうと思ったのは、アズレージョを学んでる若者を見たことがきっかけやろ」

ここまで言って僕はハッとした。

「お前、ひょっとしてポルトガルでアズレージョの勉強するつもりなんか」

「そのとおり」

アメリカンはしっかりとした口調で答えた。

「日本の伝統工芸を現代に生かすっていう目標が、五年間っていう時間を考えるだけで迷走したのはどうしてなんだ。そんなこと考えるうちに頭から離れなくなったのが、出発点になった修道院のアズレージョだったんだ。俺は日本の伝統工芸じゃなくてこれをやりたいんじゃないのかってこと」

僕は十七世紀のリスボンを描いたアズレージョの写真を再び手に取った。

「なんていうか数学の証明みたいに論理的に導き出したものじゃなくて、サイダーの泡みたいにシュワーッて浮かんできて、パチパチ頭の中で弾けるような感じで出てきた答えって言えるかな」

「サイダーの泡みたいって、なんや泡沫(うたかた)みたいな儚いもんって想像してしまうなあ。せやけど、ポルトガルで勉強した後はどうするんや。そこら辺も考えてるんやろ」

「泡を見るんじゃなくて、パチパチ弾けるとこを見てくれよ。勢いがあってスゲェ元気な感じがしねえか」

アメリカンは軽い口調で言い返したあと、「もちろん考えてる。ポルトガルでちゃんと作れるようになったら日本に戻って工房を開く。そしてアズレージョのすばらしさを全国に広めていきたい」と言い切った。

ポルトガルのどこでアズレージョを学ぶか、伝手はあるかなど細かいことを聞いていけばいくつも課題は出てくる。だったら課題が出た時に一つ一つ解決していけばいい。未来の設計図は大枠で十分と言わんばかりの勢いだ。

「ということで、一応話せるのはここまで。まずやんなきゃいけないのはポルトガル語をマスターすること。忙しくなるぞ」

この喫茶店に来るまでは、二人で予備校へ資料を受け取りに行くことを考えていた。それが、結局一人で受け取ることになってしまった。身近にいた同じ浪人という身分だった仲間が去ったようで、なんか少し心細くなってきた。

「ところでよ、もう一つ話があるんだよ」

アメリカンはテーブルに拡げた写真をバッグにしまいながら言った。腕時計を見たらすでに喫茶店に入ってから三時間以上経っていた。座りっぱなし。このままここで話し続けるつもりなのか。

「なんやまだほかに話があるんか。これだけでも腹一杯の話やで。人生は長い。ゆっくり少しずつ解決していこうや」

思わず愚痴をこぼしてしまった。

「いやいや別に深刻な話じゃないんだけど、そろそろここを出ないか。もう三時間くらい座ったまんまだから身体がギシギシいってんだ」

歩くことで頭と筋肉はほぐれる。大賛成。

「一平は予備校で資料受け取るだろ。付き合うから歩きながら話そうよ」

喫茶店を出た僕たちは、生田神社の境内を通り抜けるのが予備校への近道なので、サンチカから地上に出る階段を上って生田神社を目指すことにした。地上に出ると、六甲山地から吹き下ろす寒風〝六甲おろし〟がかなり強く吹いていた。僕が着ている薄いコートを容赦なく〝六甲おろし〟はすり抜け、寒さが身にしみた。アラスカの冬を基準に作られたというN-2Bを着たアメリカンが羨ましい。

「実はさ、母さんの知り合いで沢渡紗江子（さわたりさえこ）さんっていう人がいるんだけど、北野町にある元は集合住宅だった建物の一階で、『スポット』っていう喫茶コーナーを備えた骨董屋をやってんだ。俺も母さんのおつかいでよく行くから、紗江子さんって呼びかけるくらい親しくさせてもらってるんだ」

　アメリカンがもう一つの話を始めた。

「仕事はバリバリできるし、自由な時間ができるとクラブでジャズ歌ったりえらくかっこいいんだよ。その紗江子さんからアルバイトできる人を紹介してくれないかって頼まれたんだ」

　多分、アルバイトができる人間に心当たりはないかと僕に聞いているのだろう。

「北野町って坂をずっと上ったところにあるお屋敷街やろ。洋館があったりして雰囲気ええからよお散歩行くけど、人通りはほんま少ないで。そんなとこで人が雇えるほど骨董屋って商売になるんか？」

「十分商売になるみたい。あそこらへん日本人とか外国人の金持ちが多いじゃん。そんな人たちが古い西洋家具とか日本の食器を部屋の飾りにするために買いに来るんだって。そんでもって、ついでにコーヒー飲んだり軽い食事ができる喫茶コーナーがあるんでかなり繁盛してるって言ってた。骨董屋に喫茶コーナーってのは相性がいいんじゃないかな」

国鉄元町駅から北野町に向かってまっすぐに伸びている坂道の途中にも骨董屋が二軒あって、何度か冷やかしで入ってみたことがある。

二軒とも店の前には古い西洋家具がいくつか置いてあったし、その上に食器やガラスのコップもたくさん載っていた。五、六個積み上げられた革製の旅行カバン、ちゃんと文字が打てるのかどうかも分からないタイプライター、水色のボディの所々に錆が浮いた扇風機などもあった。しかし、店内にコーヒーが飲めるようなスペースはなかった。

アメリカンは相性がいいと言うが、喫茶店みたいなものを併設した骨董屋というのはかなり特殊な感じがする。

「使い古したもんを買って、そのあとでコーヒーを飲んだり食事をする。なんか俺とは別の世界で生きてる人ばっかりのような気がするなあ。どういう雰囲気なんか見てみたいっちゅう興味は湧いてくるけど、喫茶を兼ねてるんやったら人当たりが柔らかい女の人のほうがええんやろ」

「それはどっちでもいいんだって。実際この前までアルバイトやってたのは男子大学生で、就職が決まったから辞めたらしいんだ」

「なるほど、性別関係なしということやな。了解、探しとくわ」

他の人にも声をかけていると思ったので軽い気持ちで請け負った。

「そうじゃなくて、一平、お前このバイトやんねえか」

アメリカンの顔を見た。笑っている。

「なんだよその顔、ぽかんとしちゃって。まあ浪人にアルバイトやらないかって誘うんだからびっくりするのも無理ないか。でもやってみる価値はあると思うよ」

本気で僕にアルバイトを勧めている。

「ちょっと待ってくれ。先月俺は浪人になったばっかりで、これから受験勉強がんばらなあかん身分や。そんな人間がアルバイトやらへんかって誘われたら、〝鳩が豆鉄砲〟状態になるのもしゃあないやろ」

「言いたいことは分かる。でもな、一平はこれから一年間受験勉強が生活の中心になるじゃん。現役の時だったら学校でダチと話したり、体育の授業で身体動かしたりとか気休め程度でも少しは息抜きできた。それが全部なくなったんだぜ。それなら、受験勉強とは全然関係ないアルバイトが気分転換になるっていうふうに発想変えてみるのも、前向きで面白いんじゃないの」

アルバイトが気分転換になる。そんなもんなのか。

「それにさ、お前日曜日になると決まってサッカーやってるじゃん。あれも息抜きかもしんないけど、週に一回だと足らないんじゃないの」

高校一年の秋に我慢できなくなってサッカー部を退部、鬱々としていた僕を見かねた親父が神戸の社会人サッカークラブを紹介してくれた。親父の釣り仲間がコーチをやっていたのだ。

そのクラブは小学生チームや女子チームがあるのも新鮮だったし、なにより真剣にプレーしながらも、サッカーそのものを楽しむというクラブ全体に漂う雰囲気が気に入って、正式に加入させてもらった。以来、毎日曜日練習場として借りている王子動物園近くにある高校のグラウンドでボールを蹴っている。

一軍と二軍の間を行ったり来たりなので、現在の目標は一軍定着。そのために負荷の高い個人トレーニングを毎日やっているから、サッカーを息抜きと考えたことはなかった。

アメリカンが言うところの、「受験勉強とは全然関係ないアルバイトは気分転換になる」は経験がないので分からない。しかし、僕にとって重っ苦しい受験生活の中で貴重な息抜きとなっている映画館通いが、アルバイトをやることで金銭的に楽になるのは明らか。そう考えれば、かなり魅力的な話になる。

「サッカーに関しては拓也のゆうてる息抜きとはちょっとニュアンスが違うけど、映画館通いに関してやったら、アルバイトの収入は金銭的に楽になるのは確かやな」

「取りあえず二、三日考えてみたらいいんじゃん。それでどうするか決めたら連絡くれよ」

「分かった、どうするか決めたら連絡するわ」と言ってはみたものの、僕の気持ちはやる方向にかなり傾いている。

いっそ今「やる」と言うか言うまいかぐずぐずしていたら、「そういや一平はATGとかいう映画よく観てるよな。あれってこのビルの五階にある阪急文化っていう映画館でやってんだよな」と言って、アメリカンは左手に見える阪急会館を指差した。

「なんや今度はATGか。えらい話が飛ぶんやな。それとな、話の腰折るようで悪いけど、『ATGとかいう映画』っちゅう言い方は正確ではないで。ATGは映画のタイトルとちゃう。映画の製作と配給やってる会社のことや。でも何でそんなん聞くん。観たい作品でもあるんか」

アメリカンはアメリカ映画しか観ないと言っていた。それも『ワイルドバンチ』とか『荒野の七人』のような、本人が言うところの「さりげなく男の友情や仲間意識が表現されていて、なおかつ悪人と善人がはっきりしているアクション映画」が好きなはずだ。

「いや、観たい作品はないんだけど、それじゃATGってどういう意味なんだ」

アメリカンが立ち止まったのでつられて僕も歩みをとめた。寒かったので本当はこのまま歩きたかった。

「そやろなあ、アメリカ映画好きのお前が『薔薇の葬列』に出てたピーターがきれいやったとかゆうたらびっくりするわ」

「何それ。ピーターって『夜と朝のあいだに』を歌ってる歌手だよな。へー、映画出てんだ。でも『薔薇の葬列』の意味が分からない。アングラ風のタイトルじゃん。俺はもっと分かりやすいタイトルつけた映画の方がいいね。で、どうなのよATGの意味は」

僕はATGがArt Theater Guildのそれぞれの頭文字を合わせたものであることや、正式な会社名を『日本アート・シアター・ギルド』ということなど、知っていることを大ざっぱに説明した。

「それじゃ、東映とか松竹みたいなもんか」

「ちょっと違うと思う。さっきもゆうたように映画の製作と配給の会社やけど、製作に関しては大手みたいにごっつい費用かけて作ってないねん。それに製作費もATGと映画の企画を考えたプロダクションが出し合うシステムなんや」

「少ない予算、しかも折半。映画作るのも大変だな」

「だから『女王陛下の007』とか『座頭市と用心棒』みたいに日本中にあるぎょう

さんの映画館で公開されることもないんや。上映館の数は全国で二十に届かんと思う。しかも阪急文化みたいに観客席が少ないとこばっかしや」

「観る人も少ないし上映館も小さい。それで採算取れんの」

「悩ましいところやな。それなりにヒットした作品もあるけど、儲かる映画というよりは、『俺は自分の考えてることを目一杯この映画の中で表現した。それについて映画を観たお前たちはどう感じた』って、監督から問いかけられてる作品が多いような気がするなあ」

薄いコートをすり抜ける寒風。立ったままだから余計寒い。予備校に向かって歩きながら話せば少しは身体も温まるのに、アメリカンは自慢の防寒着N-2Bの際だった防寒性に守られているのだろう、いっこうに動き出す気配がない。

「俺が好きな映画と違ってかなりめんどくさいな。でもさ、一平もそんだけたくさんATGのややこしい映画観てんだから、さっき言ったみたいにいつかは映画監督やってみたいって思ってんだろ」

「ややこしい映画ちゅうのはちょっと引っかかるけど、うーん、どうやろなあ。映画いっぱい観てるから映画監督になりたいってことはないと思うで」

他人事のような言い方になってしまった。どんな風に話せばいいのか？　映画監督ではなく脚本家になりたいという、ついさっきアメリカンのアドバイスで強く意識し始めたばかりのふわふわした夢のような話を。

「それ答えになってないじゃん。そんな一般論っていうか、自分を客観視するような言い方じゃなくて、どうなのよ本当のとこは」

なんか逃げ場のないところに追い込まれているような気がする。

「まいったなあ、どう説明したらええんや。こうなったらええなっちゅう夢のような話やで」

「オッケー、オッケー、とにかくやりたいこと教えてくれよ。何だかんだ言っても映画監督、これだろ将来やりたいのは」

「分かった、話すけどその前に頼みがあんねん。えらい寒いから歩きながらにしようや」

僕たちは再び予備校を目指して歩き始めた。

「映画監督とはちょっとちゃうねん。映画っちゅうくくりやと同じ世界になるけど、やりたいなあと思ってるのは映画の脚本を書くことや」

話すことでやりたいことの輪郭がはっきりしていくような感覚が浮かんできた。

「自分の思ってることとか好きな映画がどんなもんかを、脚本で表現することができたらええなあ。これができたら最高や」

「脚本家か。映画監督じゃないんだ。ってことは観てないから分かんないけどさっき言ってた『薔薇の葬列』みたいな、中身が想像しにくいタイトルつけた映画の脚本を書きたいんだ」

「それもちょっとちゃうねん。ＡＴＧの作品は好きなんが多いけど書いてみたいとは思わへんなあ。作品観て、それを自分の中で批評したり監督の気持ちを想像したりする方がおもろい。要は観客の立場で満足ということや」

「じゃあどんな脚本を書きたいの」

「そこまで具体的な考えはまだないねん。だからよお分からんというのが正直なとこや」

「それだったらさ、脚本家になるために大学を選択するっていう考えもあるんじゃないの」

今まで思いつきもしなかった選択肢。そんな大学あるのか。大学名とか学部、学科が全く思い浮かばない。

「脚本家になるために大学を決めるって、そんなとこあるんか。聞いたことないけど」

「俺も脚本家を養成する大学は知らない。でもさ、映画の勉強ができる大学なら東京にあるよ。その大学でまずは映画を勉強することから始めて脚本家を目指す。順序としてはおかしくないと思うけど」

東京の大学で映画の勉強から始める。話がえらく具体的な分だけ、以前から曖昧なまま考えていた脚本家になるという夢が、実現に向けていきなり順序立てられたような気がした。根拠とか裏づけとなるものは何一つない。もちろん大学に入学できるという確証さえない。それでも、少し気持ちが盛り上がってきた。

「なんやうまいこと踊らされているような気もするけど、取りあえず家に帰ったら『螢雪時代』で調べてみるわ」

「おっ、すげえ前向きになったじゃん。やっぱやりたいことがあるんなら、そのために動くのは当たり前。まあ俺からの、偉そうに言えばアドバイスってことにしといてよ」

そう言いながら腕時計を見たアメリカンが「やばい」と叫んだ。

「どうしたん。誰かと待ち合わせでもしてるんか」

「母さんなんだ。そごうで買い物するのに付き合うことになってて、待ち合わせまであと十分もないんだ。悪いけどここで失礼するな」

「俺の方は気にせんでええ。急いだほうがええんちゃうか」

「サンキュー。それとさ、アルバイトの件、いい返事待ってるから。じゃあな」

僕が「了解」と言う前に、アメリカンはサッときびすを返して国鉄三ノ宮駅の方向へ走り去った。

人混みの中に見え隠れするアメリカンの背中。僕は大きく息をついた。

疾風怒濤のような数時間。

「やりたいことがあるんなら、そのために動くのは当たり前」

アメリカンが言った言葉を心の中で反芻しながら、僕は予備校目指した。

二

今日は『スポット』で行われる面接日。僕は国鉄三ノ宮駅改札口でアメリカンを待っていた。

アルバイトを勧められた翌朝アメリカンに電話をかけ、アルバイトをやると伝えた。

「それじゃ紗江子さんにいい人間見つかったって電話しとく。面接日が決まったら連絡するね。でもよ、一平なら紗江子さんもオッケー出すと思うよ。お前の真面目なんだけどボヤッとした感じが店の雰囲気にあってんだよ」

言い方にひっかかるところはあったが、悪い気分じゃなかった。

やると言った日の夜にアメリカンから電話があり、四日後の十時半から『スポット』で面接ということになった。併せて、「バイト先のこと少しくらい知っといた方がいいだろ」ということで、アメリカンは紗江子さんに関することをいくつか事前情報として教えてくれた。

独身。東京生まれ。三十歳くらい。神戸に移り住んだのは二十二、三歳の頃。ジャズクラブを経営している両親の影響もあり、高校生時代からジャズ・シンガーとしてステージに立っていた。今も仕事の合間に北野町のクラブや生田神社近くのキャバレーで歌っているなど、アメリカンから聞かされた情報は全てが新鮮だった。僕の周辺にこんな女性は一人もいない。

沢渡紗江子という名前の響きもなんか謎めいているし、何から何までものすごくカッコイイ。

毎週欠かさず視聴するテレビ番組『キイハンター』で、元フランス情報局諜報部員津川啓子役で出演している大好きな女優、野際陽子に重ね合わせてしまった。

アメリカンに倣って僕も紗江子さんと呼びたくなった、というか呼ぶことにした。まだ会ってもいないのに、図々しくも親しくなれたような気がしたからだ。

四日後に憧れの女優と同様に、住む世界が全く違う大人の女性と、面接とはいえ一対一の会話をする。生まれて初めて、異性に対して第一印象を良く見せるための服装を考えた。

学生ズボンに、高校生時代に買った学校指定の黒いコートという普段の外出着は最初から選択肢になかった。高校生気分が未だ抜けないガキと思われたくなかったからだ。

私服は、アーノルド・パーマーの半袖ポロシャツとかヴァンのセーターはあったが、ジャケットとかスーツといったかしこまった服は持っていない。

洋服ダンスの中で一番多かったのがトレーニング用防寒ジャンパーとかウォーミングアップ用ジャージーの上下、ユニフォームなどサッカーの練習や試合で使うものだった。当然、『平凡パンチ』とか『メンズクラブ』に載っているような流行の服は一着もない。

どれだけ異性を意識しない高校生活だったのか。我ながら愕然とした。

とにかく何かないかとなおもあさっていたら、引き出しの奥の方から両肘のところに楕円形の革を当て布のように縫いつけた、茶色い格子柄の上着と薄茶色のズボンが出てきた。

どうしてこんなものがと考えていたら、高校二年の時に母親が買ってくれたものであることを思い出した。

「学校に行く時はしゃあないけど、どっか行く時も毎度学生服の着たきり雀。そんなことしてたら学生服がすぐに傷んでまう。三宮のセンター街で売ってたもんやけど、外に行く時くらいはこれを着ていきなさい。上着は店の人がゆうてたけど、ガンクラブ・ジャケットっちゅうて肘当てもついた丈夫な上着らしい。そやから長持ちすると思う」

そう言われて手渡された紙袋の中に、ガンクラブ・ジャケットと薄茶色のズボンが入っていた。取りあえずその場では着てみたが、袖を通したのはこの一回だけ。エエカッコしいみたいな気がしたから、箪笥の中に仕舞ったままにしていた。

着たきり雀であろうとなかろうと学生服が一番気楽。そんなことをあの時は考えていた。しかし今はこの上着とズボンを着用した自分を想像しても、カッコつけてるような気持ちにはならなかった。むしろいい服を見つけた気分。

上着の下にとっくりのセーターを着れば寒くないから、高校生の時から使っている学校指定の黒いコートは着なくて済む。

これを着て面接。そう決めたのが面接三日前の夜遅くだった。

駅の天井からぶら下がっている丸時計を見たら十時五分前。そろそろ来る頃だと辺りを見渡していたら、いつものN－2Bを着たアメリカンが僕の左横を通り過ぎようとした。

「おい拓也、何知らんふりして通り過ぎてんねん」

振り返ったアメリカンが怪訝な表情から一瞬でびっくり顔に変化した。

「どしたんだ一平、その格好」

動揺した。僕は面接にそぐわない格好をしてきたのか。

「えっ、あかんかこの服」

「そうじゃねえよ。馬子にも衣装ってこういうことだな。それガンクラブ・ジャケットだろ。流行りっぽくなくて落ち着いた感じが好感持てるし、かなり似合ってるじゃん」

ほっとした。褒められたのだから、少なくとも変な格好ではないようだ。

「それなら紗江子さんも気に入ると思うよ」

頬の辺りが緩みそうになったので、ズボンの折り目を気にする風に下を向いた。

「じゃあ行くか。ここからだと『にしむら珈琲店』のところから坂道をまっすぐ上って、北野町に入ってから左に曲がればすぐだよ」

「『フロインドリーブ』がある坂道やな。ゆっくり歩いても北野町まで二十分くらいやから十時半の面接には充分間に合うな」

「意外だな。面接だからもっとガチガチになってるかと思ったけど、ずいぶん余綽々じゃん」

冗談じゃない。憧れの野際陽子に紗江子さんを重ねているのでかなり緊張している。

「ところでさ、この前の大学で映画の勉強する話なんだけど、どうするか決めたんだろ」

志望校のことだ。

「おう、あの話やな。それやったら決めたで」と、即座に答えを返した。

すでに決めていたことなので自信持って話せる。紗江子さんに会うという緊張感がうまいこと緩んでくれた。

「断言したね。てことは映画の勉強ができる大学を志望校にしたんだ」

「そのとおりや。東京の大学を志望校に決めた。私立やから受験科目数はおんなじ、勉強のやり方はこれまでと変わらん。来年こそは浪人脱出、桜咲く合格までまっしぐらやな」

　最後は勢いに任せて景気のいい言葉まで出てしまった。

「なんかお前らしくないな。元気な雰囲気は俺も好きだけど、頭に血がのぼりすぎてバタンっていかないようにな」

「アホなことゆうな。俺は應蘭芳（おうらんふぁん）みたいに失神なんかせえへんわ」

　たまたま横を歩いていた女子高校生三人組が一斉に僕を見、笑い声を上げながら小走りで去っていった。應蘭芳とか失神という言葉が聞こえたのだ。

「應蘭芳って…、例え方がストレートすぎるから女子高生も逃げたじゃねえか。あんま最初から張り切ると自爆するぞ」

「頭に血がのぼりすぎてバタンとか自爆って、言ってることがよお分からん。どういうことや」

「つまりさ、普段の一平はマイペースというかスローペースっていうか、いい具合に緩く膨らんだ風船だったんだ。それが今はパンパンになった風船。ちょっとした刺激でパンクしそうな感じだぜ。変化が激しいから心配になってきたんだ。『合格までまっしぐら』とか應蘭芳なんてこれまでの一平なら絶対に言わなかったぜ」

肩に力を入れすぎるなとアメリカンは言っている。

「せっかく進路決めたところに水を差すような言い方して悪いね。俺もさ、アズレージョをやるって決めた時に似たような感じだったんだ。お節介かもしれないけど浪人やめた人間のアドバイスってことで」

そう言って軽く肩をぶつけてきた。僕は少しバランスを崩したが気にならなかった。

「いっつも張りつめとったらしんどなるっちゅうことやな。了解」

「そうだよ、パンと張ったまんまだと疲れるからな。俺のアズレージョを学ぶ道はこれからだし、一平の脚本家になる道もこれから。ゆったり構えて焦らずいこうぜ」

「そうやな、これからが本番みたいなもん。お互いじっくりいこか」

それからしばらくは何も話さず、僕たちは『スポット』を目指して歩いた。

『にしむら珈琲店』を右折して『フロインドリーブ』がある坂道に入ると、車の走行音など街の喧騒がいっぺんに消えた。昼間なのに人通りも少ない。

「ほんま人が少ないな。北野町に入ったらもっと少ないやろ。これでアルバイトを雇うほど商売がうまくいってるのはすごいことやな」

僕は感じたままの印象を口にした。

「そうなんだよ、俺も最初はそう思ったんだ。でもさ、母さんのお使いとかで何回も通ってるうちに分かったんだけど、客あしらいが俺でも分かるほどうまいんだよ。だからお客さんも紗江子さん目当ての常連さんがほとんど」

「でも客あしらいがうまいだけで商売になるんかな。喫茶店だけやったらそれも分かるけど、本業は骨董品売る方やろ。商品に魅力がないと難しいと思うけど」

あと十分足らずで『スポット』に着く。最後の事前情報収集だ。勾配がかなりきつい上り坂なので、話しているうちに少しだけ息づかいが荒くなってきた。

「北野町に店があるからだと思うけど、置いてある骨董品は高級な感じがする。知ってればもっと教えてやりたいけど、骨董品は全然興味ないから高級ということ以外は俺も見当がつかないんだよ」

アメリカンも息を切らせている。

「そらそうやな、俺らの年代で骨董品に興味がある奴なんかおらへんもんな」

僕が同意した時、アメリカンが小さく「アッ」と声を上げて立ち止まった。いきなりだったのでふくらはぎでもつったのかと思った。

「どうしたんや、こむら返りになったんか。大丈夫か」

「悪い、びっくりさせちゃって。息は苦しいけど足は平気。アッて言ったのは、面接のことで紗江子さんに連絡した時にお前が映画好きって話したのを思い出したから。

母さんから紗江子さんも相当な映画ファンって聞いてたから、印象が良くなるかと思ったんだ」

僕は「ゲッ」と奇声を発した。

今は坂道を左折して北野町に入ったところ。この先の左側にある老舗洋菓子店の社員寮を通り過ぎて右折すれば『スポット』まであと数分のはずだ。

そんな間際に聞かされた、「紗江子さんも相当な映画ファン」という事前情報。映画好きだから話が合いそうというウキウキした高揚感ではなく、「えらいことになったなあ」という戸惑いしかなかった。

「なんだよ、そのゲッてのは。共通の話題ができて嬉しくなったのか。アルバイトやりやすくなるんじゃないの」

「そんなこともっと前にゆうてくれや。心の準備ちゅうもんがあるやん」

「心の準備？　紗江子さんと好きな映画の話しするのにそんなもん必要ないじゃん」

意に介さないアメリカン。

紗江子さんと映画の話をしている自分をすばやくシミュレーションしてみた。

東京生まれの紗江子さんが、関東弁で「どんな映画好きなの」と訊ねる。

僕が、「フランス映画、特に恋愛映画が好きですねん」と答える。

ダメだ。たとえそれが事実であっても、初対面の女性に「フランス映画、特に恋愛映画が好き」は照れくさい。それなら、「『日本春歌考』とか『荒野のダッチワイフ』みたいな何を表現しているのかを必死で考えさせる映画が好き」にするか。却下。考えさせる映画と堅苦しいことを言いながらも、刺激的なタイトルをもって童貞である僕の満たされない性欲を悟られるかもしれない。

想像がどんどん飛躍して、頭の中が混乱するまま最後の坂道を上った。

「一平、着いたぞ」

アメリカンが指を差す方を見たら、五メートルほど先の左側に『スポット』と書かれた小さな看板が道路に向かって飛び出ていた。

アメリカンは歩を速め、看板のところを左に折れてさっさと中に入ってしまった。慌てて僕も続いたが、思わず入り口の手前で足を止めてしまった。

元々は集合住宅と聞いていたのでなんとなく文化住宅を思い描いていたが、目の前に広がる建物や敷地内の様子が想像とはあまりにもかけ離れていたからだ。

入り口左右に煉瓦製の門柱があり、それぞれに取り付けられた門扉が観音開きとなって敷地内に向かって開いていた。門扉は鉄製で、蔦か何かの文様が施された素通しになっている。

左の門柱に『スポット』の看板、右の門柱には金色のプレートがはめこまれていた。プレートにはかつての集合住宅の名称だったと思われる〝APARTMENT HOUSE：

February 11th〟が上段にあり、下段には漢字で〝周 洪龍〟とそれぞれが深く彫り込まれ、文字には黒色の塗料が塗り込められていた。

十七、八メートル奥に、雨避け用なのか張り出し屋根を設えた玄関を建物の中央に配した、二階建てのかなり大きな洋館があった。誰が見ても金持ちの屋敷。それも大金持ちだ。

「えらいとこに来てしもたなあ」

思わず泣き言がもれた。

「何やってんだ、早く来いよ。紗江子さんたちも待ってるぜ」

正面にある玄関以外に海側となる向かって左の端にもドアがあり、アメリカンは片手でそのドアを押さえながら僕に声をかけていた。

「紗江子さんたち」と聞こえた。紗江子さんと一対一の面接じゃなかったのか。頭の中でクエスチョン・マークを灯しながら、アメリカンに先導されて土足のまま室内に入った。

中は様々な骨董品で一杯だったが、雑然とした感じや埃っぽい空気感はない。多分骨董品を種類ごとに整然と別けているのと、海側の壁にある三カ所の大きな窓から入る外光が広い店内を満たしているからだ。その大きな窓の手前には四人掛けのテーブルが三卓。あそこが喫茶スペースだ。

微かに、大好きな映画『冒険者たち』の中で使われていたスイングル・シンガーズの『G線上のアリア』が流れていた。ジョアンナ・シムカスのキュートなそばかすを思い浮かべたら、少し居心地が良くなった。

奥の方でドアの開閉音がして人の出てくる気配がした。大きな古箪笥の向こう側なので姿はまだ見えない。

「こっからは見えないけど奥に部屋があって、事務所と厨房があるんだ」

アメリカンの囁きを聞いていると、少し太り気味の体型をした初老の男性と女性が古箪笥の後ろから現れた。男性の背丈は僕より少し低い、百七十センチあるかないか。後ろにいる女性は紗江子さんか。

「周(しゅう)さん、紗江子さん、こんにちは」

アメリカンは親しげに挨拶の言葉をかけてから、「男性がこの屋敷の持ち主」と小声で教えてくれた。

「拓也君、大学落ちて意気消沈してるかと思たけど元気そうでなによりや」

周さんと呼ばれた人の声は大きくてハキハキしていた。僕の方に顔を向けると、「君が面接に来た富田一平君か」と言った。

「本日面接にまいりました富田一平です。よろしくお願いします」

「わしは周洪龍(ちゅほんろん)。〝ちゅ〟は一周二周の周、〝ほん〟は洪水の洪、〝ろん〟はドラゴンの龍と書く。この家の持ち主や。それとな、〝ちゅ〟はなんか言いにくいから拓也君みたいに日本語読みの〝しゅう〟と呼んでくれたらええ。よろしゅうな」

門柱のプレートにあった〝周　洪龍〟はこの人だ。

「それにしても君は趣味のええシブイ服着てるなあ。ガンクラブ・ジャケットやろ。これやったら紗江子さんも合格ってゆうと思うで」

まだ会って二十秒も経ってないのに、シブイ服を着ているという理由で採用を保証された。悪い気はしなかったけれど、周さんの押し出しの強さに圧倒された。

「周さん、いきなり合格って富田さんも戸惑っているでしょ」

店子が大家に向かって話すというよりは、親しい人に話しかけるような物言い。想像したとおりアメリカンと同じ関東弁。どくんと心臓が高鳴った。

紗江子さんを見た瞬間、野際陽子に重ね合わせていた妄想は霧散した。

『シベールの日曜日』のヒロイン、パトリシア・ゴッジに似たクリッとした目が印象的な女性だ。多分お化粧はほとんどしていない。活発で成熟した女性を感じさせる野際陽子とは異なり、穏やかな大人という感じがする。どこにステージでジャズを歌うほどのパワーがあるのだろう。

髪はひっつめにして後ろで束ね、グレイのとっくりセーターに薄茶色の膝下まであるスカートをはいていた。スカートの生地はコール天。窓を通して入ってくる柔らかな光に包まれているためか、おとなしい色を組み合わせた何気ない服装が華やかに見えた。

「ごめんなさいね、話がぽんぽん進んじゃって。拓也君から聞いているとは思うけど改めて自己紹介、私が沢渡紗江子です。わざわざ来ていただいてありがとうございます」

紗江子さんは笑っていた。笑うと目尻がほんの少し下がって、美人顔から愛くるしい顔に変化した。喉が渇いて仕方がない。

「改めて自己紹介をさせていただきます。富田一平です。本日の面接よろしくお願いします。それと、これが履歴書の入った封筒です」

紗江子さんが封筒を受け取った。

「こいつスゲエ硬くなってるみたいなんで、富田じゃなくて一平って呼んでやってくださいい。いつも呼ばれてる名前だからリラックスできると思うんです」

緊張気味の僕を見かねたのだ。気遣いがうれしかった。しかし面接の作法からは外れている。雇う方と雇われる方の双方が以前から親しく、形だけの面接という状況なら許されるかもしれないが、紗江子さんと周さんに会ってから五分も経っていない。

「一平君って呼べばいいのね。分かった」

紗江子さんはあっさり同意した。周さんはニコニコしながら頷いた。

僕が杓子定規に過ぎたのか、それとも紗江子さんや周さんがかなり自由な考えの持ち主なのか。とにかく僕は〝富田〟ではなく〝一平〟と呼ばれることになった。

「それじゃテーブルに移って話しましょうか」

紗江子さんに促されてテーブルに移動した。窓際の席にアメリカン、その隣に僕、テーブルを挟んで僕の正面が紗江子さん、周さんは窓際だ。

面接が始まった。

「確かに周さんがおっしゃるように、一平君感じのいい服を着ているわね」

面接の第一声が褒め言葉。

「ありがとうございます」

声が弾んだ。

「紗江子さん、一平君たちにコーヒーを出したらええんちゃうか」

周さんの提案を聞いて、封筒から取り出した履歴書を見ようとしていた紗江子さんの手が止まった。

「あっそうだ、忘れてた。皆さんコーヒーでいいかしら」

「お願いします。一平の面接なのに僕まで緊張しちゃって喉が渇いてたんです」

すばやく反応したアメリカンに続いて、僕は「ありがとうございます」と答えた。

「わしはいつものやつ」

周さんの表情は柔らかかったが、なんか「いつものやつ」に気合いがこもっていたような気がする。何が出てくるのだ。

「面接の最中だしダメって言いたいんだけど、周さんの迫力に負けそう」

紗江子さんが少し渋っているように見えた。

「出た、周さんのいつものやつ。一平もいろんなことに慣れないといけないし、その第一歩がこれだな、そうでしょ、紗江子さん」

周さんは援軍を得たとばかりにうんうんと大きく頷いている。

アメリカンは「いつものやつ」が何か知っていた。そして、僕がここで働くことを前提にして紗江子さんを取りなしている。採用するかどうかを決めるのが面接だと思うので、すでに決まっているかのようなアメリカンの話し方や周さんの態度についていけない。

紗江子さんは周さんとアメリカンを軽くにらんでから、事務所の方に顔を向けて声をかけた。

「お願い、私たちにコーヒーと周さんにいつものやつ持ってきて」

「はーい」という女性の声。まだ人がいた。

「今返事したのはここでアルバイトしてる、小さい夜って書く小夜ちゃん。コーヒー持ってきた時に自己紹介するはずだから、その時までどんな人か言わないでおく。話す内容が印象的というか強烈だから楽しみにしていな」

アメリカンの言葉に周さんと紗江子さんが笑い出したから、二人もどういうことなのかを知っている。しかも面接の最中にもかかわらず、小夜ちゃんという人が自己紹介するのを気にもしていない。なんか不思議な時間が過ぎていく。

紗江子さんが履歴書を読み始めた。一転して真剣な表情。誰も話さなくなった。

周さんは胸ポケットから黒いパイプと、『CAPSTAN』と書かれた青色の平たい缶を取り出した。パイプは全体が黒い色をしていて、月のクレーターみたいに表面が小さな凹凸で被われていた。

紗江子さんが履歴書を読み終えるまで何もやることがない。周さんの手元を見ながら待つことにした。

周さんはパイプをテーブルに置いてから両手で缶の蓋を開けた。そして、中から薄い板状になったパイプ煙草を数枚取り出し、合掌するように両方の掌で挟んでから何度かこすり合わせた。程なくして両手を離すと、一方の手のひらにパイプ煙草がもぐさのようにこんもり盛り上がっていた。

それをパイプに詰め、厚さ二、三ミリ、直径五、六ミリの円盤が先端に付いた、長さ五センチほどの金属棒で何度か押し込んでからパイプをくわえた。そして、マッチに火をつけパイプ煙草の方に持っていった。

二、三度気ぜわしく吸い込んでから大きく吸い込み、ゆっくりと煙を吐き出すと、分厚い煙が周囲に漂い、同時に濃密な甘い香りが僕の鼻腔を満たした。

悪くない。匂いだけでなんか豪勢な気分にしてくれる。

周さんはパイプ煙草の全てを楽しんでいるかのように目を閉じていた。紗江子さんは煙や香りを気にする素振りもなく履歴書に集中していた。

横にいるアメリカンはいつの間にか脱いでいたN-2Bを背もたれに掛け、窓越しに見える神戸の街とその向こうにある海をぼんやり眺めていた。

店内には、ほぼエレキギターだけで演奏されている『ア・デイ・イン・ザ・ライフ』が流れていた。

誰がエレキギターを弾いているのかは知らない。毛糸で弦をくるんだような柔らかい音色が耳に心地よく、広い窓から入ってくる溢れるような外光に包まれた上等な喫茶店にいるような気がした。

エレキギターの音に混じって奥の部屋のドアが開く音。

両手でお盆を支え持った背の高い女性が現れた。アメリカンが言っていた小夜ちゃんだ。テーブルにお盆を置いて、僕、アメリカン、紗江子さんという順でコーヒーを並べた。テーブルの上が賑やかになった。

「はい、いつものやつ」

そう言って、小夜ちゃんは中身が半分くらいになったボトルと小さな肉厚の透明グラスを周さんの前に置いた。

ボトルのラベルには黒地に白文字で『Tennessee WHISKEY JACK DANIEL'S』と書いてある。いつものやつというのはウイスキーだった。

面接が行われているのにウイスキー。なんかすごいことになってきた。

周さんは手慣れた手つきでキャップを取り、ボトルを持ち上げてグラスに濃い茶色の液体を注ぎ入れた。コーヒーやパイプ煙草の匂いに混じって、これまで嗅いだことのない力強い香りが漂ってきた。

童貞と仮性包茎が同居しているから、当然女性との性的な経験は皆無。なのになぜか大人の官能的な世界を感じた。それも、あっさりした愛欲シーンが多いパートカラーのピンク映画ではなく、ボリュームある肉体が繰り広げる濃厚なシーンがこれでもかとばかりにスクリーン上で展開される、スウェーデン映画のようなぶ厚い芳香だ。

親父が飲むウイスキーでこんなことを感じたことはない。

周さんはグラスを口元まで近づけ香りをかぐような仕草をしてから、放り込むように一気に飲み干した。時間にすれば十数秒ほどの、注ぐところからグラスを空にするまでの流れるような動き。途中に一切のためらいはなかった。

西部劇やフィルム・ノワールの映画などで昼間から酒を飲む場面はいくつも観てい

たし、その時に「外国人は昼間っから酒を飲むのか」と驚くこともなかった。ストーリー上必要な場面、つまりは映画の中だけの話。

しかし、今僕の目の前には、昼間からウイスキーを生のままリズミカルな仕草で飲み干す人がいる。しかも面接の最中に、だ。

「いつものやつ」というくらいだから日常的にやっていること。

見事な飲み方を見せてもらったけれど、あまりにも大胆で豪快すぎる。

「そうやろなあ。紗江子さんとか私なんかは見慣れとるけど、知らん人が見たらびっくりするわな」

僕が驚いていると思ったのか、友達に話しかけるような口調だった。

小夜ちゃんの方に顔を向けた。肌が白く、大きな目の下あたりに薄く見えるそばかすが印象的だった。

「一平君、紹介するわね。彼女はアルバイトをお願いしている中村小夜さん」と、履歴書から顔を上げて紗江子さんが言った。

椅子から立ち上がり挨拶をした。

「初めまして。本日面接に伺いました富田一平と申します」

「初めまして。中村小夜と申します。早速ですが自己紹介させていただきます。どうぞお座りになってください」

さっきまでのくだけた話し方から、丁寧な言葉遣いに変わった。

僕は腰を下ろした。

小夜ちゃんは軽く咳払いをしてから自己紹介を始めた。

「改めて自己紹介させていただきます。名字は大好きな時代劇映画『宮本武蔵』シリーズでずっと主役を張っている中村錦之助と同じ漢字の中村です。名前は、モーツァルトが作曲した『アイネ・クライネ・ナハトムジーク』が元になっています。これには日本語の曲名があって、小さな夜の曲『小夜曲』と書きます。私の父はこの曲が好きで、娘が生まれたら『小夜曲』から漢字を借りて小夜にしようと決めていました。それが理由で小夜と名付けられました。私もこの名前が気に入ってるんで、これからは小夜と呼んでください。趣味はアルゼンチン・タンゴ、コンチネンタル・タンゴの区別なくタンゴ全般と演歌を聴くこと、日本切手の蒐集、ヤクザ映画鑑賞です。好きな小説は野坂昭如の一連の作品、中でも『エロ事師たち』と『骨餓身峠死人葛（ほねがみとうげほとけかずら）』が大好きです。嫌いなものはフーテン族、サイケ、ミニスカート。万国博は行くつもりがありません。四月で大学四年に進級します。所属学科は英米文学科。親の仕事の関係で八歳から十四歳までアメリカのボストンにいたので、英会話は不自由せん程度には話すことができます。以上。よろしくお願いします」

確かにアメリカンが言うとおり印象的な内容だった。

野坂昭如は流行作家だから名前は知っているし、『アメリカひじき』と『火垂るの墓』は読んだことがある。でも小説の題名が『骨餓身峠死人葛』となると、どろどろとした語感が不気味な印象、いくら小夜ちゃんが大好きな作品と言っても読みたいとは思わなかった。もう一つの『エロ事師たち』は今村昌平監督で映画化もされたから題名くらいは知っていた。

タンゴは旅館を経営している自宅の隣がダンスホールで、そこから夜遅くまで漏れ聞こえていたので聴き慣れてはいた。『ラ・クンパルシータ』とか『碧空(あおぞら)』、『真珠採りのタンゴ』くらいは最初の二、三小節聴くだけですぐに曲名が浮かんでくる。しかしアルゼンチン・タンゴとコンチネンタル・タンゴの違いとなると皆目見当がつかない。

とにかくこれまで僕が出会った女性とは、といっても同級生程度の範囲でしかないが、全く異なるタイプだった。なんか周りの目は気にせず、自分が思い描くとおりに生きているような感じがして、小夜ちゃんに対して悪い印象は持たなかった。

「ご丁寧に話していただいてありがとうございます」

僕は自己紹介のお礼を述べた。

小夜ちゃんはくだけた口調に戻った。

「どういたしまして富田君。それと皆さん何度も同じ話を聞かせてしまってすみません」

「気にすることあらへん。小夜ちゃんの自己紹介はおもろいから何度聞いても飽きることない。みんなもおんなじやと思うで」

紗江子さんとアメリカンは笑っていた。周さんと同じ意見のようだ。

小夜ちゃんが着席すると、周さんは二杯目をグラスに注ぎ始めた。

「周さんペースが速いですよ。というかまだお昼前ですよ」

紗江子さんはやんわりと周さんをたしなめてから、「小夜ちゃんありがとう。悪いけど隣のテーブルから椅子を持ってきて空いてるところに座ってくれる」と言った。

周さんはグラスに手を伸ばさなかった。周さんと紗江子さんが、酒好きの父親とそんな父親の身体を心配する娘に見えてきた。

小夜ちゃんが座ると、再び紗江子さんが話し始めた。

「一平君、少し質問させてくれる」

面接の本番が始まった。しかし、なんか奇妙なことになっている。

採用担当者、この場合は紗江子さんが就労希望者の僕に対して様々な質問を行い、働きたいという意欲とか人柄なりを判断するための機会、それが面接だ。初めて経験する面接とはいいえそれぐらいは分かる。

ところが、「趣味のええシブイ服着てる」から採用されると言われたり、小夜ちゃんの印象的な自己紹介を聞いたり予想外のことが続いて、今度はウイスキーを飲んでやや顔が赤くなった周さん、友人のアメリカン、アルバイトの小夜ちゃんと、採用担当者ではない三人が面接の場に同席という状況。

どう考えても同席の理由が見つからない。それなのにみんな当たり前のような顔をして椅子に座ったまま。

目の前で展開されている不思議な光景。なんかおかしい。

「プライベートなことで答えにくいかもしれないけど、一平君は今浪人でしょ。受験勉強で忙しいと思うけど、なぜアルバイトをしようと思ったの」

紗江子さんは三人の同席を気にする様子もなく、採用担当者らしい質問をしてきた。やっぱり面接だ。取りあえずこの状況は無視することにした。

面接日が決まった時から、「なぜアルバイトをしようと思ったか」という質問が来ることは想定していた。

脚本家を目指し東京の大学に進学すると決める中で、アルバイト代を映画館の入場料の足しにするという、息抜きのためにやる考えは消えた。アルバイト代は東京で生活するための資金として貯金することにした。

三、四ヶ月分の生活費が貯まれば十分。その間に学徒援護会や新聞の求人欄などを利用して、大学に通いながら働くことができるアルバイトを探すつもりだ。

ただ、この〝腹づもり〟は話さないつもりだった。確定したことは何もないのだ。大学に合格すらしていない状況でいろいろ聞かれてもうまく答えられない。アルバイトをやる理由は、取りあえず〝社会勉強〟と答えることにしていた。

しかし、改めて紗江子さんに訊ねられると、〝社会勉強〟とかいかにも取り繕ったような理由は嘘っぽい。というか、嘘そのものといった感じで、どうにもこうにも居心地が悪い。

なにより、ありのままを見せてくれている周さん、紗江子さん、小夜ちゃん、そしてここを紹介してくれたアメリカンに対して失礼な話だ。

働く理由をきちんと話すことに決めた。

「わたくしは来年東京の大学を受験します。理由は脚本家になるための勉強をやりたいからです」

アメリカンが僕の顔を見つめているのが分かった。「どうしたんだ一平。いつもと違うじゃねえか」と思っているかもしれない。

紗江子さんは笑っているようないないような表情。周さんはウイスキーが入ったグラスを見つめ、小夜ちゃんは左手の甲を右手でこすっている。

「そうなるとアパート代を始めこれまでは必要としなかったお金が必要です。親からの仕送りはありますが、できるだけ負担はかけたくありません。そのため東京で働く必要があります。しかし、初めて住む街でいきなり学業と両立できる仕事を探すのも大変です。そこでわたくしは数ヶ月間落ち着いて探せる生活環境にしたいと考え」

ここまで一気に喋ったので息継ぎをした。

「一平君、〝わたくし〟なんて言い方はやめてもっと気楽に話してくれる。肩が真横にピンと張って衣紋掛けみたいになっているわよ。力を抜いてリラックス、リラックス」

僕が一息入れるタイミングを狙っていたのか、採用担当者が就労希望者を励ました。またも不思議な状況。

「ありがとうございます。それで」

次の言葉が出ない。どこまで話したか思い出せなくなった。

「どこまで話したんやったかな」

一瞬、間があって僕を除く全員が吹き出した。

顔が熱い。間違いなく赤面している。

「落ち着け、一平」

アメリカンの声。

僕は軽く咳払いして気持ちを落ち着かせた。

「失礼しました。それで、ここで働くことによって得た収入を東京で仕事を探す間の生活費の足しにしようと考えました。大学に合格もしてないのにってゆわれたら反論しようがないんですけど、とにかくこれが理由です」

なんとか話すことができた。

ただし、これで安心するわけにはいかない。油断大敵。次にどんな質問が来るか。

紗江子さんの口元に目と耳を集中させた。

「なるほどよく分かりました。それじゃあ仕事のできる曜日とか時間を小夜ちゃんと打ち合わせしてくれるかな。決まったらスケジュール表、簡単なやつでいいけどそれを私にくださいい。それとできればなんだけど、日曜日はかなり忙しいので二人揃って店にいてくれると助かる。一平君はそこらへん大丈夫かな」

指示された内容は理解できた。僕がここで働くことを前提にした勤務体制のことだ。

こんなにも簡単に採用可の結論は下せるのか。

採用かどうか確認しようとしたら、「分かりました、富田君と相談して決めます」と小夜ちゃんが言った。

周さんはすばやくグラスを手に取り、さっきと同じようにリズミカルな動きで一気に飲み干した。多分アメリカンはニコニコしていると思う。

「すみません。確認したいのですが、ここでアルバイトをやらしていただけると理解していいのでしょうか」

頭の中が採用された安堵感とうれしさ、戸惑いが混じりあって混乱している。

「もちろん。だからスケジュール表の話をしたの」

「まだ一つしか質問されていないですけど」

ちょっとしつこいか。

「いいじゃん、とにかくここで働けることになったんだから。目標を達成するための第一歩を踏み出したんだぜ」

アメリカンがテーブルの下で僕の足を小突いた。うるさく聞くなということだ。

「一平君は紗江子さんに気に入られたんや。そうやなかったら納得するまで一平君を質問攻めにしてると思うで」

周さんの「気に入られたんや」という言葉で口元が緩みそうになった。

「確かにそうね。さっきのアルバイトをやる目的を聞いて真剣なのが分かったし、とても清潔感のある服装をしていたから、これなら大丈夫、採用って決めたの」

ガンクラブ・ジャケットとズボンを買ってくれたかあちゃんに感謝。

「全員が面接に同席したことを変だなって感じたと思うけど、あれは周さん、小夜ちゃんにも一平君を見てほしかったから。それに、紹介してくれた拓也君に席を外してもらったとしたら、お店に一平君を連れてきてくれたからお役御免、それじゃサヨナラっていう感じがしてなんかドライすぎるもんね。ごめんなさいね、風変わりな面接になって」

ようやく面接らしくない面接になった理由が分かったが、おかげで僕は働く理由をみんなの前で正直に話すことができた。

「ということで、一平君は『スポット』で働くことになりました。周さん、小夜ちゃんよろしくお願いしますね」

紗江子さんが採用を宣言した。

周さんは僕に向かってグラスをかざしてから、再びウイスキーを飲み干した。いつの間に三杯目をグラスに注いだのか。紗江子さんが渋い顔をしていた。

「よろしゅうお願いします。それとな、年上とか年下とか気にせんでええよ。私と喋る時は敬語も使わんでええから。そのほうが気が楽や。これからは一平君って呼ぶから、私のことは小夜って呼んでちょうだい。紗江子さんに指示された勤務スケジュールはあとで話すようにしよか」

小夜ちゃんが言い終わるのを待って、僕は椅子から立ち上がった。

「『スポット』で働くことになりました富田一平です。みなさんよろしくお願いします」

みんなが拍手をしてくれた。仲間として迎え入れられたような気がした。

「そういえば一平君は映画が好きって拓也君から聞いたけど、映画の脚本を書きたいってことなの」

「そうです。映画と比べて舞台とかテレビドラマの脚本がどう違うのか、それとも違ってないのかすら分かってないんですけど、映画館で上映される作品の脚本を書きたいです」

「それじゃあ、どんな映画が好きなの。年代で決めつけたらいけないとは思うけど一平君の歳なら阪急文化なんかで上映してるATGの作品みたいなのが好みなのかな」

照れくさくて「恋愛映画が好き」とは言えないと『スポット』に入る直前思ったことも、今はきれいさっぱり消えていた。

「ATGの作品もいろんなこと考えさせてくれるからけっこう観てますけど、好きなんはフランス映画、特に恋愛映画が好きなんです。ちょっとした表情の動きとか気の利いた台詞で微妙な感情を表現したり、とにかく作り方がうまいんです。さっき『G線上のアリア』が流れてましたけど、恋愛映画の名作やと思てる『冒険者たち』に使われてた音楽なんで、ほんま嬉しかったです」

「日本映画にもええ作品たくさんあるよ」

小夜ちゃんが話に入ってきた。

「特にヤクザ映画はええよ。この前観た『緋牡丹博徒　お竜参上』なんか最高や。雪が降ってる橋の上で、藤純子と菅原文太がお互いに立ち去りがたい思いを心の中に秘めとくシーンなんか、今一平君が言ったちょっとした描写で表現してて感動したわ」

両手を大きく広げながら熱く語り始めた。紗江子さんが小夜ちゃんの手を避けようとのけぞったことにも気がついていない。

周さんが加わった。

「わしにもゆわしてんか。フランス映画とかヤクザ映画もええけど昔のイタリア映画もええなあ。『自転車泥棒』、『夏の嵐』、『鉄道員』、ジーンとくる名作がいっぱいや」

周さんは話しながらボトルに手を伸ばしたが、紗江子さんが睨んでいたので慌てて手を引っ込めた。映画の話に紛れてもう一杯という企みは見破られていた。

「ダメです」という気持ちが僕にも分かるほど、紗江子さんの目つきは厳しかった。

それにしても、そこまで飲みたいと思うくらいそのウイスキーはおいしいのか。以前親父が、「高級もんのダルマ（サントリー・オールド）は味がええなあ」と言っていたウイスキーを、どんなものかと思って内緒で一口舐めたことがある。鼻腔に広がった未知の香り、焼けるような喉への刺激。どこがいいのかさっぱり分からなかった。周さんの飲んでいるものはそれとは全く違うのか。

気になる。僕は「周さん」と呼びかけた。

「そのウイスキー見たこともないラベルですけど、テネシー・ウイスキーって書いてあるからアメリカのお酒なんですか」

「おおこれか。よお聞いてくれた。そのとおり。アメリカのテネシー州で醸造した『ジャック・ダニエル』っちゅうウイスキーや。原料の半分以上がトウモロコシなんや。わしは洋酒やったらこれしか飲まん」

周さんが僕にラベルを見せるようにボトルを少し持ち上げると、紗江子さんはサッと手をグラスの上にかざした。周さんがその手を見てぎょっとした顔をしたから、紗江子さんの予測は正しかった。ラベルを見せようとしたのはフェイントで、目的はグラスへ『ジャック・ダニエル』を注ぐことだったのだ。

これからは周さんと紗江子さんが繰り広げるであろう『ジャック・ダニエル』を巡る丁々発止を何度も見ることになりそうだ。

「トウモロコシ？　そんなんでお酒ができるんですか」

「そうなんや、独特の醸造法をしてて香りがええ。ちょっと甘い味もするけど喉を通る時はガシガシ暴れて荒っぽい。ほんま酒を飲んでるって気分にしてくれる」

「私も何回か飲ませてもろたけど香りが好きやな。醸造する時に使う木の樽の匂いなんかも移ってると思うんやけど、それが鼻の奥に残っててなんとも言えんくらいええ気分にさせてくれる」

『ジャック・ダニエル』の味を思い出しているのかしみじみとした口調の小夜ちゃん。

「小夜ちゃんこのお酒飲んでたの。全然知らなかったけれど、お店開けてる時に飲んでないわよね」

からかうような言い方の紗江子さん。小夜ちゃんが『ジャック・ダニエル』をごちそうになっていること、店にいる時は飲んでいないことなどが分かってて言ってるような気がした。

小夜ちゃんが「まさか」と言った時、ドアの開く音がした。

今日初めてのお客さんだと思って入り口を見たら、けっこう大柄な外国人の男性が立っていた。外国人はパッと振り返って外を見てから店に入ってきた。店内の商品を見て回ろうとはせず、僕たちをじっと見ている。なんか妙な感じだ。

紗江子さんに「今日最初のお客さんは外国の人ですね」と言おうとしたが、その言葉を思わず飲み込んだ。紗江子さんの柔らかかった表情が一変、厳しくなっていた。周さん、小夜ちゃんの表情も硬い。

張りつめた雰囲気。

「悪いけど周さんと私はちょっと席を外すね。小夜ちゃんは一平君と勤務時間の打ち合わせをしてちょうだい。このテーブル使ってもかまわないから」

そう言って紗江子さんは周さんと一緒に外国人の方に歩み寄った。そして、三人は無言のまま奥の部屋に向かった。

小夜ちゃんを見た。アメリカンも問いたげな表情で小夜ちゃんを見ている。

「一平君、それと拓也君もやけど、私に聞いてもあかん。詳しいことはなんも知らんから話すことはでけへん」

機先を制する小夜ちゃん。

「取りあえずゆえることは、ややこしいことに巻き込まれんためにも、あの外国人のことは一切知らんほうがええということや」

小夜ちゃんに、「そんな言い方したらあかん。ややこしいこと知ってるって白状したようなもんや」と助言をしたくなった。

「そんなこと言わないで知ってる範囲だけでいいから教えてくれよ。俺と小夜ちゃんの仲じゃん」

「拓也君の頼みでも絶対にあかん」

ずっと前から『スポット』に出入りしているから、親しくなっているはずのアメリカンが頼んでもはねつけられた。喋らないという意思は強固だった。

「この話はもうええやろ」

きっぱりと小夜ちゃんは宣言し、胸ポケットからメモ帳とボールペンを取り出した。

「それより一平君の勤務時間の打ち合わせをやろ。これを決めんことには全然前に進めへん」

怪しい外国人のことは働くうちに分かるかもしれないし、分からないかもしれない、その程度の好奇心にしておくのがよさそうだ。

小夜ちゃんも「ややこしいことに巻き込まれんためにも一切知らんほうがええ」と言っていた。トラブルに巻き込まれて、僕の将来にとって大事な、そしてなにより気持ちよく働けそうなアルバイトを失いたくない。

アメリカンは窓の外を見ていた。教えてもらえないことを拗ねている感じはしない。多分、部屋にこもった三人がどんな関係なのか考えを巡らせているのだ。

僕は、「そうですね、本題に戻りましょ」と言って、小夜ちゃんと打ち合わせを始めた。

頭の中で予備校の授業スケジュールを整理しながら、土曜日は開店から閉店まで、日曜日は午前中にサッカーの練習があるので午後から、平日は授業の合間を縫って出勤という希望を述べ、併せて明日からでも働けることを付け加えた。予備校から『スポット』まで歩いて十五分程度だったのが平日の勤務時間に幸いした。

「これだけ来てもらえると助かるわ。私も卒論書かなあかんからお店休むこともこれから多なるしな。ほんま一平君様々や。これやったら東京で生活する資金もけっこう稼げるんとちゃうかな」

小夜ちゃんの「東京で生活する資金もけっこう稼げるんとちゃうかな」で気がついた。まだアルバイト代のことを聞いていない。

「あの、アルバイト代のことどうしましょ。紗江子さんたちは部屋に入ったままやし」

僕は部屋の方向を指差した。

「そうや、大事なこと決めてなかったな。でもアルバイト代のこと話せるの紗江子さんしかおらへんけど、今呼びに行くのはちょっとしんどいな。それに昼過ぎやからそろそろお客さんで立て込んでくる時間や。困ったな」

「一平、待たせてもらおうぜ。ここにいればお客さんの様子とか小夜ちゃんの接客のやり方なんかが勉強できるじゃん。働く前の事前準備って考えればいいんじゃないの」

筋は通っている。しかしアメリカンの本音は違うところにあると思う。外国人が部屋から出てきた時の様子を見たいのだ。

僕は店の雰囲気をつかんでおきたい気持ちの方が強かった。

「そうやな。そのほうが戸惑うことも少なくなるかもしれん。小夜ちゃん、ここで待たせてもらってもええですか」

「オッケーや。私がここで座ったまんまやとお客さんが来た時に体裁悪い。入り口の横におるわ。君らはここで雑談でもしとって」

小夜ちゃんは入り口横にある会計用カウンターに向かった。

それからいくらも経たないうちに中年女性の三人連れが入ってきた。入り口で小夜ちゃんと親しそうに話しているから常連だ。仕事に備えて女性たちの顔を覚えたり、小夜ちゃんの接客の様子を観察した。

そのあとも三十分ほどで女性六人、男性二人のお客さんが来た。

「平日の昼間なのにけっこうお客さん来るんだな」

アメリカンの感想に頷いた。平日の昼間でこの状態だったら、日曜日はどんなことになるのか。想像しただけで緊張してきた。早く仕事を覚えなければいけない。

しばらく小夜ちゃんやお客さんの動きに集中していたら、奥の部屋から人の出てくる気配がした。紗江子さんだった。周さんと外国人は現れなかった。店内にいたお客さんに愛想よく挨拶しながら僕たちのテーブルに向かってきた。

「ごめんなさいね、いきなり席を外しちゃって」

「大丈夫です。一平も僕も時間だけはたっぷりありますから」

「ありがとう気を使わせて。それで大事なことを話していなかったんだけど、アルバイト代のこと。今ここで金額のこと話してもいいかしら」

「もちろんです。拓也が横で聞いてても平気です」

アルバイト代を知られても全く気にならなかったが、アメリカンはお金のことなので気を使ったのか、窓の方を見て聞いていないふりをしている。

「じゃあざっくばらんに言うわね。新人は時給三〇〇円でやってもらってるの。それで経験を積んでいくにつれて少しずつ金額がアップするという方式。この金額で納得してもらえるといいんだけど」

遠慮がちな言い方だったが、時給三〇〇円は世間相場より高いと思う。新人だからもっと少ない金額を予想していたので不満はこれっぽっちもない。というか申し訳ない気がしてきた。

「十分です。でも本当にいいんですか、未経験者の僕がこんなにいただいて」

「大丈夫、気にしないで。全然無理してないから」

「よかったじゃん。これで金銭的な心配はなくなったし、あとは大学に受かるだけだな」

案の定、窓の外を見ていてもアメリカンの耳だけは〝空飛ぶゾウ　ダンボ〟になっていた。

「お前嫌なことゆうなや。まるで大学に落ちるような言い方やで」

「いやいやそういうことじゃなくて、金銭的な問題が解決されたから受験勉強に集中できるって意味なんだ。気にすんなよ」

アメリカンは笑っていた。

「勤務時間のことだけど、小夜ちゃんと打ち合わせはやってくれたのかな？」

僕は小夜ちゃんに話したことと同じ内容を話し、明日から働けることも付け加えた。

「ホント助かる。ここにいて分かったと思うけど、けっこうお客さん来るでしょ。それに小夜ちゃんも卒論で忙しくなるし」

紗江子さんは店内を見回した。僕も店内に顔を向けると、七、八人のお客さんがあちこちで骨董品の品定めをしているのが見えた。小夜ちゃんが小走りで箪笥の近くにいる客さんに近づいていている。

「できることがあれば、今からでも手伝いますよ」

忙しくなっているのは明らか。このまま知らんぷりして帰る気にはなれない。

「えっ、それは悪いわよ。面接に来てもらっていきなり今から働くなんて」

遠慮の中に期待が少し入っているような気がした。僕の考えすぎかもしれないので、もうひと押しして断られたら引き下がろう。

「大丈夫です。何でも言いつけてください」

思案顔の紗江子さん。

「そうですよ紗江子さん。一平はサッカーで鍛えてるから力仕事でも平気ですよ」

「そこまで言ってもらえると気が楽になる。お願いしようかな。接客はまだ大変だと思うので、拓也君が言ってる力仕事、といっても軽いものなんだけどやってもらえる?」

アメリカンの後押しが効いた。初仕事。ワクワクしてきた。

「実はね、おととい古い和箪笥を常連さんから買ったんだけど、汚れとかほこりを拭き取る作業をまだやってないの。それを頼んでもいいかな」

「了解です。気をつけるところさえ教えてもらえたら、後は全部自分がやります。どこに和箪笥はあるんですか」

「奥の部屋を抜けて内廊下に出れば保管庫にしてる部屋があるから、そこに行きましょ」

まだあの部屋には周さんと外国人がいるはずだ。厳しい表情だった二人の前を通り過ぎるのは気が重い。

「周さんたちのことなら気にしなくていいわよ。もういないから」

紗江子さんは僕のためらう表情を見逃さなかった。多分周さんと外国人は内廊下からこの屋敷の正面玄関を使って出ていったのだ。

「それじゃ保管庫に行きましょうか」

紗江子さんが椅子から立ち上がった。周さんと外国人がいなくなったのを潮時としたのか、アメリカンも腰を上げた。

「じゃ俺はここいらで失礼するよ。これからポルトガル語の先生に会いに行くから」

「おっ、先生見つかったんか」

「そうなんだ。日本人なんだけど十八歳まで向こうにいたからポルトガル語はぺらぺら。それにアズレージョのこともよく知ってるから、俺にとっちゃピッタリの人ってところ」

「うまいこと見つかってよかったな。本格的に動き出したっちゅうことやな」

「そういうこと。お前も今日がスタートだぜ。がんばれよ」

「お前もな。ほんじゃ、俺はこれから和箪笥を磨きにいくわ」

「じゃまたな。なんかあったら電話するから」

アメリカンは入り口に向かって歩き出そうとしてすぐに振り返った。

「紗江子さん、いろいろありがとうございます。一平のことよろしくお願いします」

紗江子さんを見ながら丁寧にお辞儀をした。僕もお辞儀をした。

「いいのよ二人とも、そんなにかしこまらなくて。うちも助かったんだから。それよりポルトガル語の勉強頑張ってね」

紗江子さんはアメリカンがポルトガル語の勉強を始めた理由を知っている。そう思わせるような口ぶりだった。親しくしているアメリカンのお母さんから聞いているのかもしれない。

「もちろん。ポルトガル語ぺらぺらになってみせます。とにかくやるしかないですから。それじゃまた来させてもらいます」

そう言うと、接客している小夜ちゃんに向かって手を振り大股で店を出ていった。

「それじゃあ一平君の初仕事、始めましょうか」

紗江子さんはとっくりセーターの両袖を肘まで引き上げ、「一平君と一緒に保管庫へ行ってるから」と小夜ちゃんに声をかけてから歩き出した。

ここまでは順調過ぎるくらい順調。

唯一の気がかりは怪しい外国人の存在と、周さん、紗江子さん、小夜ちゃんの秘密めいた振る舞いだ。あの時の緊張感に満ちた四人の雰囲気には僕もアメリカンも圧倒された。尋常じゃない何かが背景にあることは間違いない。

当然、これからここで働くことになる新米に詮索する術はない。そもそも四人の中に立ち入る資格みたいなものがない。

余計なお節介は控えるべし。

やるべきことは、『スポット』の仕事と受験勉強の両立。それが今の僕に課せられたことであることを再確認し、紗江子さんの後について保管庫へ向かった。

三

働き始めてほぼ一ヶ月が経過した。

最初の十日間くらいは、スパゲッティが盛られた皿をお盆から滑り落としたり、骨董品の値段をひと桁間違えてけっこうな騒ぎになったりと散々の出来。紗江子さんや小夜ちゃんに迷惑ばかりかけていた。気分も落ち込んだ。

しかし日にちが経過するうちに要領も覚えたので、ミスはほとんどしなくなった。働くことが楽しくなるにつれて受験勉強が捗るなど予想外のことも起こり、浪人生活が円滑に回り出したような気がする。

今日は午前中英文法の授業に出席、その後昼前から『スポット』にいる。

朝から雨模様で気温も低く肌寒い。こんな天気だから外出を控える人が多いのか、小夜ちゃんによれば、開店からまだ一人もお客さんが来ていないらしい。紗江子さんは古箪笥とガラス壺の買い付けでいないから、余計にひっそりとした感じがする。これといってやることもなかったので、喫茶コーナーのテーブル席に座って、小夜ちゃんと店内で流す音楽のことを話していた。

「一平君のかけるレコードは映画音楽ばっかしやな。今もサントラ盤の『シェルブールの雨傘』かけてるし」

「ええ曲でしょ。今日は雨やからここに来る前から決めてたんです」

「そらまあ曲としてはええけど、こんな天気の時はもっと元気の出るもん選曲せなあかんやん。例えば和田アキ子の『どしゃぶりの雨の中で』。元気出るで」

「そらあの迫力ある声聞いたら元気出るけど、前に紗江子さんから注意されたでしょ。小夜ちゃんが『緋牡丹博徒』を店で流した時に」

僕が働きだして数日経った頃だ。

緊張しながらコーヒーが入っているカップをお客さんの前に置いていたら、いきなり藤純子が歌う『緋牡丹博徒』が流れてきた。それも、面接の時に初めて聞いて好きになったジャズ・ギタリストのウェス・モンゴメリー、この名前は紗江子さんに教えてもらった、が弾いている『エリナー・リグビー』が中途で終わるという不自然さ。仕事を始めて間がなかったので、その時は演歌も店内で流すのかという程度の認識だった。ただ、ジャズからいきなり演歌という変化は唐突にすぎるとは感じた。お客さんも「どうしたんだ」とばかりに周囲をきょろきょろ見回していた。

紗江子さんが厳しい顔で足早に奥の部屋へ向かうのを見てようやく気がついた。紗江子さんが店で流そうと考えている音楽とはかけ離れていたのだ。

ほどなくして『緋牡丹博徒』がサイモンとガーファンクルが歌うサントラ盤『卒業』に切り替わり、店にいつもの雰囲気が戻った。

事務所から出てきた紗江子さんは何人かのお客さんに「いらっしゃいませ」と声をかけていたが、作り笑いと明らかに分かる顔つきだった。

「ああ、そういやそんなことあったな。あの時は怒られた。『小夜ちゃん、レコードを選ぶ時はお店の雰囲気に合ったものにしてちょうだい。それに『緋牡丹博徒』は自宅から持ってきたんでしょ。レコードは事務所にあるものから選ぶこと。これを守ってね』ってゆわれてしもた」

「そらそうや、お店の雰囲気と合わへんもん」

「確かにそうやけど、たまには雰囲気を変えたほうがええと思たんや。やっぱりあかんかったけどな。思いつきでやったら失敗するっちゅう見本みたいなもんや」

そう言ってから小夜ちゃんは少し真剣な顔になって僕を見た。

「一平君に一つだけアドバイスしとくわ。紗江子さんって普段私らとかお客さんとは関東弁で喋るやろ」

僕はアメリカンの顔を思い浮かべた。

「そうやな。拓也もずっと関東弁で喋ってる」

「そうや大杉君も関東弁や。でもな、紗江子さんが本気で怒った時は完璧な関西弁になるんや。それも大きな声やのうて静かにゆっくりと話しかけてくるねん」

「うわっ、それ想像するだけで怖いな」

「そうやろ。一平君がなんか大きな失敗して、その時に紗江子さんがゆっくりした関西弁で話しかけてきたら覚悟したほうがええ。相当怒ってるっちゅうサインや。逆に紗江子さんが関東弁のままやったら安心してもええ。激怒のレベルまでいってない。これだけはよう覚えときや」

「紗江子さんの関西弁に注意。了解しました」

冗談っぽく返事をした時、人の入ってくる気配がした。

一週間ほど姿を見せなかった周さんが入り口に立っていた。隣には面接の時に見た外国人。思わず僕は椅子から立ち上がってしまった。座ったままの小夜ちゃんを見たら目を見開いていた。

「紗江子さんは」

いつもなら「雨が降ってうっとうしいな」とか、「これだけ寒いと年寄りには堪えるわ」みたいなことを軽く挟んでから用件に入る周さんが、知りたいことだけを訊ねてくる。ピリピリしている。

「買い付けです。二時頃に戻ります」

小夜ちゃんも雰囲気を察したのだろう、返事に無駄がなかった。

「そうか。それやったら二階のわしの部屋におるから紗江子さんが戻ってきたら来るようにゆうてくれるか」

周さんはそれだけ言うと、外国人と一緒に店内に入って事務所の方に向かった。わざわざ内廊下を使って二階に行くつもりだ。店の入り口からいったん外に出て、正面玄関を経由する方がはるかに近いのにそうしなかった。なぜだろう。外に出ることで誰かに見られることを警戒したのか。いや、そんなスパイ映画みたいなことあるわけない。でも、なんかおかしい。

「あの外国人、一ヶ月前僕が面接した時に来た人でしょ」

「そうや」

簡単な返事が返ってきただけ。小夜ちゃんは腕組みをして考え込む表情になり、自分の周囲に見えない壁を作ってしまった。横にいても気持ちがザワザワするばかり。僕はテーブルを離れ、思いつくまま商品にはたきをかけ始めた。

店の中を行ったり来たりしていたら背後で人の気配がした。振り向いて入り口の方を見ると、三人の男性が立っていた。今日初めてのお客さん。僕は接客のためお客さんの方に向かった。

真ん中にアメリカンがよく着ているN-2Bに似たジャンパーにジーパンの白人、

その左右に日本人らしき東洋人。東洋人は黒っぽい色のスーツにネクタイというサラリーマンにありがちな格好、一人は銀縁のメガネをかけていた。

くだけた格好の外国人にスーツ姿の男性二人という組み合わせがちぐはぐな感じで、なんか引っかかる。それに、男性が何人かで連れ立って来るのは珍しい。この店の傾向として、男性の場合はおおむね一人でやってきて品選びをする。女性の場合はグループで品選びをしてから軽食というパターンが多い。

「いらっしゃいませ」

男性たちに声をかけてからテーブルの方を見た。英語での対応が必要な場合を考え、英会話に堪能な小夜ちゃんに声掛けしておこうと思ったからだ。しかし小夜ちゃんはいなかった。いつの間にか席を離れていた。

「何かお探しですか」

返答がない。全員が無言で僕を見つめている。ぶしつけな感じがして少し不快になってきた。しばらくしてメガネをかけた東洋人が白人と英語で話し始めた。会話のスピードが速すぎて何を話しているのか理解できない。かろうじてイエス、ノー、タイプライターという単語だけは聞き取れた。

「タイプライター見せてくれるか」

メガネをかけた方の東洋人は思ったとおり日本人。関西弁だ。気軽に頼むというよりは命令するような口調。客と店員という関係性があるにしても、いささか無作法な気がする。

「奥の方に電動タイプライターも含めていくつかあります。こちらへどうぞ」

先に立って彼らをタイプライターが置いてあるところまで案内した。

レミントンの年代物や手ごろな価格の電動タイプライターなどをまとめて置いてあるところに連れていっても、三人はキーを叩いて打感を確かめるでもなく、何かを訊ねるでもなく押し黙って突っ立ったまま。思い違いかもしれないが、辺りを窺っているような気配を感じる。

なんか様子がおかしい。万引きとか強盗でもしようとしているのか。

お客さんがリラックスできる雰囲気にしてくださいと紗江子さんから指示されていたので、いつもなら案内が終わればその場を離れるようにしていた。しかし今回はその指示を無視した。質問を待っているような態度でそばに居続け、彼らをそれとなく監視しようと決めた。

僕も男たちも黙ったままの奇妙な構図が数分続いて、突然メガネをかけた日本人が白人に話しかけた。白人が軽く頷いた。

「また来るわ」

実に簡潔。そして無愛想にして無作法。本当に印象的な話し方をする。また来ると言っているので、僕はこの男をメガネ男と名付けた。

結局三人はタイプライターのことを何も聞かないまま店から出ていった。

お前らかなり怪しいぞ。

密かに毒づきながら彼らの後ろをついていき、ここの敷地から完全にいなくなるのを見届けることにした。

三人が門扉を過ぎて道路に出る直前、最後尾にいたメガネ男がゆっくりと振り返り、入り口で突っ立っていた僕に向かって薄ら笑いを浮かべた。蛇の笑顔は見たことがない。というか蛇が笑うわけない。それでもメガネ男の薄ら笑いは蛇を連想させた。気色悪い。

彼らが完全に見えなくなったのでドアを閉め中に戻ったら、小夜ちゃんと周さんが窓際のテーブルに座っていた。周さんと一緒だった外国人はいない。

「帰ったみたいやな。なんか話してたか」

僕は「タイプライター見せてくれるか」と「また来るわ」だけで、他は彼らが早口の英語でやり取りしていたので全く理解できなかったと答えた。

「また来るわって、あいつらふざけた言い方しよるな」

僕や小夜ちゃんに同意を求めたのではなく、思わず怒りが口に出てしまった。そんな感じだった。

周さんは「あいつら」と言った。彼らを知っている。吐き捨てるように言うくらいだから友好的な相手ではない。そこまでは理解できた。

「一平君、今日はちょっとややこしいことになってしもた。臨時休業や。仕事終わりにしてくれるか。紗江子さんにはわしの方で話しとくから」

店主である紗江子さんの指示ではないが、周さんなら従うしかない。

「分かりました。できることがあったらなんでもしますから、遠慮なく言ってください」

精一杯のことを言ってから、僕は事務室に戻って自分のリュックサックを背中にしょって『スポット』を出た。小夜ちゃんは店に残った。

傘をさしながら坂道を下っているといろんな考えが駆け巡る。

「臨時休業」と言ったのは、何か緊迫した状況になっているからだ。加えて、今起こっていることに僕を巻き込まないための気配りもあると思う。しかしその気配りが残念でしょうがない。小夜ちゃんは店に残り、僕は帰路についている。まだ『スポット』の仲間になりきれていないのか。

なんかもやもやする。このまま電車に乗って帰宅するのも気が進まない。

アルバイトを始めて一ヶ月。予備校、『スポット』、自宅を行ったり来たりする毎日なので、映画を観にいく時間がなかった。気分転換にちょうど良い機会と前向きに捉え、このまま映画館へ直行することにした。

何を観るか。先月公開された『エロス+虐殺』には好きな女優、岡田茉莉子が出ているから阪急文化に行ってみたいが、日にちが経過しているので別の作品に変わっているかもしれない。生い立ちに興味があるリザ・ミネリ主演の『くちづけ』も東京の方ではすでに公開されてはいるものの、神戸で公開されているかどうかは分からない。こんなことなら新聞の映画案内を確認しておけばよかった。

取りあえず駅周辺にある映画館をいくつか回ってみよう。

歩く速度を速めようとしたら背後から車のエンジン音が近づいてきた。狭い坂道に加えて僕は傘をさしている。危険を避けるため車の位置を確認しようと振り向くと、十メートルほど離れたところに男がいた。

男は傘をサッと前にかざしたが、隠れる瞬間に見えた忘れることができない顔。メガネ男だった。顔を隠そうとしたことで、僕は尾行されていることを即座に理解した。

気づかなかったふりができたかどうか分からない。とにかくこのまま何事もなかったかのように歩くと決めた。絶対に立ち止まってはいけない。後ろも確認してはいけない。

「どういうこっちゃ。なんで俺の後をつけるんや」

メガネ男にそう問いかけたかったが、そんなことできるわけがない。膝がガクガクしそうなほど動揺している自分に向かって、「落ち着け、落ち着け」と念仏のように唱えながら駅を目指した。

このままついて来られると自宅まで知られる。絶対にマズイ。

歩きながら必死で考えを巡らした。

周さんや紗江子さん、小夜ちゃんが関わっていることと関係がある。これは間違いない。しかしどうして僕を尾行するのか。そもそも原因となっている何かを知らないのだから、考えても答えがポンと出るわけない。

思いついたことは一つだけ。公衆電話を見つけ、そこから『スポット』に連絡して周さんにどうすればいいか相談する、これしかない。

十メートルほど先のたばこ屋に公衆電話が置いてあるのが見えた。そこからかけようとポケットから十円玉を取り出そうとしたが、すぐに思いとどまった。

メガネ男以外にも尾行している人間がいるかもしれない。その男が受話器を握る僕にさりげなく近寄り、話の内容を聞き取るかもしれない。

なんか想像することが日常生活とかけ離れてきた。しかし尾行されているのは紛れもない事実。あり得ないことが起こっているのだから、用心するに越したことはない。

まるで『キイハンター』の世界だ。

すぐにでも連絡したい気持ちを抑え、どこの公衆電話が安全か考えた。今いるところは通っている予備校まで徒歩で二、三分の距離。そうだ！　教務課の受付カウンターに公衆電話が二台あった。あそこなら、予備校の関係者ではないメガネ男は中に入ることができない。周さんに電話できる。

決めた。予備校だ。

尾行に気づいていることを悟られないようゆっくり歩いた。気だけは急いていたので、校門を通り抜けた時はホッとした。急いで一階の教務課へ向かった。

幸い二台ある電話の内一台が空いていた。受話器を持ち上げ十円玉を入れてダイヤルを回そうとしたが、指がプルプル震えて二回失敗した。隣で電話をかけていた女性が怪訝な顔で僕を見ていた。

小さく「落ち着け」と声を出し、大きく深呼吸してからダイヤルを回した。

うまくいった。呼び出し音が鳴っている。

「はい『スポット』です」

聞き慣れた声。小夜ちゃんだ。

「一平です。周さんとお話がしたいんですけど」

落ち着いて喋ったつもりが、意思に反して切羽詰まった口調になったようだ。

「一平君、今どこにおるん」

小夜ちゃんの声に緊張感が生まれた。僕の喋る気配から何かが起こったことを察したのだ。

「予備校です。教務課にある公衆電話からかけてます」

「分かった、ちょっと待って」

周さんが電話に出た。

「どうしたんや、俺の声でも聞きとうなったんか」

なんか周さんらしくない言い方。話す時は自分のことをいつも〝わし〟と言うのが、友達同士の会話のように〝俺〟になっている。リラックスさせようとしている。気遣いが分かって少し落ち着くことができた。

僕は大きく深呼吸をしてから、今直面していることを説明した。

さっき『スポット』へ入ってきた三人組の中の一人、メガネをかけた男に尾行されていることに気がついた。どうすればいいか分からない。周さんに相談しようと考えた。そこらにある公衆電話を使うのはまずいと考え、予備校からかけることを思いついた。だから今は予備校から電話をかけている。

これらのことを話している間、周さんは「うん」と「それで」しか言わなかった。

僕の説明が終わるとほんの少し間が空いた。周さんはこの状況から僕が逃れる方法を考えていると思う。

「一平君、予備校に入ったんはええ判断やった。それでな、今から話すことをそのまんま実行してくれるか」

口調は柔らかかったが、判断とか実行という言葉に緊迫感を感じた。

周さんの指示は、一時間後に予備校を出て『フロインドリーブ』で食パンを六斤購入する。そして『スポット』に戻ってくるというものだった。

簡単な指示だった。これならできる。

そして、周さんは絶対に振り返るな、立ち止まったり早足になってもいけないと最後に言ってから電話を切った。

出発の時間まで自習室で過ごすことにした。リュックサックの中から英語長文読解のテキスト、チャールズ・ディケンズの『A Christmas Carol』を取り出して読み始めたが、何も頭の中に入ってこない。

腕時計を見たら行動開始までまだ五十分近く残っている。周さんとの話が終わってから十分も経っていない。こんな時にアメリカンと他愛もない話でもできたら時間の経過も速く感じるのに。

アメリカンとは『スポット』で面接を受けた日以来一度も会っていない。連絡もないから、ポルトガル語の勉強とかアズレージョの調べなどで忙しい日々を送っているのだろう。久しぶりに話してみようかと思い、僕は再び教務課にある公衆電話に向かった。

アメリカンの自宅の電話番号を回し終わると、待っていたかのように一回の呼び出し音で本人が電話口に出た。びっくりした。

「おう、俺や。すぐに電話に出たからびっくりしたで」

「たまたま電話の横を通り過ぎただけ。久しぶりだなアミーゴ」

「なんやアミーゴって」

「親しい友達が男性ならアミーゴ、女性ならアミーガ、同僚とか仲間なら男女問わずコレーガっていうんだ。だから一平はアミーゴなんだよ」

いつもと変わらないアメリカン。

「男友達はアミーゴって言うんか。なんかポルトガル語の勉強順調に進んでるみたいやな」

「順調、順調。やりたいことやってるから気分もスゴイ楽。お前の方はどうなんだ」

「そら良かったな。俺も最初の頃はお盆に載せたお皿落としたり値段間違えたり散々失敗したけど、やっと慣れてきた。受験勉強とうまいこと両立できるようになってきたで」

「お互いうまくいってるってことだな。でもよ、なんでいきなり連絡してきたんだよ。『スポット』でなんか大失敗でもやらかしたのか」

まずい。突然の電話を不自然に感じたのか、話の矛先が僕の方に向いた。

「アホなことゆうな。さっきもゆうたようにアルバイトはうまいことといってるんや。別に理由はないで。最近話してないから近況報告でもしたろかっちゅう俺の親切心や。ありがたく受け取っとけ」

「怪しいな。冗談っぽく言ってるけど、なんか冗談に聞こえない。なんかあったんだろ。正直に言っちゃえよ、肩の荷が下りて楽になるぜ」

完全に何かあったと思わせてしまった。僕のことを心配している。

時間つぶしの電話がいかに自分勝手で間抜けな行動かということに、いまさらながら気づいた自分の馬鹿さ加減。アメリカンをこの異常事態に巻き込んでしまう可能性もあるのだ。全く余計なことをしてしまった。これ以上長引かせるわけにはいかない。

「なんも問題あらへんけど、取りあえず電話切るで。今予備校からかけてるんやけど、これから授業で、その後は『スポット』なんや。こっちからしといて悪いけどまた連絡するわ」

自分の都合だけを押しつける強引なやり方で話を切り上げた。

「分かった。受験生は勉強が最優先ってとこだな。がんばれよ。じゃあな」

そう言って、アメリカンが先に電話を切った。

簡単に引き下がったのはあいつらしくないが、理由が分からなかったにしろ気遣ってくれたのかもしれない。いずれにしても、話せる時が来たらきちんと説明しなければばいけない。心配させたことについても謝罪する必要がある。

再び自習室で『A Christmas Carol』を開いた。二ページほど読み進んだところで壁掛け時計を見ると、あと十分ほどで周さんが指示した一時間後になる。

頭の中でこれからやることを時系列に沿って整理した。

予備校を出た後は、左右を見たり振り向くなど様子を窺う仕草はしない。まっすぐ『フロインドリーブ』に向かい、食パン六斤購入。ここの食パンは大きさに比してかなり重量感がある。六斤になると結構な重さになりそうだが、今はそんなことを言ってる場合じゃない。とにかく購入した食パンを持って『スポット』に戻るのだ。

食パンを購入する意図は分からないが、周さんを信じて言われたとおりのことをやるまで。

予備校を出て『フロインドリーブ』を目指した。

パンを買うという目的に気持ちを集中させ、背後にいるであろうメガネ男を意識しないようにした。歩き慣れた道なので凝り固まった緊張感がほぐれてきた。東西に走る道路を東に向かって少し歩いてから左に曲がると、喫茶店を通りすぎて『フロインドリーブ』がある。

店に入ると濃密なパンの匂いと洋菓子の甘い香り。思い切り気持ちの良い香りを胸いっぱいに吸い込んでから、食パンが置いてある棚に向かった。

何木か食パンが積み重ねてあったので、六斤は問題なく買えそうだ。いつも見かける女性がガラスケースの向こうにいたので、食パンを六斤購入したいことを伝えた。その女性は一瞬大きく目を見開いたが、「ありがとうございます」と言って食パンを袋に詰め始めた。

けっこうな分量にもかかわらず、雨で濡れないようにビニールで丁寧に包んでくれた。代金を支払い、抱え込んだ六斤の重さを感じながら店を出た。

左手に傘、右手に食パン、背中に教科書を詰めたリュックサックという状態で坂道を上る。歩きにくいとグチをこぼす状況ではない。文句を言うヒマがあったら前に進むべし。

坂道の中途で西に向かい、通い慣れた老舗洋菓子店の社員寮を囲む煉瓦塀を通り過ぎてから右折して坂道を上る。

坂道の多い北野町の中でも別格といっていいぐらいの急坂。普段は太ももに力を注ぐことに意識を集中させ、できるだけゆっくり歩くことにしていた。急勾配を利用して筋肉を鍛え、脚力を高めるのが目的だった。しかし今日は違う。不信感をもたれない程度に、いつもより速く歩を進めた。

傘を持ち上げ仰ぎ見ると、道にぴょこんと飛び出ている『スポット』の看板。焦らず同じペースで歩き続けた。門の前に着くと、両手が塞がっているので身体全体を使って門扉を押し広げ中に入った。

入り口には〝Closed〟の看板がぶら下がっていたが、傘を畳んでドアを開けた。三人が窓際のテーブルから僕を見ていた。あの外国人はいなかった。小夜ちゃんが立ち上がり近づいてきた。僕は二、三歩前に進んで食パンを手渡した。骨董品の買い付けから戻っていた紗江子さんと周さんは椅子に座ったまま。

みんな表情が硬い。多分僕の表情も同じだろう。笑顔で迎えてくれたら緊張感もいくらか緩むのに。

最初に口を開いたのは小夜ちゃんだ。

「びっくりしたやろ」

「なんか『キイハンター』とか『七人の刑事』に出てくる、尾行を警戒してる犯人のような気分でした。えらい緊張しました」

本音を言ったつもりが冗談に聞こえたようだ。

「一平君、余裕綽々やな。冗談言えるやんか」

厳しかった周さんの顔が柔らかくなった。

「本当にそう思ってたんです」

そう反論しようとした時、突然入り口のドアが開く音。飛び上がるほど驚いた。慌てて振り向いたら男性が中に入ってくるところだった。

メガネ男の仲間が来た。まずいと思って三人を見たが慌てているとか動揺している様子はなかった。どういう態度を取ればいいか分からないまま突っ立っていたら、「どうやった」と周さんが男性に声をかけた。少なくとも敵ではないようだ。

「間違いないですね。彼が予備校を出発した時からピッタリついてました。ただ、彼が『フロインドリーブ』を出てしばらくしてから脇道にそれて、そのまいなくなりました。予備校の授業を終えてから、お使いで頼まれた食パンを持って再びここに戻ると判断したんじゃないですか」

男性は僕の肩を軽く叩いてから周さんたちがいるテーブルに向かった。僕より身長が五、六センチ高い。肩幅も広い。年齢は三十歳を超えているような感じだ。

僕に食パンを買わせた理由が男性の説明で分かった。予備校の授業を受けてから頼まれた食パンを購入し、そのまま『スポット』に戻ると思わせるためだったのだ。食パンが入った大きな袋も、店で使用する量と考えれば、メガネ男も納得する。

結果、何事もなく『スポット』に戻ることができたし、メガネ男に自宅を知られることもなくなった。この男性はメガネ男を監視すると同時に、僕の身に何かあればすぐに助けることができるように見守ってくれてもいた。多分そうだ。

この男性と周さんはどんな関係なのか。

「一平君、あらためて紹介するわ。この人は映画俳優の田宮二郎とおんなじ名前の私立探偵や。メリケン波止場のそばにある『メゾン・ベル・ドゥ・ジュール』っちゅうビルの三階に事務所を構えてる」

メガネ男、尾行に続いて今度は『クイズタイムショック』の司会者、田宮二郎と同じ名前の私立探偵登場。

これまで生きてきた中で最も訳が分からない日。

生まれて初めて対面した私立探偵に向かって、現実感が希薄なまま「初めまして、富田一平といいます」と自己紹介をした。

「田宮です。さっきは緊張してたやろ。後ろから見ててよう分かったわ。いつ左腕と左足を同時に前に出すんやろって思ってしもた。まあこれは冗談やけど、走り出すこともせんとよう我慢したもんや。立派やったで」

田宮さんは人懐っこい顔で話しかけてきた。

「それとな、いま周さんは田宮二郎とおんなじ名前ゆうたけどちょっと漢字が違うんや。田宮は同じやけど二郎が違う。僕の方は次男の次を書く次郎。男前の田宮二郎と見てくれはえらい違うけど、人に覚えてもらいやすいから得することも多い」

確かに名前を聞いて思いつくのは人気番組の司会者。一度聞いたら忘れない。

「まだ会ったばかりなんやけど、周さんが一平君って読んでるから僕も同じように呼んでええかな」

「もちろんです。なんやったら一平って呼びすてでもええですよ」

「呼びすてか」

一瞬考え込むような感じになった。なんかまずいことでも言ったか。

「それやったらこうしよ。危ない状況になった時は呼びすてにする。普段は君づけや。その方が緊急事態かどうか判断しやすい。それでええかな」

田宮さんの提案が意味するところはかなりえげつない。すでに僕は尾行されたが、これに続いて危ないことが起こることを予測しているのだ。

「まあまあ、田宮君もあんまり一平君を脅かしたらあかん。直立不動になってしもてるやん」

周さんは苦笑いしながら田宮さんをたしなめた。そして、立ち尽くしたままの僕に向かって手招きした。

「これから大事な話を始めるから、みんなテーブルに集まってくれるか」

全員が席についた。僕の右横に小夜ちゃんが座った。

大事な話に僕が同席する。尾行されたのが理由だと思うが、周さんたちが進めている何かが分かるかもしれない。

背筋が伸びた。鳥肌も立った。

「まず尾行した理由やけど、一平君から電話があった時はわしも理解でけへんかった。

なんも知らん無関係の人間や。理由がない」

周さんは腕組みをした。

「どう考えてもおかしいけど尾行されたのは事実や。とにかく無事に店に戻ってもらわなあかん。せやから食パンのお使い頼んだように見せかけたり、一平君が予備校におる間に田宮君に連絡してここまで見張ってもらうようにしたんや」

「なんも知らん人間尾行するわけないもんなあ。一平君なんか心当たりないかな」

田宮さんが腕組みをしながら僕に訊ねた。

「全然ないんです」

何も思いつかないので、田宮さんの問いに答えることができない。

周さんが、「今日あいつらが来たやろ。わしと小夜ちゃんは一平君が店を出る前にタイプライターのことなんかは聞いたけど、田宮君と紗江子さんはまだなんも知らん。せやからもう一回詳しく話してくれるか」と言った。

これには答えることができる。僕は記憶していることを時系列に沿って話した。

タイプライターはあるかと聞かれたので案内した。しかし商品のことを聞くでもなく無言のまま。辺りを窺うような雰囲気があった。怪しいと感じてずっと彼らのそばにいて様子を見ていた。数分して「また来るわ」と言って店を出ていった。

完全にこの敷地から出ていくのを確認しようと思ったので、店の入り口から彼らを見ていた。メガネ男が門扉を過ぎる直前に振り返って、僕を見つめながら薄ら笑いを浮かべた。そして彼らは見えなくなった。

三人の男が店に来てから出ていくまでの流れを説明し終えると、すぐに田宮さんが話し始めた。

「一平君は怪しいと感じてずっとそばにおったやろ。そんなことされたらあいつらの考えることは一つしかない。この男はわしらのことを警戒しとる。ここはいったん引き上げよっちゅうことやな。でも、警戒されたから仕返しみたいに尾行するのもなんか変な話やなあ」

「多分こうゆうことやないかな」

周さんが田宮さんの疑問を引き取った。

「わしらの仲間やと見なしたことは間違いない。それで一番若そうな一平君を尾行して、歳なんか関係なし、見境なくいつでも攻撃できるって思わせようとしたんや。揺さぶりをかけてぼろ出すのを狙ってると思う」

「ということは、気がつくような尾行をしたということですか。汚いやっちゃなあ」

小夜ちゃんが心底軽蔑したように言った。

「一平君が先に気づいたのは想定外やったと思うけど、いずれは追い越してから振り向いてわざと顔を見せるくらいのことはしたと思う。店で応対したのは一平君やから男の顔を見たらすぐに尾行のことは分かるからな」

「一平君はこれからも狙われる可能性があるから、結局は巻き込まれた。そう考えるしかないですね」

紗江子さんは誰に問いかけるわけでもない、独り言のような話し方だった。

座が静かになった。

周さんたちがやろうとしている何かに僕が巻き込まれたことを、四人は沈黙することで認めた。直感的に理解した。

「今さら無関係やゆうてもあいつらは絶対に聞く耳持たん。一平君は不本意かもしれんけど、今君が置かれてる状況に一つもええことはない。悪いことばっかりや。こんなことになってしもてホンマ申し訳ない」

周さんが謝罪した。どう言葉を返せばいいのだろう。

「とんでもない」としか言えなかった。

僕がメガネ男たちを見張らなければよかったのだ。こっちこそ余計な負担をかけてしまって申し訳ない。

「もしも一平って叫ぶような危ないことが起こったら、どんなえげつないことしても守ったる。〝よろめき〟の調査ばっかりやってる私立探偵やけど、やる時はやるで」

半ば冗談のような言い方で僕を安心させようとした田宮さんの気遣い。これはこれで、なんか恐縮する。

「周さん、質問というか確認したいことがあるんですけど」

小夜ちゃんがサッと手を挙げた。

「一平君は私らの仲間になった。そう考えてええんでしょ」

「そういうことになる。わしらと一緒のほうが一平君も安全やからな」

周さんの言葉は心強い。でも、何一つ知らない僕が仲間？　なんか状況変化が早いのでついていけない。ただ、仲間として認めてもらったのは単純にうれしい。

「よっしゃ、ひと段落ついたとこでちょうどええ機会や、このままフィリップの話を始めることにするわ」

フィリップ。あの白人男性のことか？

「まず一平君にゆうとく。わしらのやってること知らんのやから話聞いてるうちにいっぱい疑問も出てくると思う。それに関しては後で訊ねてくれたら詳しく説明するから、取りあえず今は話を聞いとくだけにしてくれるか」

後で話してくれる。それで十分。僕は頷き、返事をした。

「分かりました」

周さんは背筋を伸ばし、みんなを見回した。

「フィリップの出国を五月十五日に決めた」

出国って、日本からどこかの国にフィリップを送り出すのか？

「一ヶ月以上も先ですか。かなり日にちがありますね」

田宮さんの口調は淡々としていた。

「みんな喉渇いたでしょ。私コーヒー淹れてきます」

テーブルの上に飲み物といえるものは何もなかった。緊張した状態が続いているのだから喉も渇く。小夜ちゃんはそれを察したのだ。

「コーヒーやのうていつものやつ」

出た、周さんの〝いつものやつ〟。奥の部屋に向かっていた小夜ちゃんは背中をこちらに向けたまま、右腕を挙げて親指と人差し指で丸を作った。

「周さん、は（早）よ話を続けてくださいね。大事な話なんやから」

紗江子さんがゆっくりした関西弁で先を促した。明らかに抑制を利かせている。

以前小夜ちゃんから聞いた、「紗江子さんは怒ると完璧な関西弁になるんや。それも大きな声やのうて静かにゆっくりと話しかけてくる」というのを思い出した。

『ジャック・ダニエル』を頼んだのが原因だ。「こんな時にお酒を飲むってどういうことですか」と紗江子さんは言いたい。しかし、フィリップ出国という大事な話をしているので、言いたいことを堪えて静かに激怒している。

周さんも察知したようだ。

「やっぱりあれがないとうまいこと舌が回らへん。怒ってるかもしれんけど潤滑油みたいなもんなんや。ちょっと飲むだけ。勘弁してくれるとうれしいなあ」

へりくだった、しかも甘えるような言い方。紗江子さんも苦笑いを浮かべるしかない。

「少しは体のことも考えてくださいね。スミレさんからも言われているんですから」

スミレさん。フィリップに続いてこの名前も初めて聞く。

「スミレからもゆわれてたんか。しゃあない、少しだけにしとくわ」

突然素直になった。スミレさんは周さんの態度を変えさせるほどの影響力を持っている。どんな人なのだ。

それにしても、「飲むの止めとくわ」ではなく「少しだけにしとくわ」としたたかな返事をする周さんの、『ジャック・ダニエル』に対する執着がすごい。

田宮さんは少しだけ俯いていた。なんか笑いをこらえているような気がする。

「そしたら話続けるで。ええかな」

田宮さん、紗江子さん共に話を聞く顔になった。気持ちの切り替えが早い。僕も周さんの言うことに神経を集中させた。

「まずフィリップをこの屋敷からうまいこと出して、あいつらに知られてない秘密の場所に避難させ、なおかつ日本から脱出させる方法や。国外に出る方法として空港使うのは、安保条約と日米地位協定の関係で出国審査せんでもアメリカ兵は国際線の飛行機に乗れるから一番手っ取り早い。せやけど脱走兵やから搭乗手続きした途端に警察とアメリカ軍が察知するのはまちがいない。せやから飛行機は使えん」

フィリップはアメリカ軍を脱走した兵士だった。周さんはフィリップという脱走兵を屋敷に匿い、日本から脱出させようとしている。

薄皮をむくように少しずつ全体像が現れてくる。

「それでや、移動に時間かかるけど身を隠しやすい貨物船を使うことにした」

「でも外国航路の貨物船が来る港やったら巡視艇も湾内をうろうろしてるやろし、警備の厳しさ考えたら飛行機使うのと似たようなもんやと思いますけど」

田宮さんが懸念を口にした。

「神戸とか大阪の港を想像してみ。飛行場とちご（違）うて大阪湾は広いし二十四時間出入りできる。これを利用して巡視艇の監視をかわすことができたら貨物船に乗り込める」と、周さんは貨物船を利用するメリットを話した。

「なんかまだ荒っぽい計画というか、解決せなあかんことけっこうありますね。どうやってここを脱出させるか、一ヶ月以上匿う秘密の場所をどこにするか、貨物船の手配、フィリップをどこの国に運ぶか、そこらへん周さんのことやから目算は立てていると思いますけど、それを聞かせてもらえますか」

田宮さんはまだ納得していない様子だ。

「田宮君のゆうとおり課題は多いけど、ある程度のとこまでは手配しとる。まず貨物船のことやけど」と、周さんが質問に答えようとしたところに小夜ちゃんの少し大きな声が被さった。

「ちょっと一息つきましょか。私たちはコーヒー・ブレイク、周さんはウイスキー・ブレイクというところやね」

小夜ちゃんがコーヒーと『ジャック・ダニエル』のボトル、透明グラスの載ったお盆を持ったまま周さんの後ろに立っていた。

コーヒー・ブレイク。確かコーヒーで一休みという意味になるはず。周さんはウイスキーだからウイスキー・ブレイクか。うまいこと言うなあ小夜ちゃん。

小夜ちゃんがそれぞれの席の前に飲み物を並べ終えると、待ってましたとばかりに周さんは『ジャック・ダニエル』をグラスに注いだ。しかし飲む時に一瞬ためらうような感じがあって、軽く一口舐めるようにすすっただけ。いつもの一気飲みじゃなかった。

紗江子さんを介して伝えられたスミレさんの忠告が効いているようだ。

周さんは小さく溜息をつくと、計画の続きを話し始めた。

「貨物船を使うゆうても信用できる人間がおる船やないとあかん。それを条件にして探したんやが、この船以外には考えられんというのが見つかった」

「そこまで断言されるのですから、完璧に信用できる人ということですね」

紗江子さんが周さんの手元にあるグラスを見ながら言った。

「そのとおり」

返事に迷いは感じられなかった。

「死んだ親父の弟に息子がおって、香港に住んでる。そいつが船主で船長も兼ねとる貨物船が五月十日に神戸港に入港して、荷物を積み終える十五日に出港の予定や。それに乗り込む」

周さんは内ポケットからパイプとパイプ煙草が入った青い缶を取り出した。パイプ煙草に火がつくまでの見慣れた作業が終わり、綿菓子のような煙と一緒に濃密な甘い香りが漂ってきた。

嫌な匂いだと思ったことは一度もない。いつも豪勢な気分にしてくれる。

「息子の名字はわしとおんなじ周で、名前が偉海（うぇいはい）。子供の頃からなんべんも香港行ってるけどそのたんびに朝から晩まで遊んだり、神戸に来た時はずっと一緒に過ごしたりしてた。仕事を通じての付き合いも二十年以上になる。小夜ちゃんが好きなヤクザ映画みたいな言い方やけど、仁義に外れたことは一回もやったことがない男や」

「それやったら問題ないいんとちゃいますか。僕は納得しました」

即答した田宮さん。紗江子さん、小夜ちゃんは無言のまま軽く頷いた。

僕はなんと言っていいのか分からないので黙っていた。

「貨物船はそれでオッケーとして、フィリップをどこに運ぶんですか」

田宮さんが煙草をくわえながら訊ねた。

周さんは「香港」と言い、一息ついてから、「香港に着いた後は、ほとぼりが冷めるまで偉海が安全を保障するアパートに住むことになる」と続けた。

「でも香港に密入国したら、そっから他の国に行こうとしてもフィリップが持ってるアメリカのパスポートは使われへん」と、小夜ちゃんはそこまで言って、「そうか、別のパスポートを用意するんや」と納得したように言い換えた。

「そうや。アメリカのパスポートは捨てる。代わりにイギリスのパスポートを用意しておくんや。香港はイギリスが統治してるから、イギリスのパスポート持っててもなんもおかしいことあらへん。それに発音とか単語の使い方にけっこう違いはあるけど同じ英語圏、慣れるのも早い」

偽造パスポート、密出国、密入国。全て法律に違反したことばかり。えらいことになってきた。

しかしなぜフィリップに対してそこまでするのか。まるで自分の息子を助けるかのようだ。よほどの理由があるに違いない。

「そうなると、気になるのは田宮さんが言った乗船できる五月十五日までかなり時間があることですね」

紗江子さんは懸念を口にしながら、さりげなく『ジャック・ダニエル』を自分の前まで引き寄せた。周さんのグラスがほとんど空だったからだ。僕は話に集中していたので気がつかなかったが、紗江子さんはしっかり監視していた。

「そういうことや。一ヶ月以上もフィリップを隠すんやから、あいつらに知られてないとこが絶対条件。しかも一刻も早く移動せなあかん」

「でも、あいつらが予想できんような隠れ家って、周さん用意できてるんですか」

小夜ちゃんの当然の疑問。

「隠れ家は二カ所用意してる」と周さんが言った時、ドアの開く音がした。

みんな入り口の方に目を向けたが、周さんだけは違っていた。紗江子さんの前にあった『ジャック・ダニエル』をつかんで、すばやくグラスに注ぎ足したのだ。

周さんの機敏で抜け目のない動きに目を奪われた。なんだこの人は。

思わず笑いそうになったまま入り口にいる人間を見た。

緩んだ感情は一気に吹き飛び、強烈な衝撃が全身を駆け巡った。

アメリカンが立っていた。

田宮さんが「拓也」と呟いた。

田宮さんはアメリカンを知っているのか。これも気になるが、とにかくなんであいつはここに来たのか。

疑問に思ったのも束の間、えらいことをしでかしてしまったと瞬時に悟った。

予備校からアメリカンにかけた電話が原因だ。間違いない。僕の様子がおかしいと感じ、理由を知るためここへ来たのだ。

アメリカンは厳しい表情で僕たちが座っているテーブルに近づいてきたが、途中で立ち止まった。

「おじさん、ここで何してんの」

田宮さんに顔を向けている。

おじさん？　アメリカンと田宮さんは親戚関係なのか。

「何してるって……、用があってここにおるんやけど」と、まだ火のついていない煙草をくわえながら答えたが、歯切れが悪かった。アメリカンが来たことに戸惑っている。

「どうしたんや拓也君。閉店の看板が下がってる店にいきなり入ってきたからびっくりしたで。まあ、取りあえず座ろか。それと小夜ちゃん、悪いけどドアに鍵かけてきてくれるか。一平君が戻った時、無事やったことに気をとられて鍵のこと忘れてた」

周さんは落ち着いた口調で、立ったままのアメリカンに座るよう促した。

小夜ちゃんはドアに向かう途中、立っていたアメリカンの肩を軽くポンと叩いた。

僕は自分の椅子を右に移動させて窓際にスペースを作り、隣のテーブルにあった椅子を置いてアメリカンが座れるようにした。

「周さん、どうしておじさんがここにいるんですか。それとさっき言った、一平が戻った時無事だったたってどういう意味なんですか」

座るやいなや、アメリカンは江夏豊ばりの剛速球を投げ込んできた。

「まず最初の質問に答えるわ。田宮君のことやけど、君のお母さん、孝子さんが何年か前に紗江子さんに紹介して、その縁でわしとも付き合いが始まったのは知ってるやろ」

周さんはアメリカンの興奮を鎮めるかのように、静かに話し始めた。

「周さんが取引先の調査をおじさんに何度も頼んだりして、かなり親しくなったというのは母から聞いています」

「そのとおりや。依頼したことは徹底してやってくれるから、田宮君のことは全面的に信頼してる。そういうこともあって今回も頼んだんや」

「頼んだって何をですか」

「尾行されてる一平君を見守りながら、同時に尾行者がどんな人間か探ることや」と、田宮さんが周さんに代わって答えた。

アメリカンの表情が一層厳しくなった。

「尾行とか無事に戻ったとか、ただ事じゃない状況に一平が巻き込まれたということですか」

「そう考えるのは当然やけど、ちょっとその前に教えてくれるかな。なんで拓也君はここにこ（来）よと思たんや」

周さんが抱いた当然の疑問。紗江子さん、小夜ちゃん、田宮さんも同じだと思う。だから、これについては僕が答えなければいけない。

「拓也がここに来たのは僕に原因があります」

全員の目が僕に注がれた。田宮さんはくわえたままだった煙草に火をつけた。

この場から消えたい気持ちを抑えながら、予備校でやってしまったことを話した。

予備校で待機している時、尾行されている緊張感に耐えきれず拓也に電話をした。僕の不自然な話し方から何かあると感じた拓也に電話した理由を追及された。その追及から逃れるため強引に電話を切った。そんな僕の態度を疑問に思うと同時に心配もしたので、事情を聞くためここに来たのだろうと話した。

説明をし終えると、僕は椅子から立ち上がった。

「拓也、心配かけてすまんかった。そしてみなさん、僕の軽率な行動でご迷惑をおかけして申し訳ございません」

僕は謝罪し、頭を下げた。

場が静かになる中、サッと小夜ちゃんが僕の方に身体を向けた。

「おっ、そこらにおるチンタラした学生とちごうて、私の隣におる浪人は正直にやってしもうたこと話して、謝りもした。しっかりしたもんやで」

小夜ちゃんの言葉が胸にしみた。

「でもな一平君。君がやったことは大失態以外の何物でもない。訳分からんうちに引きずり込まれたことには同情する。けど、全然関係ない拓也君をここに呼び込むような形になったんは君の責任や。自分の気持ちだけを優先して電話をかけた自己中心的な行動にどんな言い訳も通用せえへん。大いに反省せなあかん。分かったか、アホタレ。以上、みなさんの気持ちも込めて小夜が厳しく叱責しました。これで一平君への追及は終わりにしたいと思います」

反論の余地はない。ひたすら恥じ入るだけ。

ただ、小夜ちゃんが厳しく叱責してくれたことと併せて、これ以上の追及は打ち止めと言ってくれたので、かなり情けないとは思いつつもいくらか救われた気持ちになった。

「一平君もかなり反省してるみたいだし、小夜ちゃんの言うとおりこの話は終わり。ただし二度目は絶対になし。それだけは忘れないこと」

紗江子さんの二度目はなしという、忠告と警告を兼ねた言葉を肝に銘じた。田宮さんはくわえ煙草のまま窓の外を見ていた。

「そういうことやったんか」

周さんはひと口『ジャック・ダニエル』をすすった。一気に飲み干さなかった。

紗江子さんは『ジャック・ダニエル』を、今度は右手でしっかり握っていた。

「でも、これで分かったとわしが得心しても拓也君にしたら納得でけへんやろ。何が起こってるのか全然知らんのやから」

「僕に電話をかけたのは動揺していたからということで理解しました。でも、なぜ一平が尾行されたのか、理由が分かりません」

「ゆうてることはよお分かるけど、本音をゆわしてもろたらえらい迷てるんや。一平君は尾行された当事者やから全部話さなあかんと思てる。けど拓也君は今のところあいつらに存在も知られてへんから真っ白に近い状態や。そんな人間に話してええのかどうか。なんも聞かんとここから出ていってくれるとありがたいというのが正直なとこや」

「無理です」

アメリカンは即座に答えた。

「一平が危ない目に遭ってるのが分かっててこのまま帰るなんてできません」

周さんの顔がサッと赤くなった。そして、少し間を置いてから「そう考えて当然や。わしもアホなこと頼んでしもた。申し訳ない」と静かに言った。

「とんでもない。僕こそ強情張ってすみません」

アメリカンが頭を下げた。

僕の身勝手な電話が原因で、周さんとアメリカンが謝る羽目になってしまった。反省というより猛省しかない。

「紗江子さん、田宮君、小夜ちゃん、決めた。拓也君にも話すわ」

周さんは気持ちを固めた。

「姉さんには黙っています。話したらグシャグシャになりますから。一平君に加えて拓也が仲間になった。それでええんちゃいますか。なんてことあらへん」

田宮さんが人差し指と中指で挟んだ煙草を見ながら賛成した。

姉さん？　ということは、田宮さんはアメリカンの母、孝子さんの弟になるのか。だから田宮さんが「拓也」、アメリカンが「おじさん」と言ったのだ。

「田宮さん、拓也君と一平君をしっかり見ててくださいね。危ない時は蹴飛ばすくらいのことやってもいいですから」

田宮さんが紗江子さんを見て大きく頷いた。紗江子さんは、周さんが『ジャック・ダニエル』を飲み過ぎた時より遥かに厳しい顔をしていた。友人の息子が危険な目に遭うことをかなり心配している。

「さてと、ちょっと中断してしもたけど。さっきの話の続きを始めよか」

隠れ家のことから止まったままだった話が再び動き出した。

「先に拓也君にゆうとく。わしらはフィリップっちゅう軍を脱走したアメリカ人を匿ってる。なんでかは追々説明するから、全体像の理解まで時間かかるけど我慢してほしい。とにかく今最優先で決めなあかんのは、どうやってフィリップを日本から脱出させるかということなんや」

「分かりました。でも、教えてもらえるということなので安心しました」

全てを弾き飛ばすような勢いだったアメリカンの口調が平静に戻った。

「さっきの貨物船に乗せるまでの隠れ家のことですけど、周さんはスミレさんのクラブ使うことを考えているんですか」

くわえていたパイプを手に取ると、周さんはにっこり笑った。

「紗江子さんホンマええ読みしてる。もうスミレには事情を話してて、『お前が持ってくんのはトラブルばっかりや』って憎まれ口叩きよったけど承諾はもろてる」

「スミレさんのクラブってまだ行ったことないんですけど、ジェームス山の近くにある、紗江子さんが時々ステージに立ってるとこでしょ？」

「正確に言うと、国鉄塩谷(しおや)駅から塩屋漁港を過ぎて五、六百メートルほど行ったところにあるお屋敷。それと時々じゃなくて、時間がある時は私から無理矢理お願いして歌わせてもらってるからけっこうな回数になると思う」

小夜ちゃんの疑問を紗江子さんは少し訂正した。

紗江子さんが北野町のクラブとか、僕が通っている予備校近くのキャバレーでジャズを歌っているのはアメリカンから聞いていた。ただ、週に何回とか他にもステージに立っているところがあるなど具体的なことは全然知らなかった。今の言い方だと自分から望んで歌わせてもらっているようだ。

「僕の自宅がジェームス山なんですけど、母が海の近くに看板も出さない怪しげな店があるって言ってたことがあります。そこのことですか。怪しげなというところに惹かれて見にいったんですけど、大きな屋敷があるだけでクラブという感じはまったくしませんでした」

「拓也君のゆうてるとこで間違いないと思う。クラブの名前は『ヤプー』。経営者はフランシーヌ・ヂィンっちゅう女性で、お母さんが中国人、お父さんがフランス人や。名字のヂィンは漢字で書いたら花の〝菫(すみれ)〟になるから、みんなスミレさんって呼んどる。花の名前に加えてフランシーヌとかえらいしゃれたのがついとるけど、優雅な雰囲気とは似ても似つかんきっつい婆さんや」

「周さん、スミレさんのこと婆さんって言い過ぎでしょ。ほとんど同じ歳なんだから」

そう言いながら紗江子さんは笑った。

「まあそれゆわれたら反論でけへん。スミレには内緒やで」と紗江子さんに言ってから、周さんは僕とアメリカンの方に顔を向けた。

「それでな、一平君と拓也君に教えとくけど、『ヤプー』は女性に限定したジャズ・シンガーが歌うジャズ・ボーカルと、弦楽四重奏で演奏できるクラシックしかやらへんけったいなクラブなんや。会員制で会費はびっくりするぐらい高いし入会審査も厳しい。せやけどスミレとか従業員の口が堅いこともあって、内緒の打ち合わせをやりたい人間でかなり賑わってる」

周さんは残り少なくなった『ジャック・ダニエル』を飲み干した。

「敷地内にあった防空壕を改修して防音設備を施した店やから音が外に漏れることはほとんどないし、客の車を店の周辺に停めることはスミレが禁止してるから全然目立たへん。看板もないから秘密クラブみたいなもんやな」

僕たちに『ヤプー』の説明をしているのに、周さんの目は紗江子さんの右手に握られた『ジャック・ダニエル』に注がれていた。

「周さん、匿う場所が二カ所って言ってましたけど、あと一つはどこですか」

田宮さんが訊ねた。

「芦屋の六麓荘（ろくろくそう）にある一軒家を使わせてもらう。『スポット』が開店した時から来てくれてる柳原さんという夫婦が持ち主なんやけど、今世界一周旅行の最中で六月まで戻ってくることはない」

「ああ、あの大金持ちのご夫婦ですね」

紗江子さんが思い出したように言った。

「そうや。日本におらん間不用心やから時々様子を見てくれって頼まれてる家なんや。あいつらが日本で動き出したんは三月に入ってからやから、二月から旅行に行ってる夫婦の存在は全然知らんと思う。隠れ家にしてもバレることはない」

周さんはそう言うと、スッと紗江子さんの前にグラスを差し出した。

「慈悲深い紗江子さん、どうか迷える酔っ払いに一杯恵んでくださらんか」

意表をついた行動。僕は周さんのグラスと紗江子さんが握っている『ジャック・ダニエル』を交互に見た。

アメリカンと小夜ちゃんは紗江子さんの反応を窺っている。

田宮さんは煙草をくわえて窓のほうを見ていた。さっきスミレさんと聞いておとなしくなった周さんの様子に笑いをこらえたのと同様、今にも噴き出しそうな顔をしていた。

ピクリとも動かない周さんのグラスと、紗江子さんが握って離さない『ジャック・ダニエル』。

意地の張り合い。

紗江子さんが折れた。根負けしたのか情にほだされたのか、僕には分からない。

周さんのグラスは琥珀色の液体で満たされた。

「はい、周さんこれで今日のお酒はおしまい。議事進行しましょ」と、小夜ちゃんが紗江子さんに代わって念を押した。

「了解。これでエネルギー補給ができる。さあ、話を進めよか」

周さんにとって『ジャック・ダニエル』は〝命の水〟になっている。

「最初は六麓荘の柳原さんとこ。ここが一番安全やから偉海の貨物船に乗り込む五月十五日のギリギリまで隠れ家に使う。直前になったら『ヤプー』へ移動する」

「どうして『ヤプー』に移動するんですか」

アメリカンの疑問はもっともだ。この順番には何か意味があるはずだ。

「『ヤプー』に移動するのは塩屋港が使えるからや。こっから漁船を使って貨物船に乗り込む。柳原さんとこから近い西宮にある港とかメリケン波止場も考えたけど、貨物船が出入りするのが多い分だけパトロールも厳しい。それに比べたら塩屋港は漁船しかおらへんから警戒も緩いんや」

「漁船の手配も終わってるんでしょ」

田宮さんの確認するような言い方。すでに手配済みと踏んでいる。

「信頼できる漁師の船を手配した」

「そこまで作戦を立ててるんでしたら、まずやらなあかんことは柳原さんとこにできるだけ早く、バレんように移動することですね」

小夜ちゃんの指摘に、周さんは「そうや。一平君を尾行したりあいつらのやることがあからさまになってきてる。今からでもやりたい」と答えた。

「明日中に準備を整えて、あさってにやりましょか」

田宮さんはためらうことなく言った。

「それと、効率的にみんなが動けるように役割分担したほうがええのんと違いますか。車が必要になってきますから、これに関しては僕に任せてください。車の手配に明日いっぱいかかるからあさってってゆうたんですけど、ええですよね」

周さんが頷いた。

〝役割分担〟という言葉に身が引き締まった。何か役目が与えられたら、絶対にやりきる。やらかしたことでずっと感じている負い目を払拭したい。

「車はキャロルか360（スバル360）を用意してくれるか。道が狭いから小さい車でしか『スポット』の前までこ（来）られへんし、ここら辺りで追いかけられた時に小回りが利くから逃げやすい」

「エンジンを弄って馬力をアップさせたベレットのGTRとかハコスカ（スカイライ

ン）のＧＴＲも調達できますけど」
「それも必要やな。ベレットかスカイラインどっちでもええけど足の速い車にしてくれるか。どっちにするかは田宮君に任せる」

「了解しました」

あっさりと田宮さんは請け負った。

車に興味がないので、エンジンを弄るとか言われてもさっぱり分からない。とにかく狭い道でも平気な小型車とスピードの出る車を用意するということだ。

それにしても田宮さんはどっから車を持ってくるのだ。

「おじさんいつも乗ってるのはモンキーとかいう五十ccのバイクでしょ。どうやって車用意するの」

アメリカンも同じことを考えていた。

「昔カミナリ族やってて、そっから四輪に乗り換えて小さな自動車修理工場、まあ実態は車の改造を専門にしてる工場やけど、そこの経営者と親しいんや。見た感じは普通の車やけど、性能はレーシング・カー並みの改造車を何台か敷地の中に並べてる。それを調達するんや」

車の改造専門工場。なんか闇の世界に踏み込んでいくような気がして、得体の知れない相手と戦っているという緊迫感がジワジワと湧いてきた。

「さてと、これで車の手配は済んだので、次はどうやって柳原さんの家まで行くかですね」

紗江子さんは僕が感じているような緊迫感は欠片も感じていないのか、平然と話を先に進めた。

「まず田宮君がキャロルか360を運転して屋敷の中まで入ってくる。それにわしとフィリップが乗り込んで出発。かなり車内は狭なるけどしゃあないやろ」

周さんは考えていることを話し始めた。

「店を出てもそのまま柳原さんとこに行くわけやない。尾行されるのは間違いないけど、あいつらが知りたいのはどこに行くかということや。人目が多い街中でフィリップを奪う危険を冒すよりは、居所が分かってるほうが攻めやすいからな。せやから、途中のどこかでバレんように足の速いベレットかスカイラインに乗り換えて柳原さんとこに行きたい。これがうまいことといったら隠れ家を知られることはない」

「でも、分からんように乗り換えるのは大変そうですね」と、小夜ちゃんが言った。

「事前に乗り換え場所にベレットかスカイラインを隠しておくんでしょ。場所をどこにするかが鍵になりそう。心当たりはあるんですか」と、紗江子さんが小夜ちゃんの意見に同調した。

「そこが悩みなんや。考えてるとこは二カ所あるけど、両方とも車が二台入るとぎりぎりの広さしかない。やってやれんことはないけど、もうちょっと広いとこがほしい。そうやないと乗り換えがバレる可能性も出てくる」

腕組みをしたまま周さんは答えた。みんなも適当な場所がないか考え始めたので静かになった。

しかし、僕にはパッと閃いた場所があった。

あさっては日曜日。所属しているサッカーチームの練習がある。練習場所は学校のグラウンド。ここが乗り換え場所に使えるような気がする。

「学校を使うのはどうですか」

いきなり話し始めたので、みんなびっくりした顔で僕を見た。

「学校ってどういうことや」

田宮さんが聞いた。

思いついたことを話した。

あさって朝九時からサッカーの練習がある。練習場所は王子動物園近くの学校。校内には教職員、出入りの業者などが使う駐車場がある。駐車場は校門を入った奥にあるので外から見ることはできない。練習のために学校が開放されているので、チーム関係者は自由に駐車することができる。

僕が所属しているのは社会人チームで、これを統轄している組織の傘下に入っている年少チームと女子チームそれぞれの選手たちも練習している。そのため人や車の出入りがかなり激しいから、フィリップを乗せた車が校内に入ってもチーム関係者に怪しまれることはない。

尾行してきた連中は状況が分からないので学校の中に入りづらいはず。だから校内で乗り換えても目撃されることはない。校門を出る時にフィリップが同乗しているのを見られない工夫をすれば、安全に隠れ家へ向かうことができる。

これらをかいつまんで話し、乗り換え用の場所として使えないかと提案した。

「おもろいな、その話」

周さんから前向きな言葉が出た。

アメリカンが、「学校から柳原さんとこまで運転する人はどうします。免許を持ってる周さん、紗江子さん、おじさんのうち誰かが乗り換えた車を運転して校門を出たとしても、みんな顔を知られているから一瞬でバレるでしょ」と懸念を示した。

「こうしましょか。車貸してくれる男、飯塚亮（いいづかとおる）ゆうんやけどそいつに頼むんです。改造車やから運転に慣れた人間の方が適任やし、あいつらに顔も知られてないからちょうどええ。フィリップは後部座席に寝転がって、その上から毛布かぶせたら分からへん」

田宮さんのアイデアを聞くと、周さんは「この案でいく」と即断した。

「一平君、練習のスタートは何時からや」

「僕のチームは八時半集合、九時練習開始、十一時終了です。その後に年少と女子のチームが練習するというスケジュールです。校門は八時前から開いてます」

「それやったら八時に国鉄灘駅の山側出口にいてくれるか。田宮君が紹介してくれた飯塚さんに車で拾ってもらうから。車に乗り込んだら学校の駐車場に案内したって。チームの人間が乗ってるから怪しまれることはないやろ。駐車場に車停めたら一平君はそのままサッカーの練習やってくれてたらええ」

「練習やっていいんですか」

学校到着後も校門を見張るとか何かしらの役割が与えられると予想していた。ところがいつも通り練習すればいいとのこと。

ガッカリ半分、拍子抜け半分の気分だったが、小夜ちゃんに「なんか複雑な顔してるけど、絶対に練習せなあかんと私は思うなあ。フィリップを乗せた車が学校に入った時点で、あいつらは何かが起こると警戒してんのは間違いない。そんな状況でおるはずのない一平君が目撃されたら警戒のレベルは最大限になるで。それこそフィリップの居所が分かってるから車内で見張ってたんが、校門のそばに立って徹底的に出入りする車をチェックし始めるかもしれん。そんなことは避けなあかんから、グラウンドで仲間と一緒にボールを蹴って存在を消す必要があるんや。リスクは少なくする。

これは鉄則やで」と指摘されて、僕の中途半端な気分は吹き飛んだ。言っていることは正しい。

みんなの足を引っ張らない、飯塚さんを駐車場まで案内する、この二つに集中するべきと思い直した。

「車を駐車場に置いたら、飯塚さんは車の中で待機しててもらおか」

周さんが僕の案をより具体的に仕上げていった。

「フィリップを乗せて学校に着くのは九時頃にする。店を出発するのは八時半過ぎ。学校までは田宮君が運転してくれるか。わしは前の晩にここを抜け出して柳原さんとこで待機してる。学校に着いたらすぐにフィリップを飯塚さんの車に乗せて移動開始。田宮君はそのまま二、三十分くらい学校に車停めといてから出ていったらええ。あんまり長いとあいつらも様子見に入ってくるかもしれんからな」

「分かりました」と田宮さんが応えた。

小夜ちゃんが「紗江子さんと私はどうしたらええですか」と周さんに訊ねた。

「紗江子さんと小夜ちゃんは十時に開店して普段どおりの営業や。いつもと変わらんように仕事やってくれるか。あいつらも店を見張る人間一人くらい残してるかもしれんから、何事もないようにしといたほうがええ」

「私は八時前に来てコーヒーとサンドウィッチくらいは作ります。出掛ける前にしっかり食べないと力は出ません」

紗江子さんは早い時間から店に入ることを主張した。

小夜ちゃんも黙ってはいなかった。

「私も紗江子さんのお手伝いします。なんかやってないと気持ちが落ち着かへん」

「嬉しいなあ。コーヒーとかサンドウィッチなんかがあるとホッとするからな。頼んでもええんですか」

田宮さんのうれしそうな声に、紗江子さんと小夜ちゃんが同時に「もちろん」と応じた。

「それとな、電話の呼び出し音に注意しといて。無事に着いたら連絡するし、なんかあった時に指示するかもしれんから」

周さんが二人に追加の依頼をしたら、ここまで役割のなかったアメリカンが「電話番やります。すぐに受話器が取れるように電話の前で待機してます」と宣言した。

やっと自分の出番が来たと言わんばかりの勢いだ。

「了解や。サンドウィッチは好きなだけ食べてええから、呼び出し音に注意しといてな」

周さんが笑いながらアメリカンに指示し、グラスに残っていた『ジャック・ダニエル』を飲み干した。

区切りがついた。

周さんが胸ポケットからボールペンを取り出しながら、「よっしゃ、これであさっての動きに関する打ち合わせは終了。もう一回自分の役割をそれぞれ頭の中で再確認しといて。それと田宮君、柳原さんとこの住所を今書くから、覚えたら焼き捨ててくれるか」と言って、テーブルの上にあったお客さん用の紙ナプキンに柳原さんの住所を書いて手渡した。

紙ナプキンを受け取った田宮さんは、「それじゃ僕は飯塚の工場に行って打ち合わせと車の手配してくるんでこれで失礼します」と言って店を出ていった。

紗江子さんが周さんに話しかけた。

「今日は閉店したままにしときますね」

「そうやな。これから一平君と拓也君になんでフィリップを匿うようになったか話さなあかんからそのほうがええな」

周さんの言葉を聞くと、紗江子さんと小夜ちゃんは何も言わずに奥の事務所に行ってしまった。席に残っているのは周さん、アメリカン、そして僕の三人。

『ジャック・ダニエル』がテーブルの上にポツンと立っていた。

周さんの酒量に神経質な紗江子さんが持っていくのを忘れるわけがない。多分、わざと置いたままにしたのだ。

窓ガラスを叩く雨粒の音がかすかに聞こえた。

僕とアメリカンは身じろぎもせず、周さんが話し始めるのを待った。

四

「一九六〇年の十月にサンフランシスコへ行ったんや」

僕が小学三年生の頃だ。

「親父が日本で作ったブリキのおもちゃをアメリカに輸出する商売を立ち上げようとして、現地輸入元の華僑といろいろやりとりしとった。それでほぼ話がまとまって契約ということになったんで、長旅がキツイ親父に代わってわしが名代として赴いたっちゅうことやな」

周さんはパイプを手に取り火をつけた。グラスは空のままだ。

「結構な取引額やから気合い入れて乗り込んだけど、契約の詰めをしたら基本的なとこで、例えばおもちゃの買取単価、カーゴ・レートやおもちゃ屋に対する販売促進費の負担割合とか、事前の話と違うことがいっぱい出てきた。どないなってんねんということやな」

カーゴ・レートとか販売促進費とか知らない単語が出てきたが、フィリップのこととは直接関係なさそうなので意味を聞くことはしなかった。

「こっちはおもちゃの手配も終わってるし契約せんかったら大損や。やめるわけにはいかん。まあ、相手もそういうことを見越して揺さぶりかけてんのは分かってたから、わしもじっくり攻めた。一つ一つ相手の言い分を潰したり妥協したりで契約するまでえらい時間がかかった。あれは、ほんま疲れた」

事務室のドアを開け閉めする音がして、箪笥の陰からトレイを持った小夜ちゃんが現れた。

「はい、新しいコーヒーとサンドウィッチ。サンドウィッチはあさっての予行演習のつもりで作ってみました。それと周さんには紗江子さんから頼まれたコレ」

小夜ちゃんは周さんの前にチーズが五、六切れ載った小皿を置いた。

やっぱり紗江子さんはわざと『ジャック・ダニエル』を置いていったのだ。

事務所のドアが開く音。

「周さん二杯までですから」

紗江子さんの少し大きな声。そしてドアが閉まる音。

周さんが「さすがやな」とつぶやき、一杯目をグラスに注いだ。そして半分ほどの量を喉に流し込んだ。

コーヒーカップやお皿を並べ終えると、小夜ちゃんはそのまま事務所に戻った。

僕とアメリカンは、厚切りのハムと野菜が二枚の食パンの間からはみ出ている豪華なサンドウィッチに手を伸ばした。食パンは僕が買ってきた『フロインドリーブ』のやつ。

購入するきっかけになったメガネ男の顔を思い出したが、尾行のおかげでサンドウィッチを食べることができた。ざまあみろだ。

「一息ついたところで続きいくで。まあ、なんやかんやでサンフランシスコには一ヶ月以上おったけど、その間の食事は全部ホテルから歩いて四、五分のとこにあった『フィリッポ』っちゅうこぢんまりしたダイナーで済ませとった」

聞いたことあるようなないような単語〝ダイナー〟。食事って言ったから食堂という意味だと思うけど、『マメタン』（『英語基本単語集』旺文社刊）にあったかどうか記憶にない。

「ダイナーっちゅうのは日本でゆうたら大衆食堂みたいなもんやな。朝早くから夜中までやっとるからほんま便利やで」

〝ダイナー〟の意味が分からず、けっこう間抜けな顔をしたかもしれない。周さんはそれを察して説明してくれたような気がする。

「『フィリッポ』はイタリア系アメリカ人のゼフィレッリ夫妻が切り盛りしてて、毎日行ってたから一週間もしたら店の親父、カルロや奥さんのフィオレンティーナと軽口をたたけるようになってた。当時は、とゆうても今でもなんやけど、東洋人とか黒人に対する差別はかなりあって、わしも何回か嫌な経験をした。でも、二人にはそんな差別みたいなことが全然なかった」

周さんはここまで話して、グラスに残っていたウイスキーを飲み干した。

「まあ何となく想像ついたかもしれんけど、フィリップは二人の間に生まれた子供や。店名の『フィリッポ』はフィリップをイタリア風に言い換えたもんやし、わしが店に行き始めた頃で十一歳やったけど、そらもうかわいがっとった。学校が終わったら空いてるテーブルでフィリップが勉強してて、それを二人が笑いながら見守るとか、商売のやりとりで苛立った気分が癒やされる光景を毎日のように見せてくれた。ホンマ平和な時間やった。それが、わしの不注意から起きた事件で突然見ることができなくなってしまったんや」

周さんが『ジャック・ダニエル』に手を伸ばした。紗江子さんが「二杯まで」と言ってたから最後の一杯だ。

「サンフランシスコに来て三週間を過ぎた頃のことや。その日の夕方にようやく契約を結ぶことができて、わしは浮かれとった。上機嫌で『フィリッポ』に入っていつものカウンター席に座った。カルロはわしの顔を見て察したんやろ、『仕事うまくいったみたいだね』と言って目の前にボトルを置きよった」

アメリカンが、「ボトルって今周さんが飲んでいるものと同じなんですか」と訊ねた。

「そう、『ジャック・ダニエル』や。お祝いで出してくれたんやけど、横におったフィオレンティーナが『おめでとう』って言いながらグラスについでくれた。テーブルで勉強してたフィリップも『おじさんよかったね』ってニコニコしてるんや。三人の笑顔を見たら完全に気持ちが緩んで、仕事がうまいことといったらどれくらい儲かるかっちゅう話まで始めてしもた。そしたらカルロが真剣な顔になって、『その話はまた今度にしましょ』とかゆうて話をやめさせようとするんや。フィオレンティーナも同じようなことゆうたと思うけど、わしはいい気になって話し続けてしもた。事件が起きた後で、あの時カルロとフィオレンティーナがやめさせようとした理由に気がつくんやから、後悔してもしきれん」

周さんはここまで言って、いったん言葉を切った。

僕とアメリカンは静かに待った。

「それでええかげん酒も回ってきたこともあって、わしはカルロとフィオレンティーナにお礼をゆうてから店を出たんや。そしたら二、三十メートル歩いたところでいきなり頭にガツンってキツイ衝撃を受けて倒れてしもた。頭の上で怒鳴り合う声がするなあと思てるうちに気が遠なって、目が覚めたら病院のベッドや。ぼんやりしてたら警察が部屋に入ってきて質問やらなんやらされてるうちに、ようやく何があったか理解できた」

僕たちの様子を見に来たのか、紗江子さんと小夜ちゃんが周さんの背後にあるテーブルの椅子に座るのが見えた。

「簡単にゆうたら、『フィリッポ』におる時近くに座ってたタチの悪い二人組がわしの儲け話を聞いてて、金を奪おうと企みよった。わしが話した儲けっちゅうのはもっと先の話のことや。それをどう勘違いしたんか、儲けた大金を今持ってるもんと思い込んだらしい。カルロとフィオレンティーナは二人組が聞き耳立ててることに気がついてた。だから金の話は止めろと暗に忠告してたんや」

ここで周さんは大きく息をついた。

「それで、わしが店を出たら二人組も急いで勘定を済ませて追いかけるように出ていった。危ないと思ったカルロが外に出たら、ちょうどわしが殴られてるとこやったらしい。助けようと大声を上げて走り寄ったら、相手が殴りかかってきて乱闘みたいになった。そのどさくさの中でカルロがナイフで刺されて死んだんや」

周さんはここで初めて二杯目の『ジャック・ダニエル』に軽く口をつけた。

話の途中から不幸な結末を予想して衝撃に身構えていた。それでも周さんが親しくしていたカルロの死は僕の心を強く揺さぶった。

アメリカンは身じろぎもしなかった。小夜ちゃんは腕組みをしながら眼を閉じ、紗江子さんは周さんの背中をじっと見ていた。

「わしを助けようとして殺されたカルロの葬式も、入院してたから出られへんかった。そんな情けない自分にできることはなんや。そのことばっかり病室で考えてたけど結論が出えへん。結局今できることをやるしかないと決めた。毎月一定の金額が手元に届くようにしたいとフィオレンティーナに話したんや。『フィリッポ』で出す料理は全部カルロが作ってたから店を続けるのは厳しい。生活が苦しくなるのは目に見えてるんやけど、わしの申し出をフィオレンティーナは固辞しよった。せやけど、カルロが死んだのはわしのせいや。なんかせんと狂いそうな気持ちやったから必死で説得して、強引に押し切った」

自分を救おうとしたカルロの死に報いるための行動は、一九六〇年十月から始まり、フィリップを匿っている現在まで続いている。多分、周さんはこの先もずっと続けるような気がする。

「日本に戻ってからも年に何回か手紙で連絡を取り合ってたけど、六六年にフィリップからフィオレンティーナがガンで死んだっちゅう手紙が届いた。それまでの手紙ではガンを患ったことなんか書いてなかったから、慌てて連絡とったら意外と元気やった。シカゴに住んでる親戚の家で生活することになったから、大丈夫ということやった。夏に見ることができるシカゴの蛍はきれいですよ。一度遊びに来てくださいみたいなこともゆうてたから、気持ちも落ち着いてると思てひと安心した。まあお金を渡すことはやめるつもりなかったけど、フィオレンティーナが死んだり住む環境が変わったりで大変やと思て、それ以降は連絡もあえてせえへんかった」

「シカゴに蛍がいるんですか」

アメリカンが訊ねた。大都市シカゴと蛍が結びつかないのは僕も同じだった。聞いたことがない。

「おお、ぎょうさんおるで。去年の七月に華僑の集会がニューヨークであったんやけど、それが終わってから驚かしたろと思て、連絡もせんとフィリップが住んでる親戚の家に行ったんや。郊外にある小麦とかトウモロコシを作ってる農家やったけど、フィリップからわしのことは聞いてたみたいで大歓迎してくれた。その時に晩ご飯ごちそうになりながら親戚の家族と一緒に見た蛍は、びっくりするぐらいようけ飛んでてすごかった」

周さんは斜め上を見ながら話した。その時の光景を思い出しているようだった。

「シカゴで見る蛍。なんか不思議な感じです。でも親戚の家族と一緒に見たって、なんかフィリップがいなかったように聞こえたんですけど。会えなかったんですか」

「そのとおりや。おらんかった。徴兵されて六八年の十月から軍隊に行ってたんや。

そらもう心配した。アメリカはベトナム戦争やっとるからな。戦場は命を奪うとこや。そんなとこに派兵されんと徴兵期間過ぎるまでずっと国内にいてくれと思てた」

息子を心配する父親のような気持ちでフィリップのことを話している。

「わしがシカゴから戻った翌月の八月にフィリップから電話があって、九月になったら南ベトナムに派兵されるって言いよった。心配が現実になった」

そう言ってから周さんはグラスを持ち上げたが、さっきと同じようにほんの少し口に入れただけだった。

「それと送金をやめてくれって言いよった。理由はもう充分世話になったし、これからは自分の力で人生を切り拓きたいってことやった。わしは嫌やってゆうた。一生続けるつもりやったからな。せやけどフィリップの意志は固かった。途中からは言い合いになったけど、最終的にわしは二つの条件を出したんや。一つ目は生き残れということ。どんな汚いことしても生き残れってゆうたけど、そんなん条件やないってあきれとったな。二つ目は解決できんことがあったら絶対に連絡すること。この二つを送金中止の条件にしたんや」

周さんはパイプに手を伸ばした。パイプ煙草に火をつけながら何度か短く息を吸い、最後に大きく吸い込み煙を吹き出した。いつものように甘くて濃密な香りが漂ってきた。

「まあそんなこんなでフィリップは行ってしもた。アメリカ軍の場合、ベトナムに派兵されたら従軍期間は一年間という規則があるらしい。一年経ったら戦場を離れることができるということやな」

「戦場で過ごす一年間。生意気な言い方ですけど、長くて厳しい時間のような気がします」

「長い」

周さんはアメリカンの言葉にすばやく反応した。

「この歳になると、一平君や拓也君みたいな若い人と比べて時間の進むのが早く感じるようになる。でもな、大事な人間が一年間も戦場におらなあかんて考えたらいっぺんに遅なってしもた。難儀な話や」

「周さん、コーヒー持ってきましょうか。お酒あんまり進んでないようですから」

紗江子さんがいたわるように言った。

「なんや今日はこれ以上飲む気にならへん」

「珍しいなあ、周さんが飲む気にならへんって。雪降るで」

小夜ちゃんは軽口をたたいてから、コーヒーを淹れるため早足で奥の部屋に向かった。

「それでな、先月四日のことや。突然フィリップが電話してきよった。今岩国の基地に休暇でおるけど相談したいことがあるということやった。面倒なことが起こってると直感したから、五日の朝に岩国駅の前で待ち合わせる約束をした。それで一晩中車を飛ばしてフィリップと合流したら、びっくりするようなことを話しよった」

記憶違いでなければ、先月四日はアメリカンにアルバイトをやりたいと伝えた日だ。

「こっからが追われてる理由になるんやけど、軍隊の中にある犯罪組織とつながってる上官から運び屋をやってくれって頼まれたんをフィリップが断ったんや。横流しされた医薬品をハワイまで運ぶという話やったらしい」

「医薬品って、戦場でよく使う消毒薬とか痛み止めの薬みたいなものですか」

アメリカンが訊ねた。

「それがな、実際は医薬品ではのうてビルマで密造された麻薬やったらしい。それを、南ベトナムに派兵されて半年経ったらもらえる休暇が三月になってたフィリップに運ばせようとしたらしい」

休暇は日曜日や祭日のようなものではないのか。

「休暇って基地の中にいてのんびり過ごすようなもんと思てましたけど」

僕の疑問に周さんが答えた。

「休暇は一週間もらえるんや。その間は日本とかタイ、それにハワイにでも本人が希望したら行ける」

「なんかスケールが大きいですね。戦争やってんのに休暇でハワイ。戦場から常夏の楽園って落差が極端すぎます」

「一平君はスケール大きいってゆうたけど、フィリップに運び屋をやらせようとした奴らはもっとスケールが大きい。佐官から兵卒まで統率の取れた組織を軍隊の中に作っとるんや。『アーミー・ネット』っちゅう名称までつけて、ビルマで麻薬を密造するグループ、南ベトナムから国外に運び出すグループ、儲けを管理するグループなんかを会社みたいに組織化しとるらしい」

「組織名まであるなんてやることが大胆すぎますね。いつかはバレるでしょ」

アメリカンが呆れたように言った。

「わしもそう思う、絶対にバレる。でもな、やっかいなことに今はしっかり機能しとる。そういう状況で運び屋を断ったから、奴らは見せしめのためと口封じのためにフィリップを消そうと動き出したんや」

「でも、どうしてフィリップに麻薬を運ばせようとしたんですか。国外に運び出すグループがあるんならそいつらにやらせればいいでしょ」

アメリカンの言うとおり。無関係の人間に運び屋をやらせる理由が分からない。リスクが大きすぎる。

「アメリカのギャングとか日本のヤクザからの注文が多なりすぎて、麻薬は豊富にあるけど運ぶ人間が足らんようになってしもたんや。それで、行動を把握しやすい自分の部下に千ドルやるから運び屋やらへんかって声かけてたんや。断る人間はおらんかったらしい。まあ、兵士が請け負った最大の理由はお金やのうて、犯罪組織に所属しとる上官の誘いを断ったら殺されるということやろな」

言うことを聞かないから命を奪う。唖然として言葉も出ない。思わず天井を向いて大きく息を吐いたら、視界の端にトレイを持ってこちらに近づく小夜ちゃんが見えた。

小夜ちゃんに気づいた紗江子さんは、席を移動して周さんの隣に腰掛けた。

小夜ちゃんは周さんの前にコーヒーカップを置いてから、僕たちのコーヒーカップにポットからお代わりのコーヒーを注いだ。そして、さっきと同じサンドウィッチが載った新たな皿が、空になった皿の上に重ねられた。

全員無言でサンドウィッチを囓り、コーヒーを飲んだ。

食べ終わった周さんが、パイプに残った吸い滓を五センチくらいの細長い金属棒でかき出し、新たにパイプ煙草を入れながら話し出した。

「上官は断られたから殺すつもりやったけど、基地の中でやるのは難しい。殺した奴が軍警察に捕まったら、麻薬の密輸出がバレるかもしれんからな。それであいつらが考えたんは戦闘中に殺してしまうことや。これやったら敵に撃たれたといえば話は通る。いちいち死体から弾丸取り出して、敵の弾丸か味方の弾丸か調べることはまずないしな」

四面楚歌。フィリップは南ベトナムで敵と味方双方からの攻撃に晒されていた。

「フィリップも狙われてるのは分かってたから用心してたけど、それでも背後におった味方から飛んできた弾丸がすぐそばの木に当たって木片が飛び散ったとか、危なかったことが二回くらいあったってゆうてた。その時にフィリップが考えたんは、うまいこと生き延びることができたら、三月の休暇で日本に行ってわしに連絡することやった」

「相談するために休暇を利用して日本に来たということなんですね」

「脱走しろとわしはフィリップにゆうた」

アメリカンの質問に対する答えではなく、周さんは自分の判断を話した。

「岩国の基地におる間は安全や。でも南ベトナムに戻ったらまた狙われる。逃げるんやったら今しかない。そう思たから、国を捨てる覚悟はあるかと聞いた。しばらく黙ってたけど、『ある』って言いよった。それでいったんフィリップを基地に戻して、わしは神戸に戻った。そして紗江子さん、小夜ちゃん、田宮君の三人に集まってもろて事情を話した」

「事情って周さんは言いますけど、フィリップさんを脱走させることは決めてて、逃げる方法をみんなで考えようって言ったんですよ」

紗江子さんが冗談めかして言った。

久しぶりの笑い声。雰囲気が少し柔らかくなった。

「まあそういうことや。フィリップをどっか安全なとこに匿う。そのためには信用できる三人、まあこの後スミレにも連絡したから四人やけど、とにかく協力してもらうしかない。それしか考えへんかった」

「そらもうびっくりしたで」

小夜ちゃんが身体の前で両手をパッと大きく広げた。

「日本におったアメリカの空母から兵隊が脱走してスウェーデンに亡命したことが新聞とかテレビで騒がれたけど、あれは日本の中に専門の秘密組織があってやれたことや。それを素人五人が計画して実行する。できるんかと思たけど、脱走させるのが命の恩人の息子や。これはもうやるしかない。『緋牡丹博徒　花札勝負』で、悪者の金原一家に戦いを挑む矢野竜子、そんな気分やった」

緋牡丹お竜まで出てきた。小夜ちゃんかなり興奮している。『緋牡丹博徒　花札勝負』を観てないから分からないが、軍を脱走するのとヤクザ同士の戦いでは比喩としてもなんか違うような気がする。

紗江子さんが無言で両手の人差し指を交差させてバツ印を作り、小夜ちゃんのほうに向けた。あまり興奮しないでねということだ。

「すんません。人の命がかかった話やのにふざけた言い方してしもうて」

小夜ちゃんは大きな身体を小さくした。

「かまへんかまへん。それくらい気合い入れといたら負けることはない」

周さんは気にしていない。というか煽るような感じ。気持ちで負けるなと言うことだ。

「フィリップを岩国の基地から脱走させる方法は単純やった」

周さんは僕とアメリカンを交互に見た。

「二日後の七日朝に岩国でフィリップを車に乗せた。そしてそのまま神戸まで飛ばして、回教寺院近くにあるわしの別宅に取りあえず匿ったんや。念のため田宮君には別の車でついてきてもろたけど、拍子抜けするくらいなんのトラブルもなかった。連中も予想してなかったんやろな」

回教寺院近くの別宅と言った。『スポット』があるここも持ち家だし、一体何軒の家を持っているのだ。周さんが築き上げた世界は間口が広いし奥行きも深い。

「一平君と拓也君がフィリップに会ったんはその翌日や」

僕が面接を受けた日だ。

「これからのことを本人と打ち合わせしよと思て、田宮君に連れてきてもろたんや」

「あの時おじさんもいたんですか」

「おった。でもな、他の用事があるっちゅうことで店の中には入らんとそのまま帰った」

思い出した。あの時フィリップが入り口で振り返ったのは背後を気にしていたのではなく、送ってくれた田宮さんに顔を向けたのだ。無言だったのは、知らない人間、僕とアメリカンがいたことで警戒したからだと思う。

「ここまでがフィリップを匿った理由と時間の流れや」

周さんがコーヒーに口をつけた。見慣れない光景。やっぱり『ジャック・ダニエル』の方が似合っている。

「コーヒーおいしいですか」

からかうような口調の小夜ちゃん。

「この苦みが気分をシャキッとさせる。おいしいで。せやけどさっきはあんまり飲む気にならへんゆうたけど、これに『ジャック・ダニエル』をドバッと入れて、砂糖と生クリーム足したらもっとおいしいかもしれへんな」

周さんも負けてはいない。なんか元気が出てきてる。

「ダメです。アイリッシュ・コーヒーはありますけど『ジャック・ダニエル』コーヒーなんて聞いたことないです。コーヒーはコーヒーのまま楽しんでください」

紗江子さんが釘を刺した。しかしアイリッシュ・コーヒーってなんだ。

「そうやな。やっぱり今日は禁酒日にしといたろ」

声には出さず、「禁酒日って、さっきまでしっかり飲んでましたやん」と茶々を入れた。

「それでな、様子がおかしいと思うようになったんは十日ほど前からや。この店とか自宅の周辺でおかしな連中をちょくちょく見かけるようになった。センター街とか歩いてても、なんかつけられてるような感じもした。それでピンときた。『アーミー・ネット』に見張られてる。匿ってるのがバレたかもしれんちゅうことやな」

「でもなんであいつらに分かったんですか」

僕は訊ねた。

「最初はわしも見当がつかんかったけど、思いついたことがあってフィリップの親戚に電話をかけた。そしたら案の定や。国防総省の人間が来て、日本にフィリップの知り合いはおるかって聞いてきたらしい。名目は海外派兵された兵士全員に行ってる、休暇のために申請した国や地域に住んでる知人の調査ということや。親戚も国がやってるゆうことで疑いもせんと昔から付き合いのあるわしのことを話したそうや」

「国防総省と言ったけど本当は『アーミー・ネット』だったんだ」

アメリカンが断言した。

「そのとおり。それでこっからは想像になるけど、家の周りをうろついたり尾行したらわしが怪しいと思て気にする素振りを見せるかもしれん、そう考えて試してみた。そしたら予想どおりの動きをわしがしたんで、これは間違いない、匿ってる。そう断定したんやろな」

シカゴの親戚の家に赴き国防総省と偽って調査。神戸で周さんの動きをテスト。そして僕に対する尾行。『アーミー・ネット』の強い意志がひしひしと伝わってくる。

「これでだいたいのとこ分かってくれたやろか。ゆうまでもないけど、あいつらはフィリップが国とかマスコミに組織のことを公にすることを恐れとる。その分必死になっとることは間違いない。そこのところは絶対に忘れたらあかん」

僕とアメリカンは同時に「了解しました」と言った。思わず軍隊口調になってしまった。

「よっしゃ。そんならあさってから行動開始。紗江子さんと小夜ちゃんも頼むで」

紗江子さんと小夜ちゃんが頷いた。

「拓也君は電話番。重要な役割や、席を離れたらあかんで」

「絶対に電話の前から離れません。トイレも我慢します」

誰も笑わなかった。僕も笑えなかった。

「一平君は」

「朝八時に国鉄灘駅の山側出口で飯塚さんが運転する車を待つ。練習場に到着したら校内の駐車場に案内。僕はいつもどおりチームの練習に参加。以上です」

周さんの言葉を継いで、僕はあさってやるべきことを話した。

「そのとおりや。でもな、今みたいに肩に力が入ってたら冷静になられへん。どっかでほころびが出る。気を楽にする、それを忘れんといてな」

冷静であれ。自分に言い聞かせたが、さっきから太もも辺りの筋肉がぶるぶる震えて止まらない。これは武者震い。断じてビビリ震いではない。


もうすぐ顔も知らない飯塚さんが車で迎えに来る。ちゃんと合流できるのか。緊張がほぐれないまま国鉄灘駅山側出口で飯塚さんを待った。

腕時計を見るとあと一分ほどで約束の八時。車が来ると思われる駅前から山の方向に延びている坂道を見上げたら、五十メートルほど先の右角から黒い車が現れた。

普段聞き慣れたエンジン音とは明らかに異なる。おなかに響くような低音を発しながらこちらに向かってくる。周さんがリクエストした足の速い車そのものといった俊敏そうな面構え。飯塚さんの車だと判断した。

僕の目の前で停車した。助手席側の窓ガラスがするすると下りて、「富田一平君か」と、上体を助手席側に傾けた短髪の男性が窓越しに僕を見上げながら訊ねた。

「おはようございます、富田一平です。飯塚亮さんですか」

「そうや。よろしゅうに。田宮から話は聞いてる。五、六分で着く。助手席に座って」

えらく簡潔に喋る人だ。しかし愛想が悪いという感じはしない。元カミナリ族の肩書きから想像していた、いかつさもない。

助手席に腰を下ろすと、ソファーのような柔らかさではなく、座布団を敷いた木の椅子に座ったような堅さを感じた。経験したことがない感触だったので飯塚さんを見たら、こちらに顔を向けてニヤッと笑った。

「座り心地悪いやろ」

なんか座り心地が悪いのを自慢しているように聞こえる。

「木の椅子に座布団置いて腰掛けたような感じです。でも体がすっぽり嵌め込まれたようで気分がええですね」

「おおっ、よう分かってるやん。レース用のシートにつけ替えてるんや。車がベレットＧＴＲやし、エンジンもかなり弄ってるからシートもそれなりのもんにせんとあかん。車体の色も艶消しの黒にしたからシブいやろ」

さっきまでの簡潔なしゃべり方が一変、饒舌になった。車の話になると夢中になってしまう人だ。しかしこのまま話を続けられたら出発できない。ベレットＧＴＲと聞いても車そのものに全く興味がないからシブいとも思わない。

「去年鈴鹿の十二時間耐久レースで」

話がまだ続きそうだ。

「すんません、そろそろ出発せんといかんのですけど」

人の楽しみを強制的に中断させたような、申し訳ない気分で僕は話の腰を折った。

飯塚さんは中指で軽く自分のおでこを叩いた。

「そうやったな、ごめんごめん。ほな行こか。それとこっからは君のこと一平君と呼んでええかな。その方が言いやすい」

「もちろん。遠慮なく一平と呼んでください」

そう言った直後ベレットＧＴＲは急発進、僕の背中は背もたれに押しつけられた。

突然の変化に気持ちも身体もついていけない。

「車の出足がすごいですね。びっくりしました」と、急加速に戸惑っていることを伝えようとする前に、飯塚さんは躊躇なく左折してすぐに右折をした。学校までの道順は合っている。かろうじてそれは分かった。

左折、右折する時にタイヤの軋む音が聞こえ、強い遠心力も感じたのでかなりのスピードで曲がったと思う。レース用シートががっちり体をホールドしてくれたので、左右に振られることはほとんどなかった。

あとは直線距離で数百メートルほどの上り坂を走るだけ。ここも力強く進んだ。ベレットＧＴＲをロープでつなぎ、山の上から強力なモーターを使ってグイグイ引っ張っているような感じだ。

国鉄灘駅前から数分で学校に到着。乗車中は驚きや戸惑いはあったものの、恐怖感はなかった。飯塚さんの確かな運転技術を実感した。

校内に入ってからは、僕が指示する駐車場がある方向に微速で進んでもらった。途中窓越しにチームメートやコーチが興味深そうにこっちを見ていた。僕がベレットGTRのような〝走る車〟の助手席に乗っているのが不思議なのだろう。

駐車場に車を停めて助手席から出ると、ほんの数分間のドライブだったのに足元がフワフワする。

飯塚さんが車から出てきた。

「お疲れさん、ほんならここで田宮を待ってるわ。サッカーの練習、きばるんやで」

そう言うと再び運転席に戻った。

僕のやるべきことはほぼ終わった。残された役割は、チームメートと一緒にサッカーの練習をすること。『アーミー・ネット』の連中に僕の存在を知られてはいけない。

ボールを蹴っている間に、フィリップを柳原さんの家へ移すための手順は進行する。

僕は練習着に着替え、試合でしか履かないサッカーシューズ、ヤスダの『BANGKOK』の靴ひもをきつく結んでグラウンドに出た。

五

学校の駐車場を利用したフィリップの移送作戦が成功して二週間ほどが経過した。

あれ以来周さんは一度も『スポット』に顔を出していない。

『アーミー・ネット』も鳴りを潜めている。まるでフィリップの誘拐を諦めたかのように、何の動きもしてこない。

静かすぎてかえって不安になる。何か作戦を考えているのか。あるいはどこかで僕たちに隙が生まれるのを待っているのか。この先何が起きるか読めないのは、精神衛生上かなり質が悪い。

しかも『アーミー・ネット』の動きがないとはいえ、予備校や『スポット』、自宅などへの行き帰りは尾行にも用心しなければいけないので、気を緩めるわけにはいかない。ストレスは溜まる。

そんなイライラを束の間でも忘れさせてくれそうな話が舞い込んできた。ラジオの人気番組に出演しようという、アメリカンからの思いがけない誘いだった。

話は簡単にまとまり、今僕はラジオ局まで七、八分の距離にある国鉄須磨駅前でアメリカンを待っている。ラジオ出演という初めての体験を控えて昂奮していたので、日没になってからの肌寒さも気にならなかった。

ラジオ出演の話があったのはおとといのことだ。

苦手な古文の参考書を気乗りしないまま読んでいると、「大杉くんから電話」と僕を呼ぶ母の声がした。何か良くないことがあったのかと思い、慌てて階段を駆け下り電話機がある居間に向かった。

若干不規則になった息づかいを整えながら受話器を耳に当てると、一瞬キーンという甲高い音がした。不快な音だった。古い電話機だからどこかに不具合でもあるのだろうと思いながら、送話口に向かって「はい」と呼びかけた。

「一平、あさって俺と一緒にラジオに出ないか」

アメリカンが「元気か」とか「あいつらなんかやってきたか」などの様子伺いもなく用件を切り出した。

「ラジオに出ないかって、どういうことや」

字句どおりに解釈すれば、何かのラジオ番組に出演しないかという誘いだ。しかし、タレントでもない無名の人間に、いきなりそんな話が来ることなどあり得ない。

「夜の七時からやってる、電話で好きな音楽のリクエストができる番組あるだろ。それに俺と一緒に出るんだよ」

少し話が見えてきた。毎日夜の七時から九時まで放送している人気番組のことを言っている。今は『スポット』でアルバイトをやっているので聴く機会も少なくなったが、高校生の頃は何度か電話をかけてリクエストしたことがある。

電話受付の女性が電話口に出ると、番組で流してほしい曲と自分の名前を伝える。その時に友人や恋人のためにリクエストしたということで、曲をプレゼントしたい相手の名前も伝えることができた。

僕には恋人とかガールフレンドはいなかったので、知り合いでもない日本サッカーリーグに所属している新日本製鐵サッカー部の宮本輝紀とか、ヤンマーディーゼルサッカー部のネルソン吉村といった、好きなサッカー選手の名前を伝えていた。

運がいいと同じ曲をリクエストした多くの人の中から僕の名前とサッカー選手の名前が読み上げられることもあり、その時はかなり興奮した。

その人気番組に出演する。どうやればそういうことが可能になるのか。

「ラジオに出るって、あれは音楽番組みたいなもんや。そこになんで素人のおれらが出演できるんや」

「そこなんだけど、俺の投書がきっかけなんだ。先週番組聴いててアナウンサーの言ってることが気になって投書したんだ。そしたら今日ラジオ局から電話があって、番組の中で俺の意見を話してみないかって誘われたんだ」

アメリカンの投書は、番組中にアナウンサーが話した「テレビのニュースを観て感じたのですが、過激派が機動隊に暴力をふるっているシーンはひどいですね」というコメントに反応したものだった。

テレビで放映された映像に、過激派がゲバ棒で機動隊を叩いているシーンが多く映っていれば、過激派がやっていることはむちゃくちゃだという印象を持ってしまう。逆に機動隊が過激派を厳しく排除していれば、機動隊のやっていることは過剰だということになるはず。最近のニュースは過激派の暴力を強調するシーンが多く流れているような気がするので、映像だけを観て過激派が暴力的と言うのは一方的だと思う。もっと公平な目で、どうしてこのような状況になっているのかをラジオで話してほしかった。

アメリカンが言うところの投書の内容はこのようなものだった。

「えらい政治的な話なんやな。そんなこと音楽番組で話せるんか」

「そうなんだ、番組の雰囲気に合わないよな。だから一平と同じことをラジオ局の人に訊いたら、『公平な見方で報道してほしいという提言はそのとおりだと思います。それを番組の中で私たちと話し合うことで、大杉さんと同じような若い聴取者のみなさんが報道について何かを感じ、自分の意見を持ってほしいと考えたからです』っていう返事が返ってきたんだ。話し方も落ち着いてて、言ってる内容も信用できそうだし、とにかくラジオに出るってところにスゲエ魅力を感じたんだ。『出ます』って即答だったね」

「でも投書したのは拓也やろ。投書してない俺がなんで出られるんや」

「友達を一人か二人連れてきてもいいいって言われたんだ。多分俺だけだと心細い思いをするかもしれないって思ったんじゃないのかな」

話を聞いているうちに、初めてラジオに出るという刺激的な経験をしてみたいという気持ちが強くなってきた。報道の中立性というテーマに関しては、きちんと話すことができるかどうか自信がなかった。しかし、自分の声が電波に乗る気分がどんなものかという好奇心が怖じ気に優った。

「おもろい話やな。紗江子さんに休む許可をもらわんとあかんけど、オッケーやったら俺もラジオ局に連れていってくれるか。もし許可が出んかったら電話するわ」

「よし、これで決まり。夕方六時半にラジオ局へ来てくれって言われてるから、国鉄須磨駅の改札口に六時集合。ほんじゃあさって会おうな」

紗江子さんの許可が必要と僕が言ったことを忘れたかのように、アメリカンは待ち合わせ場所と時間を一方的に指定すると、僕の返事を待たずに電話を切った。

再びキーンと甲高い音がした。やっぱり電話機の調子がおかしい。

翌日、紗江子さんに明日ラジオに出たいので休ませてほしいということを、そこに至った経緯も混ぜながら話した。

「いきなりの話だけど面白いじゃない。普通なら経験できないことを経験できるのだから、このチャンスを逃したらダメ。行ってきなさい」

好意的に受け止められたのでホッとした。突然明日休ませてくださいというのはあまりに唐突すぎる。それが、試合前に監督から気合いを入れられるような感じで許可してくれたので嬉しかった。

「あの番組人気あるから、それに出るってすごいことや。ぼやっと座ってるだけやのうて、ビシッと自分の意見を披露せなあかんで」

横にいた小夜ちゃんは煽るような感じの激励。ただ、「自分の意見を披露せなあかんで」というところは若干プレッシャーになった。

あの時は嬉しい気持ちしかなかったが、今は紗江子さんと小夜ちゃんの二人だけで忙しく働いている様子を思い浮かべて少し申し訳ない気分になっている。何か恩返しでもできないかなと考えていたら、「おーい一平、待ったか」と僕を呼ぶ声がした。

改札口の方からいつもの防寒服N-2Bを着たアメリカンが、これから帰宅しようとしている会社員や学生の間をすり抜け近づいてくるのが見えた。

僕のそばに来ると、「ほんじゃ行くか」と散歩に行くような調子で言った。あと一時間もしないうちに僕たちの声がラジオから流れるというのに、アメリカンは少しも緊張していないように見えた。

僕たちは駅から山側に向かって歩き、海と平行に走っている一国（第一阪神国道〈国道二号線〉）に出たら横断歩道を渡って右折、水族館を目印にしてラジオ局を目指した。行き交う車が多いせいか波の音は全然聞こえない。海の匂いだけがした。

ラジオ局に着いた。大きく張り出したひさしの下にガラス張りの立派な正面玄関。ここがあの人気番組を放送しているところだと思うと気後れが先に立つ。

アメリカンは平然としていた。気合いを入れるように「よし」とひと言発すると、ガラスドアを押し開け中に入っていった。その後ろについて僕も入った。

ラジオ出演を終えて、僕たちは山側の道を国鉄須磨駅に向かって歩いていた。駅から少し離れているからか、まだ夜八時過ぎなのに人通りはなかった。ラジオ局に向かっている時と違って道路を走る車もまばらだった。

出演時間は十五分ほど。その十五分の間、主に喋っていたのはアメリカンだった。理路整然と公平な目で見て判断することの大切さを説いていた。

僕はといえば、男性アナウンサーに「富田さんはどう感じていますか」と聞かれても、「大杉君のゆうことはもっともだと思います」とか、「やっぱり報道の中立は大切です」などと言うだけで、自分の言葉で話すということができなかった。なにより男性アナウンサーとペアを組んでいる女性アナウンサーの美しさにぽーっとしてしまったのは痛恨の極み。

まともなことは何も言えなかったうえに、女性アナウンサーに見とれてしまっただらしなさ。僕のラジオ出演はこれだけで終わった。情けない。

多分明日『スポット』に行ったら、小夜ちゃんに「なんも耳に残ることゆうてなかったやん」みたいなこと言われるだろう。どう言い訳したものか考えていたら、いきなり住宅街に向かう右の脇道から三人の男が飛び出してきた。

びっくりして男たちを見たら、メガネ男がいた。待ち伏せだ。

ここを僕たちが歩いていることをどうやって知ったのだ。

たまたまラジオから流れる僕たちの声を聴き、慌ててラジオ局まで駆けつけ張り込んでいたのか。いや、そんな偶然あり得ない。

訳が分からない。

「フィリップはどこにおる」

メガネ男が僕たちを交互に見ながら訊いてきた。『スポット』で「また来るわ」と僕に聞いてきた時と同じ。実に無愛想にして無作法。

「なんのことですか」

アメリカンがとぼけた。

「おちょくるな」

メガネ男が威嚇するように一歩前に進んだ瞬間、アメリカンは男たちの間をサッとすり抜けて車道に飛び出し、走ってきた車の前で両手を大きく横に広げた。

甲高い急ブレーキの音。撥ねられる寸前のところで車が停まると、アメリカンはボンネットの上に飛び乗った。ボコンという音。

メガネ男たちはアメリカンの思わぬ行動に呆然としていた。

「拓也、大丈夫か」

カラカラに渇いた喉から絞り出すようにして声をかけた。ありきたりの言葉しか出てこない。

すると、アメリカンがボンネットの上で両膝を落とし、フロントガラスを叩き始めると同時に「助けてくれ！」と叫んだ。

虚を突かれたメガネ男たちの声にならない声を肌で感じた。アメリカンの捨て身の抵抗にたじろいでいる。顔を見合わせた三人は慌ててラジオ局の方に向かって駆け出し、すぐに見えなくなった。

アメリカンは三人が立ち去った方を見ながらボンネットから飛び降り、近くにいるのに人声で僕に声をかけた。

「駅まで走るぞ！」

無理矢理停車させられた車を見たら、男性ドライバーがハンドルを握りしめたまま目をカッと見開いて前方を凝視していた。助手席にいた女性はドアの窓からうつろな目を僕たちに向けている。

「すみません」

聞こえないだろうなと思いながらも僕は謝罪の言葉を述べ、お辞儀をした。アメリカンも同じ動作を行った。不思議なことに女性も顔を軽く前に倒して挨拶を返してきた。

僕たちは国鉄須磨駅を目指し全速力で駆けた。

人がいて周囲が明るい駅に着けば、あいつらも簡単には僕たちを襲うことができない。安全は確保される。

一国を左に曲がると待望の駅舎が見えた。ここまで来れば大丈夫だろう。息が切れかけていた僕たちは速度を緩めた。激しかった息づかいが少しずつ楽になっていく。

「駅前の公衆電話で『スポット』に電話しようぜ」

アメリカンが大きく深呼吸しながら言った。

同意。何が起こったかを説明し、どうすればいいかアドバイスがほしい。僕たちだけで解決できるレベルを遥かに超えている。

電話ボックスに二人で入り、僕は半身になって背中でドアが閉まるのを防いだ。受話器を持ったアメリカンがダイヤルを回し終えて数秒もせずに話し始めた。

「紗江子さん、拓也です。ラジオ局を出てすぐのところであいつらに襲われました。今は国鉄須磨駅前山側の電話ボックスの中にいます」

アメリカンは手短に何が起こったか、どこにいるかを伝えた。

「分かりました。十五分後に電話します」

紗江子さんから十五分後に再度電話するようにという指示が出たようだ。

「十五分経ってからもう一回電話することになった。それまではとにかく駅員とか乗り降りする人がいる改札口の近くで待ってろって言ってた」

アメリカンの目付きが引きつったようになっている。僕も同じような顔をしているに違いない。

切れそうなくらいに張り詰めた極度の緊張状態。駅に向かって走っている時は感じなかった恐怖感が、ムクムクと大きくなっていった。

「そうやな、人の目がぎょうさんあるほうがあいつらも襲いにくいからな。でもなんで十五分後なんや」

声が震えそうになるのを必死で抑えた。

「紗江子さんは周さんに電話するつもりだと思う。どうすればいいか指示をもらおうとしているんじゃないのかな」

多分そのとおりだろう。待つしかない。

「そうやろな。でもなんで俺らがあそこを歩いてること知ってたんや。たまたまラジオ聴いてて駆けつけたみたいな偶然は考えられへん」

「うーん、あり得ないことはないけど、あいつらがあの番組を聴いてたなんてのは想像しにくいよな」

「それやったら、なんで待ち伏せできたんやろ」

僕はメガネ男に尾行されて以来かなり用心深くなっている。外にいる時は常に周囲を確認している。ただし、しょせんアマチュアがやること。たかが知れている。『アーミー・ネット』に比べれば経験の差はゼロと百、圧倒的な差があるのは間違いない。悟られないように毎日僕たちの行動を見張るのは簡単なことだ。

尾行して僕たちがラジオ局に入るのを確認し仲間を集めたのだろうか。それとも想像を超える方法で事前に情報を入手していたのか。

理解できないだけに怖さを感じる。

落ち着かない十五分が経過した。

アメリカンが受話器を手に取り、硬貨挿入り口に十円玉を入れた。ダイヤルを回し終えると間髪を入れず「拓也です」と名乗った。紗江子さんはすぐに受話器が取れるように電話機の前で待機していたのだろう。

アメリカンが何度か「はい」と答え、確認するように「ジャズ・ボーカルと弦楽四重奏ですね」と言うのが聞こえた。

『ヤプー』のことだ。

周さんが、「女性に限ったジャズ・シンガーが歌うジャズ・ボーカルと、弦楽四重奏で演奏できるクラシックしかやらへんけったいなクラブ」と言っていたのを覚えている。

店があるのはここから電車でひと駅の塩屋駅。すぐに移動できる。

「分かりました。五分後ですね」

電話が終わった。

「ジャズ・ボーカルと弦楽四重奏ということは『ヤプー』やな」

アメリカンが頷きながら、「紗江子さんが店の名前を言わなくてもすぐに分かった」と言った。

「でも五分後ってどういうことや」

「俺たちを乗せる車がすでに『ヤプー』からこっちに向かっているんだって。その車が大体五分後に着くってことなんだ。電車だと塩谷駅から西に海沿いを歩くからさっきみたいなことがまた起きるかもしれないって言ってた」

「そういうことか。それやったら待つしかないな。でもどんな車で来るんやろ」

アメリカンが「目立つ車って言ってた」と言ってすぐに「あれだ」と指差した。

指差す方向を見た。四つのヘッドライトを灯した大きな車が結構なスピードでこちらに向かっていた。

「ジャギュア420Gだ」

アメリカンの声が聞こえた。大江健三郎の小説『叫び声』に登場するジャギュアのことか。そうだとしたら、僕は生まれて初めて実車を見ることになる。確かにあれだったら目立つ。

ジャギュア420Gは威風堂々とエンジン音を響かせながら、滑るように僕たちの目前に停車した。

以前『平凡パンチ』のスポーツカー特集で見た、複座式座席に流線型を極限まで追求したかのようなロングノーズの車体とは全く異なる。軽快さではなく、重厚さに重きを置いたような印象。スポーツカーの雰囲気は欠片もない。

夜なのではっきりしないが多分車体の色は深い緑、ブリティッシュ・グリーンと称される色だと思う。ボンネットの前部中央に疾駆している瞬間を表現した銀色のジャギュアが据えられている。車体の色だけが、『平凡パンチ』に掲載されていたジャギュアと同じだった。

右側にある運転席のドアが開いた。黒い丸枠の眼鏡を外しながら、少し小柄な女性が出てきた。

多分、スミレさんだ。

「婆さん」と周さんは言っていたが、そんなことはない。父方のフランス人の血が濃く出ているのか目鼻立ちがはっきりした美しい人だった。

「フランシーヌ・菫(ぢぃん)や。私のことはスミレと呼んでええ。周に頼まれて迎えにきた」

柔らかい声だったが、有無を言わせない迫力があった。

「大杉拓也です。よろしくお願いします」

アメリカンの言葉に続けて、僕も「富田一平です。よろしくお願いします」と言った。そして、スミレさんの次の言葉を待った。

「なにボーとしとるんや。はよ（早く）乗れ。緊急事態やぞ。私の指示を待つんやのうて自主的に動かんかい」

苛立ちを押し殺した声。心と身体が縮み上がった。

僕たちは慌てて後部座席に飛び込んだ。

ジャギュア420Gは滑らかに走り出した。軽く上体が後ろに押しつけられたが、背中に感じる圧力はこれまで乗ったことのあるどんな車よりも優雅だった。

スミレさんは運転しながら小刻みに顔を動かし、サイドミラーやバックミラーを見ている。尾行の有無を確認しているに違いない。

「分かってると思うけど、これから行くのは私の店や」

「『ヤプー』ですね」

アメリカンが間髪入れず返した。

「そうや。そこで周と合流する。今あいつは芦屋からこっちに向かってるからちょっと待つことになるけど、これからのことを相談することになってる」

スミレさんがバックミラー越しに僕たちをチラッと見た。

「それとな、大杉君も富田君も店に着いたら自宅に電話せんとあかんよ。ご両親もこんな時間やから心配してるやろ。どんな理由で遅なるかは君ら自身で考えといて。ただし、店におることだけは絶対にゆうたらあかん。君らの自宅、『スポット』、田宮の事務所、この四カ所の電話機は盗聴されてる可能性があるからや」

思わず僕はアメリカンと顔を見合わせた。

「そんなことできるんですか」

僕は訊ねた。

「店によく来るイギリス人からの受け売りやけど、簡単にゆうたら電話線にもう一本電話線を繋ぐだけでできるそうや。ただし、電話線を繋ぐことができる専門家、二十四時間ずっと会話を盗み聞きできる態勢とか考えたら、それなりの知恵と組織力を持ってないとできんやろな」

アメリカンが、「あいつらならやりかねないな。でも、どうしてそう思ったんですか」と訊ねた。

「周がゆうてたけど、君らのラジオ出演や。あいつらは知ってた。なんでや。盗聴してたから。そうゆう結論しか考えられへんということや」

「僕らを尾行していたということはないんですか」

僕の質問にスミレさんは、「尾行するんやったら、雲隠れしとる周と存在を知られてへん飯塚は尾行されへんけど、君ら二人にそれぞれ二人ずつ必要や。それに紗江子さん、小夜ちゃん、メリケン波止場の私立探偵と考えたら全部で最低十人があっちこっち動かなあかん。そんな面倒なことあいつらがやるとは考えられへん。もっと効率的なこと考えたら盗聴しかないやろ。それが周の意見や」と答えた。

「スパイ映画みたいですけど、それやったら襲われてから盗聴に気がつくということですね。もっと前に分かる方法はないんですか」

「富田君のゆうことは分かるけど難しいと思う。専門家でないと分からんやろな。せやけどそのイギリス人の話やと、盗聴されてるかもしれへん程度のことやったら簡単な方法があるらしい」

「どんな方法なんですか」

アメリカンが身を乗り出した。

「音や。受話器を持ち上げたり、テーブルの上に置いたりした時に甲高い音とかブーンっちゅう変わった音がしよったら、取りあえず警戒した方がええってゆうてた」

「あっ」

僕は声を上げた。

アメリカンからラジオ出演の電話があった時、二回甲高い音がした。あの時は電話機の故障かと思ったが、イギリス人の言に従えば盗聴されていた可能性がある。

「どうしたん、いきなり声を上げて。富田君、なんか心当たりでもあるんか」

受話器から発せられた甲高い音のことを話した。

「私は素人やから断定でけへんけど、盗聴されてる可能性はありそうやな」

そういうことだ。合点がいった。

さっき紗江子さんは「ジャズ・ボーカルと弦楽四重奏」とアメリカンに指示した。店の名前『ヤプー』を出さなかったのは、周さんから盗聴のことを聞いていたからだ。

より巧妙に包囲網は狭められ、奴らが間近に迫っている。

メガネ男たちの襲撃を逃れたとはいえ、重たい気分は少しも軽くならないまま『ヤプー』がある屋敷に到着した。二階建ての大きな屋敷だった。

スミレさんが軽くクラクションを鳴らすと、横幅五メートルはありそうな門扉が引き戸のように横滑りをしながら開いた。車が五台くらい停められそうな広い空間が見え、ジャギュア420Gはゆっくりとその中に入って、玄関の前に横づけされた。

ドアを開けて外に出ると、微かに女性の歌声が聞こえた。『ラヴァース・コンチェルト』のような気がする。『ヤプー』は営業していた。

「歌声が聞こえますけど、お店やってるんですね」

アメリカンが屋敷を見ながら言った。

「しゃあないやろ。周から電話があったんは営業の真っ最中や。お客さん来てるのにいきなり閉めるわけにもいかんしな」

店をほっぽり出して僕たちの救出に向かってくれた。

「すみません」

僕とアメリカンは、先を歩くスミレさんの背中に向かって同じ言葉を発した。

スミレさんは立ち止まり、僕たちの方に体を向けた。

「謝らんでもええ。私はやらなあかんことをやった、それだけのことや。とにかく解決せんことには君らも普通の生活に戻ることはでけへん。覚悟せえよ。組織の大きさはあいつらの方が上やけど、気持ちまで負けてしもたら終わりや。それだけは忘れたらあかん」

そう言うと、軽やかな足取りで五段ある石階段を上り、正面玄関のドアを開けた。

力強い言葉。まだ不安感や恐怖心の方が戦う気持ちを上回っていたが、少し前向きな気分になることができた。

僕とアメリカンも石階段を上り、ドアの下につま先を当てて閉まらないようにしているスミレさんの横をすり抜け中に入った。

目の前に大広間が広がっていた。床一面にはベージュの絨毯。

「左側のドアは開けたらあかん。地下の店に続いてる階段があるんやけど、君らは未成年者やから入れるわけにはいかん。いっちょ前の人間になったら、ドアの向こうにある階段を下りること許可したるわ」

「一人前って、大人になってお金が稼げるようになったらということですか」

「それは関係あらへん」

アメリカンの問いにスミレさんは即答した。

「こんな時にのんびり話でけへんけど、生き方に気迫があるかどうかかやな。それを判断基準にしてる。気迫がどういうもんかは聞かんといて。自分で考えることや。人に聞いてなれるもんやない」

〝生き方に気迫〟というのがどういう意味なのか分からなかったが、頷いてしまった。

不思議な人だ。語り口に有無を言わせぬ力強さと説得力を感じさせる。こんな人に会ったのは生まれて初めてだ。

「私がゆうたことは、この問題が全部解決してから考えなさい。君らにしたらきっつい話やけど、とにかく今は覚悟を決めてあいつらと戦うこと。これしかないやろ」

スミレさんは諭すように言うと、玄関を背にして正面にあるドアを指差した。

「あのドアの向こうに電話機がある。あそこで君らは自宅に連絡や。車の中でもゆうたけど、絶対に店の名前とかここにおることだけは話したらあかん。私はちょっと店の様子を見てくるから、その間に電話しといて」

そう指示すると、店に通じる左側のドアを開け、僕たちの前から去っていった。

「電話をかけようか」

アメリカンは僕の肩をポンと叩いて、電話機のある部屋に向かった。

部屋に入ると、アメリカンが「一平、帰れない理由はどんな風にしようか」と聞いてきた。

僕は車中でスミレさんから家族に連絡しろと言われた時に思いついたことを話した。

「お互いの家に泊まることにしよか。俺はジェームズ山、拓也は甲子園ということや」

「いいね。俺の親も一平の家にいるって言えば安心するからな」

「それは俺の方も同じじゃや。拓也の家におるってゆうたらなんの反対もない」

予想どおり僕もアメリカンも、「相手の家に迷惑をかけるな」と釘を刺された以外は何も言われなかった。

電話をかけ終え大広間に戻ると、ちょうど周さんが中に入ってくるところだった。厳しい顔つきだった。僕たちを見て右手を軽く挙げたのと同じタイミングで、地下室に向かうドアが開いてスミレさんが現れた。

ほんの少し、二人は数メートルの間隔で見つめ合った。ラブシーンでキスをする前に一瞬男女が見つめ合う。そんな感じもしたし、西部劇の決闘シーンで、極限の緊張感に包まれながら対峙する仇敵同士という風にも見える。二人の前から僕たちの存在が消えたような気がした。

最初に口を開いたのは周さんだった。

「スミレ、えらいことに巻き込んで悪いな」

周さんは「婆さん」と呼ばなかった。

「そんなこと気にせんでもええ。それよりフィリップはどうしたんや。一緒やないんか」

「芦屋で待機してもろてる。今のところ、あそこが一番安全なところなんや」

「確かにな。用心するのに越したことないけど、柳原さんとこやったら大丈夫やろ。まあこれからのこともじっくり話さなあかんし、続きは食堂の中で話そか」

スミレさんは周さんの前を横切り、玄関右手のドアを開けた。

「そうさせてもらうわ。もうすぐ田宮くんも来ることやし、食堂やったら広いからちょうどええやろ」

周さんが中に入った。僕たちも後に続いた。

確かに食堂は広かった。真ん中に直径三メートルほどの円卓がドンとあり、等間隔で八脚の椅子が置かれていた。

僕とアメリカンは、ドアに近いところの椅子に隣り合わせで腰掛けた。

スミレさんは円卓に沿って回り込み、僕たちのほぼ正面に座った。

「メリケン波止場の探偵が来るんやったら、ちょっとは心強いな。車の改造屋はどうしたんや。ここに来るんか」

「飯塚君は『スポット』や」

周さんはそう言いながらスミレさんの左に座った。

飯塚さんが『スポット』にいることが気になる。何かあったのか。

「『スポット』に行ったのは紗江子さんと小夜ちゃんに何かあったからですか」

恐る恐る訊ねた。

「いいや、いまのところなんもない。でもな、君らを襲うことに失敗したあいつらのことや、『スポット』に行くことは十分考えられる。せやから用心のため飯塚君にいてもらうことにしたんや」

「でもあいつらがまとまって来た時に飯塚さん一人だと厳しい気がします」

アメリカンの疑問。僕もそう思う。

「そらそうや。多勢に無勢、敵うわけない。せやから飯塚君は後輩のカミナリ族を呼んどる。今頃は十台くらいのバイクが敷地の中に並んどるはずや」

カミナリ族に混じってバイクに乗る飯塚さん。なんかしっくりこない。やっぱりベレットGTRの方が似合っている。

僕は、「飯塚さんもバイクで『スポット』に乗り込んだんですか」と訊ねた。

「いいや。あいつも若いカミナリ族と一緒に国道をバイクで走るんは、歳のこと考えたら恥ずかしかったみたいや。ベレットGTRでバイクと一緒に移動しよった。『スポット』の近くまで来てから目立たんとこに車を駐めて、バイクの後ろに乗せてもろたらしい」

そうだろうなという気がした。

それにしても、『スポット』はすごいことになっている。カミナリ族のバイクが敷地内に十台ほど並び、加えてバイクに乗ってきた人間が辺りを警戒している。そんなところに『アーミー・ネット』が乗り込めば大騒ぎになるから、うかつにあいつらも手出しできないのは明らか。

「紗江子さんと小夜ちゃんの無事が保証されたことは分かった。フィリップも安全なここにおる。このまま船が入港する五月まで息を潜めとくのがええんちゃうか」

発言したスミレさんを、周さんはチラッと見た。

「ちょっと厳しなったと思うわ。拓也君と一平君が襲撃されたようなことがこれからなんべん（何回）もあるやろし、わしらの中からケガ人とか下手したら死ぬ人間がでるかもしれん。五月まで待っとったらどんどん追い込まれていく。できるだけ早く代わりの船を見つけてフィリップを香港に送り出さなあかん」

そう言って周さんは胸のポケットからパイプを取り出した。パイプ煙草はすでに詰められていたのか、口にくわえるとそのままマッチで火をつけた。

部屋の中を漂う嗅ぎ慣れた甘い香りと煙。

「しんどい話やな。信用できる船やから五月に決まったんやろ。それを変更して今から探し直すのは難しいで。要はすぐにでもフィリップを乗せる船を見つけなあかん。でも見つからん。そういうことやな」

周さんはパイプをくわえたまま目を閉じた。反論しないのは、スミレさんの言ってることが現実だからだ。

部屋の中が重い空気に包まれた。

当然僕も解決に結びつく材料は何も持っていない。じっとしたままパイプの煙を目で追っていたら、ドアを二回ノックする音が聞こえた。

「メリケン波止場の探偵やろ」

スミレさんが言ったとおり、一瞬の間を置いてドアが開き田宮さんが現れた。

「遅くなりました」と周さんとスミレさんに顔を向けながら言い、僕の左側に一つ席を空けて座った。

「若者たち、襲われた時ちびったか」

座った途端、田宮さんが強烈なパンチを飛ばしてきた。恥ずかしいとか考えるより先に言葉が出ていた。

「危なかったですけど、ちびりませんでした」

スミレさんが顔を下に向けた。少し肩が震えている。周さんと田宮さんは吹き出した。アメリカンの笑い声も聞こえた。

「一平、田宮さんは冗談を言ったんだよ。部屋の雰囲気が重そうと感じたから和らげようとしたんじゃないの」

「悪い悪い。冗談に真面目な返事が返ってきたから思わずわろて（笑って）しもた」

田宮さんが拝むように両手を顔の前で合わせた。

「コラ、なんも知らん少年をからかったらあかん。それに、ちょっと歳は拾いすぎてるかもしれんけど、一応私も乙女の端くれや。はしたないことゆうな」

「乙女…、どこがや」

言ったのは周さんだった。独り言のつもりだったと思うが、向かい側に座っている僕にもはっきりと聞こえた。

スミレさんがサッと周さんの方に向き直った。そして、「あのなあ、冗談と本音の区別」とまで言った時、「で、これからどうするんですか。代わりの船見つかりましたか」と田宮さんが強引に言葉を被せた。

発火しかけたスミレさんの怒りは、田宮さんの「代わりの船見つかりましたか」という問いかけによって、あっという間に鎮められた。

周さんとスミレさんは、さっき話していたことをなぜ知っているとばかりに田宮さんを見た。僕も同じ気持ちだった。

「代わりの船って、さっきまで話してたこと、おじさんよく分かりましたね」

アメリカンが僕たち三人の気持ちを代弁した。

「あいつらいきなり襲ってきたやろ。フィリップの居所聞き出そうとしたみたいやけど、それが無理やったら君らを攫ってフィリップと交換するとこまで考えてたと思う。やり方がえげつないし見境がない。そんだけ必死やからやることもどんどんエスカレートすんのは間違いない。しかも盗聴されとる。こんだけ最悪のことが揃ってて、周さんが五月十五日までのんびり待ってるわけない。絶対に別の船を探す。そう思たから代わりの船ってゆうたんや」

「さすがメリケン波止場の探偵。推理が当たったから、さっき乙女の前で話したことは水に流しといたる」

スミレさんは乙女というところを強調した。まだ乙女にこだわっている。

「大正解。そのことで悩んでたし別の船はまだ見つかってない。ホンマ、五月まで待つなんて考えんともっと早い時期に出航できる船を探したほうがよかった。完全にわしの見込みが甘かった」

「しょうがないですよ。守ってる僕らより、やれる時にやりやすい方法で攻撃できるあいつらの方が有利なんですから。とにかく前向きになりましょ。そしたらええ考えも生まれてきます、というか僕にちょっとした提案があるんですけど聞いてもらえますか」

田宮さんは腕組みをしながらニヤッと笑った。

「なんや笑顔まで見せて余裕綽々やな。期待持たしてくれるけど、代わりの船が見つかったぐらいのことゆわんかったら、台所から包丁持ってくるで」

スミレさんが釘を刺した。冗談めかしてるが表情は厳しい。ガッカリさせたら本当に包丁を持ってきそうだ。

田宮さんの顔からスッと笑顔が消えた。

「包丁は持ってこんでも大丈夫です。取りあえず代わりの船の目処は立てました。あとは周さんがオッケーゆうてくれたら、話を前に進めることができます。これでどないでっしゃろっちゅう提案です」

襲われてからまだ数時間しか経過していない。そんな短時間の間に別の船を用意する。そんなことできるわけがない。僕でさえそれくらいのことは分かる。

「田宮君のゆうことやから信じたいけど、こんな短い時間で船の手配ができるって、そんなん無理やろ」と半信半疑の周さんだったが、田宮さんは周さんの言葉を気にする風もなく、提案の概要を話し始めた。

「中突堤から一海里ほど沖合に停泊してるインド船籍の船を、僕の事務所の隣で織物専門の貿易会社を経営してるイルファン・カブール、僕はイルファンと呼んでるんで皆さんもイルファンでええと思いますけど、その男から紹介してもろたんです」

「イルファン・カブール……」

周さんとスミレさんが同時に小さく声を出した。二人ともその名前に心当たりがありそうな雰囲気だ。

「僕とはもう五、六年の付き合いになりますけど、たとえ口約束だけやったとしても納得して取引するといったん決めたら、他からどんなに良い条件が来ても絶対に乗り換えることはせえへん男です」

淀みのない説明。田宮さんは確信を持って話している。

「そうや、火事の男や」

周さんが少し興奮気味に言った。

「思い出した。イルファンって『ギャバジン倉庫の火事』から這い上がったインド人のことや」

スミレさんが周さんの方に顔を向けて言った。

田宮さんは嬉しそうな顔で、「知ってたんですか」と言った。

「知らいでか、有名な話や。あれでイルファンは神戸中の貿易やっとる連中から商売に欠かせん信用と、舐めたことはやったらあかん男という評価を獲得しよった。それも二十六歳の時にやったことやから大したもんやで」

『ギャバジン倉庫の火事』ってなんだ。そもそもギャバジンが分からない。

「ギャバジンがアメリカ軍の放出品専門店なんかで売ってる軍服の生地ということは知ってるんですけど、スミレさんが言った『ギャバジン倉庫の火事』ってどういうことなんですか」

さすがアメリカン、放出品関係のことは詳しい。

周さんは上を向いて思い出すような顔をしながら話し始めた。

「一九五一年の八月やったかな。この前の年の六月から始まった朝鮮戦争が泥沼になって国連軍がボロボロにやられてる頃の話や」

十九年前のことを話し始めた。僕が生まれた年だ。

「君らも歴史の授業なんかで勉強してるから詳しいことは省くけど、あの頃国連軍の主力やったアメリカ軍が最前線に送る物資とか、兵士に支給する軍服なんかを統括する在日兵站司令部が横浜に置かれとった。その在日兵站司令部から仕事を請け負ってた業者から、ある日いきなりイルファンのとこにギャバジンを納入してくれっちゅう注文が来よった。普通やったらアメリカ軍が決めた軍隊仕様、ミルスペック（ミリタリー・スペック）ゆうねんけど、それに合わせて作ることができるとこにしか業者も注文せえへん。多分朝鮮特需が始まりかけてた時で、日本国内にあったいろんな工場がいきなり大増産体制に入ったりめちゃくちゃ混乱した時代やから、神戸にまで話が飛んできたんやろな」

ここまで一気に言うと、周さんはパイプをくわえた。

スミレさんが、「あの頃は朝鮮特需とかゆわれて、長田町辺りの工場も一日中機械が動いてすごかったな。なんとなしに景気が良うなった実感はあったけど、戦争引き起こして日本国中が焼け野原。そして今度は他人の戦争がきっかけで盛り返す。なんやけったいな話や」と言った。

「まあ、そのけったいな話始めたらややこしなるから今は止めとくことにしといて」

周さんは話を続けた。

「イルファンは会社を大きくするチャンスやと思て引き受けた。そして、生地の色とか織り方なんかをミルスペックにきっちり合わせたギャバジンを、納品の三週間前には揃えることができたんや。ところがここでとんでもないことが起こった」

「倉庫と一緒にギャバジンも燃えてしもたんですか」

僕は訊ねた。冒険活劇映画の題名みたいな『ギャバジン倉庫の火事』だ、それくらいのことはあってもおかしくない。

「そうや全部燃えた。せやけどイルファンは依頼主に泣き言一つゆうことなしに、約束した量をきっちり揃えて期日どおり納品したんや」

大損から復活したイルファン。なんか不屈の精神を持った偉人のように思えてきた。

「闇市で大儲けした危ない人間から相場の三倍の値段で取引したとか、フィリピンで買いつけたギャバジンをアメリカ軍の輸送機で沖縄に運んで、そこから漁船で神戸に持ち込んだみたいなきな臭い噂はわしの耳にも入ってたけど、追加料金を請求することはなかった。黙って最初に約束した金額で取引を済ませよった。結局イルファンは大損はしたけど、この時の話が広まったことでものごっつ信用されるようになったし、同時に畏れみたいなもんを感じさせることにもなったんや」

「畏れってどういうことなんですか」

アメリカンが訊ねた。

「大損しても契約したことを完全に果たしたのがイルファンや。契約を果たすために自分に対して厳しい態度で臨んどる。ということは取引相手にも決めたことはきっちり守ることを要求するはずや。そんな男に対して、いっぺん決めたことをひっくり返したり裏切ったりしたらどんなことになるか想像してみ」

「徹底的にやり返されそうな気がします」

「拓也君もそう思うやろ。せやから畏れられるようにもなったんや。まあ逆にゆうたらこれほど信用できる男はおらへんということになる」

そう言って周さんは田宮さんの方に顔を向けた。

「話がちょっと回り道してしもた。船の話に戻そか」

「そうですね。それで、代わりの船が手配できることはさっき言いましたけど、話を拓也君と一平君が襲われた直後に戻しますね」

周さんの言葉を受けて、田宮さんは話を続けた。

「紗江子さんが事務所に電話かけてきて、『拓也君と一平君がラジオ番組に出たあと襲われたけど逃げることができた』ってゆうた後、僕の返事も聞かんと一方的に切ってしもたんです。どういうこっちゃ。紗江子さんらしくない。それになんで拓也と一平君のラジオ出演あいつら知ってたんやって考えたら、すぐに芦屋の隠れ家を除いた全員の電話が盗聴されてるってゆう結論に辿り着きました。紗江子さんがすぐに電話切ったのも、それを知ってたからということで合点がいきました。せやから、隠れ家にいる周さんに詳しい状況を聞く必要があると思たから、盗聴される心配がない電話を使って連絡したんです」

「それで田宮君は飲み屋か喫茶店みたいなとこから電話してきたんか」

「えっ、どういうことです」

田宮さんは怪訝な顔をした。

「田宮君が話してる声と一緒に三波春夫の万博の歌が聞こえてきたから、どっか賑やかな店に入って電話してると思たんや」

「ああ、そういうことですか。でも実際は隣にあるイルファンの事務所からかけてたんです。すぐに周さんとこに連絡できるし、無関係の人間やから盗聴されてることもない。口も堅いから話が外に漏れる心配もないということで電話を借りたんです。三波春夫の歌のことは、イルファンがえらい気に入ってて、一日になんべんもレコードかけよるんです。それが聞こえてたんやと思います」

「万博の歌って『世界の国からこんにちは』のことやろ。なんや軍隊の行進曲みたいであんまり好きになれんけど、何がええんやろ」

「歌詞が好きみたいです。人と人との繋がりがどれだけ大切かを握手で表現した偉大な歌であり、人類の未来はこうあるべきという深い洞察が窺えるゆうて大絶賛してます。えらい風呂敷広げた話なんで、ほんまかいなっちゅうのが僕の本音ですけどね」

田宮さんがスミレさんの質問に対して笑いながら解説した。

「ほんまおもろい奴やな。それで、電話の後でイルファンと代わりの船のこと話した、そういうことやな」

「そうです。受話器置いたら僕の緊張した話し方に心配して、『どうしたんや』って聞いてきたんです。一瞬迷いましたけど、信義に厚い男やし長い付き合いの中で僕との信頼関係もできてます。それでシカゴの話から今の状況なんかを、脱出時期を早めるために代わりの船を探すという僕の推理を絡めながらざっと説明したんです」

「そっから船を調達した話に進むんやろ。よう見つけたもんやな」

「僕の話を聞き終えたらイルファンはえらい深刻な顔でしばらく黙ってたんです。そして独り言みたいに、『自分を助けようとして死んだ人の勇気を忘れず、その勇気に応えようとしている人が困っている。その人を助けなかったら、私は一生恥と共に生活することになる』って、えらい難しい日本語使って言いよったんです。サンフランシスコのことがかなり印象に残ったみたいです」

周さんがにうんうんと頷いた。

「そっからですわ、いきなり僕の目の前で電話をかけ始めたんです。えらい早口の英語とかインドの言葉で話してたから内容は分かりません。それで何回目かの電話のあとで、『ちょうどええのんが見つかった。沖合に停泊してるインド船籍の船や。三日後の昼に出航して、香港経由でボンベイ（ムンバイ）に戻る予定になってる』って言いよるんです」

一ヶ月以上先の計画を、三日後出航する船で日本脱出に変更する。準備が間に合うのか。いくらなんでも急な話に過ぎると僕は思った。

しかし周さんの考えは違っていた。

「最高のタイミングや。ギャバジン燃えたときの対応で信用できる男っちゅうのんは分かっとる。イルファンと会ってみて大丈夫っちゅう確信が持てたら一気に話を前に進めよ。明日の朝一番で会えるよう手配してくれるか」

乗り気だ。

「今からでも会うことができます」

驚きの返答。

「あのドアの向こうにいるんですか」

田宮さんを除いた全員が、ドアを指差しながら言ったアメリカンと同じことを考えた。

「ほんまにおるんか」

周さんが念を押すように訊ねた。

「おんなじようなもんです。イルファンの車でここまで来たんですけど、僕を降ろしてからはこの店の前を車で行ったり来たりしてます。それで僕が門を開けて外に出てるのが見えたら、車ごと中に入ってくるということにしてるんです」

「それやったら話は早い。悪いけど本人を呼んできてくれるか」

田宮さんは小走りで部屋から出ていった。

十分ほどして田宮さんがイルファンを連れてきた。僕たち全員が立ち上がりその男を見た。田宮さんよりかなり年上のようだ。ほっそりした体、びっくりするほど背が高い。百九十センチは超えているような気がする。

周さんがイルファンの方に歩み寄った。

「ミスター・イルファン・カブール、私は周洪龍と申します」

周さんは手を差し出した。イルファンもすばやく手を差し出し周さんの手を握った。

「初めてお目にかかります。イルファン・カブールと申します。神戸で貿易の仕事をやらせてもらっています」

「お噂はかねがねうかがっています。十九年前の『ギャバジン倉庫の火事』で信義の大切さを身をもって示されたミスター・イルファン・カブールが、今回私たちのために大変ご尽力されたと田宮君から聞きました。誠にありがとうございます」

「とんでもない。田宮さんから事情を聞き、身の危険も顧みず恩人の勇気に応えようとされている周洪龍様に深い感銘を受けました。しかもその方のお手伝いができる。これほどうれしく、また名誉となることはありません」

　周さんのお礼に対してイルファンが応えると、二人は握手をしたまましばらく見つめ合っていた。

　滑らかに話すイルファンの日本語は仰々しいが、儀礼的な感じはしなかった。周さんを尊敬する気持ちを素直に表現したような気がした。

「ミスター・イルファン・カブール、お会いしたばかりで失礼かとは思いますが、差し支えなければ普段の話し方に戻してもよろしいでしょうか。肩が凝ってしゃあない」

　最後の言葉で周さんがいきなりくだけた調子になった。

「同感です。私もいつ切り出そか迷てましてん」

　イルファンは笑顔で同意し、僕の左側に座った。

「早速ですが私のことはイルファンと呼んでください。さんづけはなしにしましょ。その方が話もしやすいです。周様のことは周さんでよろしいでしょうか」

「オッケーや。そのほうがお互い気が楽やもんな」

「もちろん私の目の前にいらっしゃるお美しい女性、そして私の横に座っているお若いお二人も、遠慮なく私のことをイルファンって呼びすてにしてください。イルファンさんってなんか言いにくいでしょ」

「私はフランシーヌ・菫といいます。スミレと呼んでください」

「お美しい女性」と言われたスミレさんは満面の笑みを浮かべていた。

アメリカンが僕に向かって目配せしてからさっと席を立ち、「大杉拓也といいます。拓也と呼んでください」と言った。

僕もすぐに立ち上がり、「富田一平です。一平と呼んでください」と言った。そして、声を合わせて「よろしくお願いします」と言って一礼した。

「改めて、イルファン・カブールと申します。拓也君、一平君、よろしくお願いします」

イルファンの挨拶が終わるとすぐに田宮さんが口を開いた。

「挨拶が済んだばっかりのとこ嫌な気分にして申し訳ないけど、悪い情報です。外でイルファンを待ってる時に気づいたんですけど、反対側の車線にあいつらの車が二台停まってます」

条件反射のようにメガネ男の顔が思い浮かんだ。不快感しかない。

「そのとおりです。田宮さんから合図があるまで道路を何回か行ったり来たりしてたんですけど、二回目にここの前を通り過ぎたら停まってました。それからずっと同じ場所におるんでなんか怪しいと思て通り過ぎるたんびに様子見てたら、一台に三人、合計六人の男がおりました」

イルファンの説明はより具体的だった。スミレさんがすばやく立ち上がって部屋を出ていった。外の様子を見るためだろう。

「あいつらが必死になってるのは分かるけど、なんでわしらがここにおること分かったんや」と、周さんは部屋を出るスミレさんの背中を見ながら言った。

「イルファンの車でここに来た時はおらんかった。ということは事務所から僕らをつけたのか、君らが逃げた後もあいつらはしっかり見張ってて、『ヤプー』に逃げ込んだのを確認して仲間を呼んだのか、そのどっちかや」

田宮さんも周さんと同じように思案顔だった。

「取りあえずなんでバレたか考えるのはやめにしよ。あいつらがおるっちゅう現実は変わらん。それでや、イルファンに確認したいんやけど出航は三日後やったな」と、周さんは組んでいた腕をほどいてテーブルの上に載せながら訊ねた。

「そうです、三日後の昼に出ます。船名は『ロン・アイララ』。カーゴ・シップです」

「あいつらがここを見張っとること考えたら一刻の猶予もない。明日の夜にフィリップを『ロン・アイララ』に送り込みたい。あいつらが知らん船におる方がよっぽど安全や。明日の乗船で大丈夫か」

「船長とも打ち合わせは終わってて、今は受け入れ準備の真っ最中ですが、あしたなら大丈夫です。ただコースト・ガードの関係で、『ロン・アイララ』からフィリップさんを迎えるためのランチ・ボートが出せません。そこがネックです」

「それは問題ない。最初からこの近くの漁港で漁師してる男の漁船使うことを考えてたんや。たとえ警備のレーダーに引っかかっても、夜の漁に出かける漁船ということで怪しまれんですむ。ここら辺の海をよう知ってる漁師やから、『ロン・アイララ』の位置を教えてくれるだけでええ」

「了解しました。正確な位置は船長に確認して、あとでお知らせします」

「よっしゃ、これで香港までの足はめどがついた。あとは香港までの渡航費用、これからそのことで話し合いたいけどええかな」

「大丈夫です」

イルファンが応じた時、外の様子を見にいったスミレさんが戻ってきた。

「二階の窓から様子見たけど間違いない。ゴキブリみたいに車が二台店の向こう側に停まっとる。片側一車線の道路やから、他の走っとる車がえらい迷惑しとる。警察署長よう知ってるから、駐車違反の車いてまっせって電話したろかいな」

スミレさんは椅子に腰掛けながら苛立たしげに言った。

「そうですよ、警察の力を借りてあいつらを追い払ってしまいましょう」

アメリカンの意見に僕も賛成だ。警察が来たら車を移動させるしかないし、下手に騒ぐこともできない。メガネ男の慌てふためく姿が目に浮かんだ。

しかし、周さんの判断は違っていた。

「警察に電話するんはあとにしよ。今はそのタイミングやない。それよりスミレに頼みたいんやけど、二階の部屋貸してくれるか。イルファンとお金の話ししたいんや」

「海側の部屋使うとええ。あそこやったら道路から見えへんから」

「了解や。話はすぐに終わると思うから、みんなちょっと待っててくれるか」

僕たちに向かって言うと、周さんはイルファンを促しドアに向かった。

「周、お金が足らんかったら私に相談しいや。十円くらいやったら援助したるさかいに」

イルファンがけっこう大きな声で笑った。

周さんは振り返らず右手を軽く挙げ、「サンキューベリーマッチや」と言って部屋を出ていった。

急に静かになった。しんとした部屋にいると、ラジオ局の近くでいきなりメガネ男たちが現れたときの強烈な衝撃が甦ってきそうだ。横にいるアメリカンはテーブルの上で何度も両手を握ったり開いたりしていた。落ち着かない様子が伝わってきた。

二人が戻るのは五分後か一時間後か、とにかく待つしかない。

すると、両手を頭の後ろで組み合わせて天井を見ていた田宮さんが、「どうやって逃げ出したんや」と呟くように言った。

　僕らが襲われた時のことを聞いているのか。

「あいつらが襲ってきた時のことですか」

　アメリカンが聞き返した。

「そうや。君らの腕力を奴らと比べたら、小学生がファイティング原田とボクシングするようなもんや。それがなんで逃げることができたんか不思議でしゃあない。どんな手を使ったんや」

　いまだに、車のボンネットに飛び乗り「助けてくれ！」と叫んだアメリカンの捨て身の行動を夢の中の出来事のように感じている。僕がそんな状態だから、現場にいなかった田宮さんが不思議に思うのも無理ない。

「三人の男に囲まれたんですけど、とっさに走っている車の前に出てボンネットに飛び乗ったんです」

「ボンネット？」

　田宮さんの声が少し裏返った。

「なんやそれ、むちゃくちゃやんか」

　呆れかえったスミレさんの声。

　ボンネットに飛び乗り、「助けてくれ！」と運転席に向かって叫んだらあいつらが慌てて立ち去った。そのあと須磨駅まで走り、公衆電話から『スポット』に連絡した。これらをアメリカンは脚色を加えず端的に説明した。追体験するような感覚で説明を聞いていたが、その中で僕がやったのは一緒に駅まで走ったことだけ。『スポット』に電話して指示を仰いだのもアメリカン。みごとに僕は何もしていない。情けない。

「停まった車のボンネットに飛び乗ってケガしてもたいしたことないとか、大声出したらあいつらがびっくりして立ち去るやろって頭の中で計算しながらやったんか」

「おじさんが言うような計算はなかったです。身体が自然に動いたんです。危ないとかは全然考えなかったです」

「そらそうやろな。考えとったら走ってる車の前に出て、そっからボンネットに飛び乗るみたいな危ないことやらへん」

スミレさんの口調は無謀な行為を叱っているように聞こえた。

田宮さんは右手の親指と人差し指で閉じた両目を軽く揉み始めた。スミレさんの言葉に同意しているような気がした。

「でも僕には義務があったんです」

「義務？」

田宮さんとスミレさんが同じ言葉を同時に発した。

「取り囲まれた時、ラジオに出なければこんなことは起こらなかった。原因は僕にあるっていう後悔というか反省みたいなものが、ボンと頭の中に出てきました。だから自分の力でここから脱出する責任がある。そう思った瞬間に身体が動いて、気がついたらボンネットの上で叫んでたんです」

スミレさんが、「なるほどな。拓也君がゆうた責任の意味は分かったけど、うまいこと車に弾き飛ばされんかったもんやな。一つ間違えたら大けがするか死んでるとこや」と言った。

「でも、あの時のことを思い出してさっきは震えそうな気分でしたが、話すことができて今は気持ちが落ち着きました」

もうアメリカンの手はグーになったりパーになったりしていなかった。

「一平君もびっくりしたやろ、いきなり拓也が車停めてボンネットに飛び乗った時は」

田宮さんが笑いながら言った。

「ほんまびっくりしましたけど、それよりも、拓也の話聞いてるうちになんもせんかった自分が情けなくなってきました。呆然と立ってるだけでしたから」

「そらしゃあない。一平君まで一緒になってボンネットに乗ったら、ドライバーも愚連隊か暴力団が集団で襲ってきたと思うから、そのままアクセル踏んで逃げようとしたかもしれんで。もしそうなったら、君らは振り落とされてあいつらに捕まる。拓也一人やったから、ドライバーも何事かと躊躇して車を動かさへんかったと思う。襲ったあいつらも騒ぎになったらマズイと思て慌てて立ち去った。それだけのことや」

うーん、なんか慰められているような気がする。

「なんや、さっきから静かやったんはそんなこと気にしてたからか。気にすることあらへん。自分の行動いちいち反省してたら頭の中パンクしてまうで」

そう言って田宮さんは僕の後悔をやんわり否定した。

「一平君、なんもグダグダ考える必要ない。今回は後れをとった。それだけのこと。次に挽回すればええ。前向きに考えよか。いなり寿司持ってる男やろ、しっかりせんかい」

〝いなり寿司〟の意味は不明だったが、スミレさんはとにかく励ましてくれた。

「ありがとうございます」

お礼を言った僕を見て田宮さんが爆笑した。何がおかしいのだろう。

「やっぱ、いなり寿司は大事なんだよ、一平」

アメリカンも意味不明なことを言っている。

「そういうこっちゃ。励ましの言葉の後に勇気出してスミレさんは〝いなり寿司〟ってゆうたんやから、それに応えるためにも頑張らなあかんで」

田宮さんも〝いなり寿司〟と言った。僕が持っている三角形の〝いなり寿司〟。

閃光のようにひらめいた。生まれて初めて美しい女性から性的な言葉をかけられた。理解すると同時に起こる、時と場所、状況をわきまえない下半身の疼き。無節操な僕の生理現象。

スミレさんが突然立ち上がった。僕の正面に座っていたので、不謹慎な疼きを悟られることはないと思ったが、それでも少し慌てた。

「腹へったやろ。三宮にある人気の店で手に入れたロースト・ビーフを挟んだサンドウィッチあるから、コーヒーと一緒に持ってくるわ」

田宮さんがロースト・ビーフにすばやく反応した。

「あそこのロースト・ビーフはうまいで」

「そうそう、僕も親父のお土産で食べたことありますけど、ほんとおいしかったです」

アメリカンも知っている。

ロースト・ビーフが牛肉を調理したものとは容易に想像できたが、実物を見たことも食べたこともないから、どんな味か分からない。それでも、サンドウィッチという聞き慣れた言葉に刺激されて強い空腹感を覚えた。

空腹感を感じると同時にしゅるしゅるっと収まる生理現象。性欲と空腹は相関関係にあるのかもしれない。

部屋を出ようとスミレさんが僕の横を通り過ぎた時にドアが開いた。周さんとイルファンが現れ、スミレさんと鉢合わせするような形になった。

「ちょうどええとこにおるわ。スミレ、十円援助してくれ。契約金払うんや」

「百円札しか今持ってない。サンドウィッチとコーヒー取りにいくとこやから、ついでに持ってきたる」

そう言うと、スミレさんは二人の間をすり抜けスタスタと部屋を出ていった。

「百円札っていつの時代の話や」

周さんがスミレさんの言葉を茶化すと、イルファンが笑いながら「お釣りの九十円ならありますよ」と返事した。

契約金十円は冗談だったのか。二人が上機嫌なのは、話がすんなりまとまったからだろう。

「周さん、いよいよ決行ですね」

厳しい顔の田宮さん。ロースト・ビーフに反応した楽しげな表情は消えていた。

席に着いた周さんも引き締まった顔で頷いた。

「さっき話したとおり、明日の夜フィリップを『ロン・アイララ』に移す。そして、翌々日の昼に香港へ向けて出航。詳しいことはスミレが戻ってきてからや」

周さんの決行宣言。明日が最大の山場だ。

僕の役目はまだ分からない。分かっているのは絶対にミスは許されないということ。田宮さんに「ちびらなかったか」とからかわれたが、今は経験したことのない緊張感で、本当にちびりそうだ。

勃起したり失禁寸前になったり、僕の下半身はその時々の状況に簡単に反応してしまう。本当に情けない。

ほどなくして、スミレさんがロースト・ビーフ・サンドウィッチやコーヒーカップ、『ジャック・ダニエル』、グラスなどで満載になった手押し車を押しながら部屋に入ってきた。腰にレースで縁取られた白いエプロンを巻いていた。

えらく清楚な雰囲気。笑いながら僕に向かって「いなり寿司持ってる男やろ」と刺激的な言葉を放った女性とはとても思えない。

「ほら、頼まれてたお金」

テーブルに着いたスミレさんが、エプロンのポケットから十円硬貨を取り出した。

「利子はおまえの人生や」

そう言って周さんの前に置いた。

僕にも分かるほど周さんは身体をビクッとさせ、「恐ろしいことゆうなや」と独り言のように言った。

スミレさんは周さんの抗議を無視して、山盛りのロースト・ビーフ・サンドウィッチが載った大皿やコーヒーカップを円卓の上に並べ始めた。

周さんはテーブルの上の十円硬貨を考え込むように少しの間見てから、イルファンの方に顔を向けた。

「契約金十円は冗談のつもりやったけど、そうもいかんようになった。イルファン、話がちご（違）うて申し訳ないけどこの金受け取ってくれへんか。もちろんスミレには利子を払うつもりや」

そう言って、周さんは十円硬貨を指で弾いた。コーヒーカップの間をきれいにすり抜けた十円硬貨は、イルファンの前でピタッと止まった。

スミレさんの肩が一度だけゆっくりと上下に動くのを僕は見逃さなかった。顔も少し紅潮している。

イルファンはためらいもせず十円硬貨をつまみ上げ、胸ポケットの中に落とした。

「契約書はありませんが、私は自分の信義を担保にして周さんと契約を結びました。あらためて皆さんの信頼を裏切るようなことは絶対にしないとお約束します。ミスター・フィリップを香港まで無事に送り届けるためにはどんな努力も惜しみません」

「これでイルファンも仲間や」

周さんが大きく頷いた。

「船と決行日が決まったから、次にやらなあかんのは『ロン・アイララ』にフィリップを移動させる方法や。これに関してはわしに考えがあるけど、みんなと相談せなあかんこともある。サンドウィッチでも食べながら聞いてくれるか」

ロースト・ビーフ・サンドウィッチに目がいった。二枚の食パンの間からロースト・ビーフがはみ出している。

「腹が減っては軍はできぬ。さあ、食べてんか。それと、青い皿に載ったサンドウィッチはイルファン用のチキン・サンドウィッチや。インドの人は牛肉があかんと思たんや」

そう言ってスミレさんはチキン・サンドウィッチをイルファンの前に移動させた。

「そのとおりです。気をつこうて（使って）もろてありがとうございます」

イルファンはうれしそうな声で言うと、チキン・サンドウィッチを手に取った。

僕はロースト・ビーフ・サンドウィッチにかじりついた。経験したことがない牛肉の濃厚な旨みが口いっぱいに広がった。おいしいとしか言いようがない。

「相談したいことというか、解決せなあかんことから話すわ」

おいしさに気を取られている場合じゃない。重要な話が始まった。

周さんはスミレさんのグラスに『ジャック・ダニエル』を注いでから、自分のグラスを満たした。そして、一口飲んでから話を続けた。

「『スポット』におる三人のことやけど、飯塚君にはフィリップを逃がす時に機動力を発揮してもらおと思てるから絶対に来てもらわなあかん。紗江子さんと小夜ちゃんにもこっちで動いてもらいたいことがある。全員がここに揃う必要があるねんけど、わしが考えてる『スポット』から抜け出す方法を三人に連絡する手段が見つからん」

盗聴されているので電話は使えない。飯塚さんとカミナリ族がいるので安全は保障されているが、『ヤプー』も『スポット』も奴らが見張っている。自由に動けない。連絡する手段もない。ないないづくし。

「それ僕がやります」

断固とした口ぶりの田宮さん。みんなの視線が集中した。

「やるって、田宮さんはあいつらに気づかれんようにここを出て、『スポット』でもバレんように中に入って三人に伝えるということですか」

イルファンが背中を背もたれに預け両手を広げながら言った。

「そうや。簡単にゆうと、まずここの裏口から闇に紛れて海岸沿いを二、三百メートル走る。それから道路に出てジェームス山にある姉の家に行きます。訪ねるのにむちゃくちゃな時間で申し訳ないけど非常事態です。仕事で張り込んでて電車がなくなったからとでも理由つけて、車貸してもらいます」

「家のパプリカ使うんですか。それなら一緒に行きます。その方が話は早いと思います」

「あかん。海岸でもあいつらが見張ってるかもしれん。そんな時は一人の方が動きやすい。それに仕事で張り込んでたってゆうてる横に拓也がおったら、そっちの方で姉さんに『次郎、息子になにやらしてるの』って問い詰められるわ」

田宮さんの言うとおりだ。しかも、アメリカンが僕の家に泊まっていないことがバレる。そんなことになったら両方の家族を巻き込んだ大騒ぎになる。アメリカンの申し出は却下された。

「ここを出る方法は分かった。それやったら『スポット』にはどうやって潜り込むんや」

「『スポット』の裏手に広い庭がある洋館」

「クロスフィールドさんとこやな」

「そのクロスフィールドさんとこに忍び込んで、裏庭から塀を乗り越えて『スポット』に入るんです。それやったら見張ってる奴らに見つかることなく三人に話すことができます。明け方にはパブリカでここに戻ってきます」

周さんは「うーん」と唸ると目を閉じてしまった。

スミレさんが口を開いた。

「メリケン波止場の私立探偵はむちゃくちゃなこと考えよるな。関係ない人の家に忍び込むって完全に犯罪や。せやけど、そんなことやるとは、あいつらも想像してないやろ。うまいことといくんちゃうか」

スミレさんの意見が周さんの背中を押した。

「絶対に無理せんことが条件や。やってくれるか」

「了解です」

「よっしゃ、これで『スポット』への連絡方法は決定した。そしたら次は三人を脱出させる方法と、フィリップを『ロン・アイララ』に乗船させる方法や」

そう言って周さんは時系列に沿って計画を語り、求められる各自の役割を説明した。

その計画は、ロースト・ビーフ・サンドウィッチの経験したことのないおいしさ、冷めても味わい深い牛肉料理があるという新発見、これらの感動と驚きを吹き飛ばすほど衝撃的な内容だった。

六

作戦決行日の朝九時過ぎ。

車は田宮さんとイルファンの事務所があるメリケン波止場のビル『メゾン・ベル・ドゥ・ジュール』まであと少しのところを走っていた。

乗っているのは僕、アメリカン、田宮さん、イルファンの四人。ハンドルはイルファンが握っている。『スポット』にいる三人に計画を伝え、早朝パブリカで『ヤプー』に戻ってきた田宮さんは助手席で熟睡中。僕とアメリカンは後部座席に座っている。

『ヤプー』を出発した時からずっと一台の車がつけていた。

イルファンは出発してからここまで、何度もサイドミラーとバックミラーで後ろの様子を確認していた。

「堂々と私たちをつけています。絶対に何かを企んでいます。拓也さん、一平さん用心してくださいね」

あからさまな尾行車の存在はかなりの緊張状態を強いられる。ひと言も喋らないアメリカンも同じような気がする。そんな状態の僕たちにとって、修羅場に慣れている田宮さん、『ギャバジン倉庫の火事』で一目置かれるようになったイルファン、この二人がいるという安心感は大きい。この安心感を拠り所にして、昨夜の話し合いで若干修正されたフィリップ脱出計画を滞りなく実行するのみだ。

当初、周さんの案では紗江子さん、小夜ちゃん、飯塚さんは『スポット』の敷地内にいるカミナリ族のバイクで『ヤプー』に行くということになっていた。しかし、女性をバイクの後ろに乗せてあいつらの追跡をかわし、『ヤプー』まで高速で移動するのは危険というスミレさんの意見によって変更された。

先に飯塚さんだけが朝八時過ぎにバイクで脱出して、追いかけてきた連中を撒く。そして、前日警備のため『スポット』へカミナリ族と共に向かう途中で、密かに駐車させていたベレットGTRに乗り換え、『メゾン・ベル・ドゥ・ジュール』の玄関前まで移動して待機。

僕たちが『メゾン・ベル・ドゥ・ジュール』に着いたらいくつかの準備を行い、その後、僕とアメリカンは飯塚さんのベレットGTRで北野町にあるクラブを目指す。

クラブ前に到着したら、公衆電話を使って奴らに悟られない伝達方法で待機していることを知らせる。連絡を受けた紗江子さんと小夜ちゃんはカミナリ族のバイクで

『スポット』を脱出。クラブ前にいる僕たちと合流して『ヤプー』に行くという計画だ。

クラブ前までの移動ルートは、『スポット』周辺の現在の状況を熟知している飯塚さんとカミナリ族が事前に打ち合わせをしておくことになっていた。

突然、田宮さんの声がした。寝起きのはずなのにしっかりした声だった。

「再確認するで。飯塚と『メゾン・ベル・ドゥ・ジュール』の前で合流。いったん事務所の中に入る。多分今頃は先に着いて車の中であくびしてるやろ。拓也君と一平君はイルファンとこから無線機四台をバッグに詰め込む」

再確認の内容に間違いなし。

田宮さんが言った無線機というのは、イルファンの提案に拠っている。

昨夜周さんが作戦を説明する中で、トラブルが起きた時の連絡方法をあれこれ検討していた時だった。イルファンが、「アメリカ軍制式採用の無線機が事務所に三十台あります。それを相互の連絡用に使いませんか」という提案をしたのだ。

「そらまあ無線機あったら離れたとこから連絡できるから便利やけど、なんでまたそんなもん三十台も持っててんのや」と、周さんがあきれたように言った。

「朝鮮戦争の時に取引してたアメリカ軍の将校と、仕事の付き合いが終わっても仲良うしとったんですけど、その人が半年ほど前に横田の基地で退役を迎えたんです。そしたらわざわざ神戸までダッツン（ダットサン）のピックアップ・トラックで来て、『これをお前にやる』ゆうて荷台に乗せてきた無線機が入った木箱くれよったんです。まあこれ売って小遣いにせえということですけど、簡単にゆうたら軍需物資の横流しでしょ。そんなん売ったら大変なことになります。でもその場で突き返すのも、せっかくの好意を無下にするような気がしたんです。結局、処分に困って事務所に置いたまんまにしてるんです」

「そらそうや。売ったらけっこううるさいことになる。まあ、それが今回役立つんやからそのアメリカ人に感謝やな。四台貸してもらおか」

思いがけず、僕たちは離れていても連絡できる手段を獲得した。

ただ送受信範囲は街の中だと三キロ程度、遮蔽物のない海上で五、六キロ程度なので、どこにいても連絡できるというわけではない。相手の無線機から車で数分離れれば電波は届かなくなる。それでも電話以外の連絡手段を獲得できたことは心強かった。

「飯塚の車が見えた。ビルの前に着いたら拓也と一平はすぐに車から出てイルファンの事務所に直行。あいつらの車を見るとか余計なことは絶対にやったらあかん。一平は無線機入れるバッグ、二つとも持っていくの忘れたらあかんぞ。俺と飯塚は俺の事務所で打ち合わせをする。分かったか」

僕とアメリカンを呼び捨てにした田宮さんの声は少し掠れていた。

以前、「危ない状況になった時は呼びすてにする。普段は君づけや」と言われたことを思い出した。しかも田宮さんは普段〝僕〟と呼ぶところを〝俺〟と言った。ヒリヒリする緊張感に鳥肌が立った。

僕たちが乗った車はベレットＧＴＲの前に停車した。

折りたたんだ帆布製のバッグを持った僕とアメリカンはすぐに車から出て、『メゾン・ベル・ドゥ・ジュール』と金文字で描かれたドアを押し開けビルの中に入った。田宮さん、イルファン、飯塚さんが後ろに続いているのは足音で分かった。

「事務所は三階。エレベーターは古いから遅い、階段を使え」

階段を二段越しで駆け上がった。長い足を利してイルファンが三段越しで僕たちを追い抜いた。足長が羨ましい。

三階の廊下に出たら七、八メートル先でイルファンが入り口から半身を出して手招きしていた。駆け寄る僕たちの背後でドアの開く音がしたので振り返ったら、部屋に入ろうとしている田宮さんと目が合った。膝に手をついてハアハア言っている飯塚さんもいた。

「俺が行くまでイルファンの事務所から動いたらあかん」

「分かりました」と言う間もなく田宮さんは中に入った。

飯塚さんは腰に手を当て、「さっきはバイクと車の運転やから脱出すんのも楽勝やったけど、体力勝負はきっついなあ」とぼやきながら入っていった。

イルファンの事務所に入ると、これまで嗅いだことのない匂いが漂っていた。嫌な匂いではなかった。アメリカンも鼻をヒクヒクさせている。

「この匂いはガラムマサラという香辛料。料理によく使うんや」

僕たちの様子に気づいたイルファンの説明に、「カレーに使っているんですか」とアメリカンが訊ねた。

インド人イコールカレーは、即席カレーのテレビ・コマーシャルで繰り返し聞かされた〝インド人もびっくり〟という宣伝文句で頭に染みついていた。アメリカンの疑問はよく分かる。

「いろんな料理に使うで。カレーにも使うけど、作るのがインド人の僕やから〝インド人もびっくり〟というわけにはいかんけどな」

イルファンは冗談を言いながら壁際の棚にある箱から鍵を取り出し、入り口から見て右側にあるドアの鍵穴に差し込んだ。

「無線機持ってくるからちょっと座っててくれるか」と言って、イルファンは応接用のソファーを指差した。

五分もしないうちに戻ってきたイルファンは、両脇に一台ずつ抱えていた金属製の筐体をテーブルの上に置いた。

上面の両端に取っ手があって、その間のスペースにスイッチやダイヤル、端には長さ五十センチくらいのアンテナが立っていた。アンテナを別にすれば、全体はランドセルを一回り小さくしたくらいの大きさだ。

『コンバット！』でサンダース軍曹が顔の側面に押し当て、「チェックメイト・キングツー、こちらホワイトロック」と言って味方に連絡する軽便な無線機とは形が異なっている。無線通信手が背負っていた無線機に形は似ている。

「これが無線機や。残りの二台奥から持ってきてくれるか」

僕とアメリカンは奥の部屋に行って木箱の上に置いてあった二台の無線機を持ち出し、イルファンが先に運んでいた二台の横に並べた。

「これベトナム戦争で使ってるアンテナが取り外しできるやつですね」

「拓也君よう知ってるな」

「放出品専門店にあったアメリカの雑誌で見たことがあります。でも部屋の中に置きっ放しだったんでしょ。大丈夫かな」

「問題ない。動作確認は時々やってるからすぐに使える。別のバッグに入れた二十個ほどの予備電池は僕が持っていくから、電池切れを心配することもないで」

「三十台全部動作確認してるんですか。えらい時間かかるでしょ」

アメリカンは三十台の保守に要する時間を想像したのだ。

「拓也君のゆうとおり時間はかかる。それに商売にならへん難儀なブツや。そこまでやらんでもええやろと思うかもしれんけど、もしも将校に返却するとなった時に、受け取った時とおんなじ状態で返されへんかったら私の信用はゼロや。それは絶対に避けなあかん」

周さんから『ギャバジン倉庫の火事』の顛末を聞いていたから、自分に対する信用を守るためならこれくらいのことはやってもおかしくないという気がした。

「よっしゃ、これで四台揃たから使い方説明するわ。右端のONとOFFって書いてあるつまみをONて書いてある左の方にひねってくれるか。それで電源が入る」

初めて触る無線機。恐る恐る四台全てのつまみをONの方向にひねると、少しの間低いうなり声のような音がした。

「あとは受話器を耳に当ててやりとりするだけや。話す時は受話器の横にある送話ボタンを押す。そこが電話と違うけど簡単やろ。声が聞こえにくかったらスイッチの上にあるボリュームって書いてあるとこを回して調整するとええ」

アメリカンが本体から受話器を外して耳に当てたので、僕も別の無線機の受話器を耳に当てた。

「チェックメイト・キングツー、こちらホワイトロック、聞こえるか」

受話器から少し甲高い声で「チェックメイト・キングツー、こちらホワイトロック、聞こえるか」が聞こえた。

言いたかったことを先に言われた。

「ホワイトロック、こちらチェックメイト・キングツー、どうぞ」

電話以外の機器で行う双方向の会話に興奮した。高価で高性能のおもちゃを手に入れた気分だ。

「こちらインド人、チェックメイト・キングツー、ホワイトロックどうぞ」

イルファンの声が受話器を通して聞こえた。僕とアメリカンに向けて話している。

「拓也ですけど、三台同時に話すことができるんですか。インド人どうぞ」

目の前にイルファンがいるのにアメリカンは無線機で会話をしている。三人の無線同時交信を面白がっている。

「こちらインド人。動作確認してる時に三十台みんな周波数帯一緒にしてるから、どれ使ってもスイッチさえ入れたら相互交信が可能になる。せやからこの四台うまいこと使ったら、それぞれの状況をみんなが同時に共有できるんや。拓也君、一平君どうぞ」

イルファンも無線機を使った非日常的な会話を楽しんでいる。しかしそろそろ田宮さんと飯塚さんがここに来る頃だ。

「こちら一平。無線機をバッグにしまいませんか。送信終了します」

受話器を戻した。イルファン、アメリカンも受話器を本体に引っかけた。

「そしたらバッグに入れる準備をしよか。まずアンテナを外そ。ネジ式になってるから簡単に取り外せる」

瞬く間に全ての無線機が本体とアンテナに分離された。これなら楽にしまえる。

「飯塚さんの車で運ぶ二台はこのバッグ、僕らの車が運ぶ二台はこっちのバッグに入れてくれるか」

イルファンの指示に従って無線機をそれぞれのバッグにしまっていると、田宮さんと飯塚さんが部屋に入ってきた。田宮さんがテーブルの上に置いたバッグの中をのぞき込みながら、「動作確認は終わったか」と言った。

「問題ないです、四台全て完璧に動きます。こっちのバッグに田宮さんと僕が持っていく二台が入ってて、そっちに二台入ってます」

イルファンがポンポンと二つのバッグを交互に軽く叩いた。

「いつでも動けるということやな。そしたら行動の再確認しとこか。ここを出たら、紗江子さんと小夜ちゃんをピックアップする北野町のクラブ前で飯塚の車は待機。合流できたら『ヤプー』に直行。俺らも柳原さんとこからフィリップ乗せたら『ヤプー』に直行や。到着する十分前くらいに公衆電話からフィリップに連絡するから、俺らの作業はすぐに完了する」

「あとは、外で見張ってる車がここを出る時、僕らのどっちを尾行するかですね。おじさんはどっちだと思います」

「ちょっと予想はつかんな。けどどっちについても大丈夫やろ。君らの車は飯塚が運転してるから尾行なんか簡単に撒ける」

するとそれまで黙って聞いていた飯塚さんが、「そっちも時速二百キロ以上出せるあの化けもんみたいな車やったら簡単に撒けるやろ」と言ってイルファンを指差した。

「飯塚さん気がついてたんですか」

「知らいでか、だてに車の改造やってへんで。マセラティのメキシコ４２００やろ」

「そのとおりです」

「ようそんなもん手に入れたな。何台か日本に入ってるのは噂で聞いてたけど、実車見るのは初めてや。どないして手に入れたん」

「大阪で繊維問屋やってた車好きの社長が会社を整理する時に譲ってくれたんです。えらいお金かけて個人で輸入したらしいんですけど、陸運局に申請せなあかん登録のことどかいろいろ問題があったから、信じられへんくらい安かったです」

「ええなあ」

飯塚さんは心底うらやましそうにため息をついた。

「僕も車体についてるエンブレムでマセラティは分かったんですけど、メキシコ４２

○○なんて車名は知りません」

「拓也君が知らんのも無理ない。若い君らが読む雑誌で特集されるんはポルシェカレラとかアメリカのムスタングみたいな、馬力があって見た目が目立つ車ばっかりや。いくらマセラティでもスタイルが地味やから、雑誌に載ることはほとんどないと思うで」

車の名前を言われても、どれだけすごいのかサッパリ分からない。

飯塚さんが「それに」と話を続けようとしたところに田宮さんが割って入った。

「悪いけどそろそろ出発しよか」

少し緩んだ雰囲気が引き締まった。

「ここまで来たらゆわんでも分かってると思うけど、あいつら尾行してること全然隠さへん。腹くくってることは確かや。絶対に実力行使してくる。緊張感を緩めたらあかんで」

起こるかもしれないではなく、確実に起こるということだ。

「それとな、電波が届かんようになるまで連絡取りたいから助手席に拓也、一平は後ろに座って、それぞれが無線機のスイッチ入れたままにしといてくれ。俺の方も一台はスイッチ入れとく。拓也は前方の見張りと連絡、後方の見張りと連絡は一平や。一平はバックミラーで後方確認、非常事態は別にして振り返ったらあかん」

私立探偵を何年もやってきた田宮さんなら前と後ろを見張って、同時に連絡も行える。しかし素人の僕たちが一人で前後を見張り、同時に連絡は難易度が高い。それを考慮したのだと思う。

全員が頷きドアに向かった。二台の無線機が入ったバッグは重かったので、僕とアメリカンの二人で持った。

廊下を歩いていると後ろから飯塚さんの声がした。

「状況によるけど逆ハン使うかもしれん。ちょっと遠心力がきついけど我慢してな」

「逆ハンってなんですか」

僕の質問にアメリカンが答えた。

「飯塚さんが言ってるのは、速く曲がったりすばやくUターンしたい時に使うテクニックのことなんだ。例えば左折する時にほとんど減速しないまま左にハンドル切ると、車のお尻は反時計回りの方向に大きく振れて、そのままだとクルッと回転してしまう。それを避けるため、ブレーキとアクセルでバランス取りながら、曲がっている時にすばやく右にハンドル切ると右に向かう力が生まれるから、車体の反時計回りを抑制しながらすばやく左に曲がれるんだ。進行方向と逆にハンドルを切るから逆ハンドル、それを短くして逆ハンって言ってるんだ」

そんなことが本当にできるのか。

「拓也、そこまで詳しいんやったら一回くらいは経験してるんやろ」

「ない。雑誌で読んだだけ。だからレーサーみたいに運転がうまい人の横に座って実体験してみたいってずっと思ってた」

「俺はしなくて済むならそんな経験はしたくない」と言いかけて言葉を飲み込んだ。

僕たちの会話は後ろにいる飯塚さんの耳にも届いている。これから極度に神経質な運転を強いられるドライバーを前にして勝手なことは言えない。

会話を聞いていたイルファンが、「飯塚さん、若い人にとって経験は大事ですよね」と煽るようなことを言って僕たちを追い抜き、予備電池が入った重いバッグを持っているにもかかわらず、軽やかに階段を下りていった。

余計なことを言わなくてもいいのに。

振り返って飯塚さんを見たらうすら笑いを浮かべていた。なんだあの笑いは。

一階のエレベーター前に全員が集合した。入り口のガラス越しにメキシコ４２００の車体と、その後ろに停まっているベレットＧＴＲの前部が見える。

「まずＵターンして『ヤプー』に戻るように見せかける。五、六分したら無線機で右折する交差点を指示するから、そこで右折。ガード下を越えて最初の信号で飯塚は左折、俺らは右折や。そのあとの動きは現場判断。仕事を完了したら『ヤプー』まで一目散や」と、田宮さんは昨夜周さんが話した計画を復唱した。

「よし、行くで。拓也、一平、無線機にスイッチ入れたら絶対に受話器から耳を離したらあかんぞ。それと、ドアに体を凭せかけたりして、耳に当てた受話器を隠すようにしてくれ。できるだけ無線機のこと知られんようにしたいんや」

外に出てベレットGTRのドアを開けた。2ドアなので僕が先に後部座席へ乗り込んだ。すぐにバッグから無線機を取り出しアンテナを装着、スイッチレバーをONに合わせた。

受話器を耳に当てた途端、田宮さんの声が聞こえた。

「こちら田宮。聞こえるか。どうぞ」

「こちら拓也。はっきり聞こえます。どうぞ」

「こちら一平。はっきり聞こえます。どうぞ」

僕は受話器の側面にある送話ボタンを押しながら話した。

「こちら田宮。今からは『こちら誰それ』はやめとこ。名乗る時も呼ぶ時も名前だけにする。『どうぞ』もなしや。それと敬語は使わんでええ、まだるっこしい。拓也に指示。俺のゆうたこと飯塚にも分かるように必ず声に出して復唱してくれ」

「拓也。敬語使わない、田宮の言ったこと飯塚にも分かるように声に出して復唱。了解」

飯塚さんが顔を二、三度前後に振って了解したという意思表示をした。

「一平。了解」

メキシコ４２００が動き出し、それに合わせて僕たちの車も動き、三十メートルほど後方にいる尾行車も進み始めた。

「一平。尾行車三十メートル後方」

「田宮。了解。これからＵターンする」

「拓也。これからＵターン。了解」

Ｕターンした直後、対向車線を走る尾行車とすれ違う前に受話器を腰の上に置き、アンテナを体で隠して無線連絡していることを悟られないようにした。アメリカンも同じ体勢を取っている。

西に走ること五、六分、田宮さんから連絡が入った。

「田宮。次の信号で右折」

「拓也。次の信号で右折。了解」

「一平。了解」

右折すればガードを越えて最初の信号で僕たちは西に向かい、田宮さんたちは東、フィリップがいる芦屋の方に進む。別行動だ。果たして尾行車はどっちの車につくのか。

「さあ行くで、どんと来いや」

飯塚さんは自分に気合いを入れるために言ったと思うが、僕にはこっちに尾行車がついてくることを願っているように聞こえた。

「先にゆうとく。拓也君の席には安全ベルトがある。左にあるバックルみたいなんを引っ張って右の腰辺りにある差し込み口に押し込んでくれ。それで身体が固定される。一平君の方はわしが『やるで』ってゆうたら逆ハンやるから、前の座席の背もたれにしがみついてくれ。とにかく全力でしがみつくことや」

なんか僕の方は身体を守る方法がおおざっぱ。安全ベルトで身体が固定される助手席を主張すれば良かった。

前を走る田宮さんの車が右折した。僕たちの車は左折。

「田宮。これからは別行動。頑張っていこか」

「一平。了解」

「拓也。別行動。了解」

左折したのでバックミラーで後ろを確認した。尾行車がこちらに車体を向けているところだった。

「一平。尾行車はこちらについている」

自分でも声がうわずっているのが分かった。

「田宮。了解。不安になると判断が鈍る。飯塚の運転テクニックは信頼できるから、落ち着いて状況確認することや」

「一平。了解」

「拓也。了解」

交通量もそれなりにあったので車は西に向かって比較的ゆっくり進んでいたが、途中の交差点で飯塚さんは右折し、山側に向かって走った。

尾行車はさっきより距離を近づけ、十メートルほど後方。自分たちの存在を見せつけている。

このままだと紗江子さん、小夜ちゃんを救出するのは難しい。飯塚さんの運転テクニックであいつらを視界から消すしかない。逆ハンもやむなしか。

田宮さんから連絡が入った。

「田宮。こちらにも尾行車出現。ハコスカの2000GTR（スカイライン2000GTR）や。あいつら馬力のある車用意してきよった。どんどん近づいてくる。強引に俺たちの前に出て進路を塞ぐつもりや。これから引き離す。行くでイルファン。ぶっちぎってしまえ！」

最後は怒鳴るような声になり、続いてイルファンの「了解です田宮さん！」と叫ぶ声が受話器を通して聞こえた。田宮さんは送話ボタンを押したままだった。

不意に現れた新たな尾行車による暴力的な動きで、状況は激しく動き始めた。

「拓也。田宮の車に尾行車ハコスカ２０００ＧＴＲ出現。強引に車を停める意図あり。これから引き離す。了解」

アメリカンが田宮さんの言葉を復唱し、ぶっちぎれとイルファンに言ってますと付け加えた。

「わしらが事務所で打ち合わせしてる時に応援呼んだんや。ここまで田宮さんに悟られんようにつけてたっちゅうことは、よっぽど手慣れたやつが運転してるんやろ」

飯塚さんは前を走る車の速度に合わせてゆったりと運転していた。

「それにしても君らを襲うことに失敗してかなり焦っとるな。多分こっちの方にも実力行使してくると思う。わしらのことに集中しよか。一平君、後ろの車に変化はないか」

バックミラーを見た。

「車間距離はさっきと同じ、変化はありません」

「先にこっちから手を打つ。もう少ししたったら急に曲がったりスピード上げたり落としたり気ぜわしい運転するから気ぃつけてな。特に一平君は安全ベルトしてへんから用心してくれるか」

右手は受話器を持っているので、左手だけで前の座席の背もたれをつかんだ。不自然な姿勢なので身体が安定しない。

「拓也君、田宮さんにこれから尾行車を撒くと伝えてくれるか」

「拓也。これから尾行車を撒く」

田宮さんからの応答がない。アメリカンが同じ言葉を繰り返した。

「拓也。これから尾行車を撒く」

やはり応答はなかった。電波が届く範囲を超えてしまったようだ。

「電波が届いていないようです」

「イルファンは運転慣れてるみたいやし、乗ってる車は化けもんや。いざとなったらスピードでぶっちぎれる。田宮さんの方は心配せんでええやろ」

飯塚さんがハンドルを握りながら左右の肩を交互に二、三度上下動させた。

「よっしゃ、行動開始」

僕は受話器を無線機に装着し、両手で前の座席の背もたれをつかんだ。

ベレットGTRは徐々にスピードを上げながら坂道を一、二分上った。そして、比較的大きな交差点にぶつかるとそこを右折して『スポット』がある東に向かった。

右折直前の信号機は黄色のランプを点滅させていたのだが、飯塚さんはスピードを調節して信号が赤色に変わるギリギリのところで曲がった。あいつらを赤信号で停めようとしたのだ。しかし、バックミラーには右折しようとする尾行車が映っていた。

信号無視をした尾行車に対する他の車のクラクション音が連続して聞こえた。

いったんは引き離した尾行車がバックミラーの中でグングン大きくなってきた。飯塚さんの策略によってあやうく停車させられそうになった怒りが伝わってくるような急接近だ。

「後ろの車がスピードを上げています」

ベレットGTRも改造エンジンの音をひときわ大きくさせて加速した。身体が後ろに持っていかれそうなので、背もたれをつかむ両手に力が入る。

「了解。俺らは途中で左に曲がって、六甲の山を抜ける道路に入る」

車内を満たす太いエンジン音に負けじと飯塚さんが声を張り上げた。

「あそこの道は改造した車の調子見るのにちょうどええとこで、なんべんも走ってるからよう知ってるんや。きついカーブが多いし交通量も少ないから撒くのにちょうどええ」

そう言いながら、飯塚さんは慌てることなく小さく左右に車体を振りながら急加速と急減速を忙しく行い、尾行車がベレットGTRの前に出ることがないようにしていた。

「よっしゃ、目的の道路に入った。こっからはちょっと運転が荒っぽなるから気ぃつけてや」

飯塚さんの運転動作がこれまでにも増して激しくなった。

ハンドルを細かく左右に回して車体の動きを制御しながら、何度も左手でシフト・レバーをすばやく前後に移動させるなど動きが忙しい。僕が座っている位置からは見えない飯塚さんの足も、クラッチ・ペダルやブレーキ・ペダル、アクセル・ペダルなどの操作で腕の動きに劣らず激しいに違いない。

ベレットGTRはタイヤをきしませながらカーブをすばやく抜け、急加速で次のカーブに突っ込んでいった。僕の身体は前後左右に大きく振られ続け、安全ベルトを締めているアメリカンの身体も揺れていた。

「一平君、後ろの様子どないなっとる」

「少し離しました。三十メートルくらいです」

「もうちょっと離したいな。無理するで」

エンジン音とブレーキ音が一層大きくなった。

「あと二キロほどで右側に細い道がある。そこに入るから」

「右ですか。このまま走って離せるだけ離すんじゃないんですか」

アメリカンの大きな声。

「細い道に入ったことが分からんくらい離すことができたらええねん。細い道に入ったらあいつらからは見えへんとこに停まる。やり過ごすんや」

激しいエンジン音の中でも飯塚さんの言っていることは理解できた。騒音の中でも声を聞き取ることに、僕の耳が慣れてきたのかもしれない。

「うまいこといったら走ってきた道を戻って、一気に『スポット』の近くまで直行。早いとこ紗江子さんと小夜ちゃんを『ヤプー』まで連れていかなあかん」

昨夜の田宮さんによる大胆な行動で、紗江子さんと小夜ちゃんは僕たちが迎えにくることを知っている。今頃やきもきしながら待っているに違いない。

「あそこや」

飯塚さんには分かっている右折できる道が僕には見えない。この道路に詳しくなければ絶対に見過ごすと思う。

「一平君、あいつらの車は見えるか」

バックミラーに頼らず、上体をひねって直接後方を確認した。なにも視界に入ってこなかった。

僕が「見えません」と言うないなやベレットGTRは右に曲がった。

飯塚さんは急減速して奥の方に進み、走ってきた道路からこちらが見えない位置に停車した。車内は一気に静かになり、僕たちは耳を澄ました。

数分の間にエンジン音が近づき、そして遠ざかるということが二回あった。二台の車が通り過ぎたことになる。間違いなくどちらか一台が尾行車だ。

「よっしゃ、出発しよか」

元の道路に戻り神戸市内方面に進路を取った。飯塚さんは再びいくつものカーブを激しく攻め、僕とアメリカンはさっきと同じように身体を前後左右に振られ続けた。

そして、街中の道路に入ると飯塚さんの運転は一変、おとなしくなった。僕はバックミラーで後方確認を行った。

「後ろに尾行車はいません」

「了解。そしたら『スポット』から離れるように下って、元町駅と神戸駅の間にあるガード下を通り抜けてから東に向かう。三ノ宮の駅前に着いたら、そこからは一気に合流地点に直行や。かなり回り道のコースになるけど、その方が『スポット』の近くで張り込んでるあいつらに見つかることもない」

僕たちは紗江子さん、小夜ちゃんと合流することになっている、北野町東端にあるクラブを目指した。

助手席のアメリカンが飯塚さんの方に顔を向けて、「どうして逆ハン使わなかったんですか」と聞いた。

「なんや拓也君、期待してたような言い方やな」

飯塚さんの口調は軽かった。

「不謹慎だとは思いますけど、少し期待してました」

「そら期待してたのに悪いことしたなって言いたいとこやけど、やったんやで。分からんかったか」

「ホントですか。でもアレやると遠心力がすごいんでしょ。タイヤと路面の激しい摩擦でゴムの焼ける匂いがしたり、白煙も出たりするって雑誌に書いてあったけど、そんなことまるっきりなかったですよ」

「軽くやるだけでどんどんあいつらの車を離すことができたから、それ以上きついことやる必要がなかっただけや。せやから『やるで』もゆわんかった。まあいつかは経験できるから楽しみにしとき」

北野町東端のクラブ手前三十メートルほどのところに停車した。車体は『スポット』がある西を向いている。

カミナリ族の助けを借りながら『スポット』を脱出する紗江子さんたちは、追いかけてくるであろう追跡車を撒きながらいったん海に向かって下り、大きく迂回しながら僕たちがいるところに背後から接近することになっていた。

「あそこの公衆電話ボックスで『スポット』に連絡や。どっちがやる」

「僕が行きます」

アメリカンはすばやく安全ベルトを外し、ドアレバーに手をかけた。

「拓也君、確認や。周さんに指示された、わしらが合流地点におるっちゅう合図はどうやるかゆうてくれるか」

「受話器から呼び出し音が二回聞こえたら切る。もう一回かけ直して、呼び出し音が一回聞こえたら切る」

「そのとおり。その合図で紗江子さんらは行動を開始する。十円玉持ってないとか間抜けなことないやろな」

アメリカンは十円玉をポケットからつまみ出して見せると、駆け足で電話ボックスに向かった。

数分後アメリカンが戻ってきた。少し息が荒い。

「やりました」

「あとは待つだけ。バイクのエンジン音が複数聞こえたらこっちもエンジンかけて待機。拓也君は後ろの席に座ってくれ。紗江子さんが助手席、小夜ちゃんは後ろの席。定員四人の車やから後ろはかなり狭なるけど我慢するしかない」

「分かりました。僕はこのまま外で待ってます」

耳を澄ませた。北野町のほぼ真ん中を東西に横断する道路は行き交う車も少なく、バイクのエンジン音に集中している僕たちの邪魔をすることはなかった。

待つしかない。それが分かっていても気が急く。

「一平君、そろそろ田宮さんたちがフィリップを乗せて神戸に入ってくるころや。連絡あるかもしれんから、君だけ無線機の受話器耳に当てといてくれ」

「分かりました」

受話器を耳に当てていたら、突然アメリカンの大きな声がした。

「バイクのエンジン音。背後から複数聞こえます」

飯塚さんがエンジンをかけた。

「見えました。バイク十台。スピードを上げた先頭の二台がこちらに向かい、残り八台は道いっぱいに広がって停まりました。停まったバイクの後ろに黒い車。『スポット』を見張ってた車だと思います」

「追跡車を撒けんかったから停めたバイクでバリケード作ったんや。拓也君、こっちに向かってる二台のバイクに紗江子さんらが乗ってるか確認してくれ」

「それぞれのバイクの後ろから紗江子さんと小夜ちゃんが顔を出してこっちを見ています」

「了解。すぐ車に入れるように助手席のシート倒してドアは開けっぱなし。乗せたらすぐに出発」

飯塚さんが声を張り上げた。

バイクがベレットＧＴＲの横に停まり、後ろに座っていた紗江子さん、小夜ちゃんが踊るように右足を振り上げ降車した。

二人を乗せてきたバイクはすぐにUターンして、バリケードを張っている仲間のところに戻っていった。

「早く乗って。紗江子さんは助手席、小夜ちゃんは後ろ」

飯塚さんの指示に従い、小夜ちゃんが先に後部座席に入り、アメリカンが続いた。紗江子さんが助手席に座った。

「よし行くぞ。一平君、後ろの状況どないなっとる」

振り向いた瞬間目に飛び込んだのは異様な光景だった。

「黒い車がバリケード作ってたバイクを押し倒して乗り越えようとしています。突破しそうです」

「バイクに乗ってる連中はどうなった」

「無事だと思います。バイクを降りて道の端から車に向かってヘルメットを投げつけています」

「むちゃくちゃしやがって。絶対あいつらに壊れたバイクの落とし前つけさせたる」

飯塚さんの怒りを代弁するかのように、ベレットGTRはタイヤが路面をこする甲高い音をまき散らしながら急発進した。背もたれに身体が押しつけられた。

「こっからは拓也君が後ろを確認する役、一平君はさっきとおんなじ、田宮さんからくるかもしれん連絡を待つ」

背もたれから必死で身体を引き剥がし、受話器をしっかりと耳に当てた。

「紗江子さんと小夜ちゃんは疲れてると思うから休んどいて」

「疲れてなんかいません。こんな状況で休むとか、そんな仁義と人情に外れたことできるわけあらへん、そうでしょ紗江子さん」

激しい走行音に負けない大きな声。久しぶりの小夜ちゃん節を聞いた。

「そのとおり。全てが解決してから休む方が気持ちいいもんね」

同意する紗江子さんの大声であっても軽やかな喋り口。

仲間が揃いつつある。戦いに負けてたまるか！

「後ろは今のところ異状ありません」

アメリカンはバックミラーを見ていた。

「何も見えません」

小夜ちゃんもアメリカンと同じようにバックミラーを見ながら言った。

「オッケー、これから山側の道を使って『ヤプー』の近くまで行く。到着するまで油断したらあかんで」

「田宮。聞こえるか。今は一国（第一阪神国道〈国道二号線〉）の波止場町付近を西に向かっている」

受話器から田宮さんの声。メキシコ４２００が無線機の受信範囲内を走行中だ。

「一平。聞こえた。一国の波止場町付近を西に向かって走行中。了解」

僕は全員が聞き取れるように声を張り上げた。

「田宮。フィリップのピックアップに成功。そっちの状況教えてくれ」

「一平。フィリップのピックアップに成功。了解」

僕の復唱を聞いた飯塚さんが一回手を叩き「よっしゃ！」と叫んだ。飯塚さん、ハンドルから手を離したら危ない。

僕は一息入れて通話を続けた。

「紗江子さん、小夜ちゃん脱出に成功。現在同乗中。山側の道を使い『ヤプー』に向かっている」

「田宮。脱出成功、山側の道を『ヤプー』に向けて走行中。了解。こちら車体一部破損するも走行に影響なし。イルファン激怒中。多分我々の方が先着する。到着後『ヤプー』周辺状況知らせるので近くまで来たら連絡してくれ」

田宮さんは「イルファン激怒中」を軽く笑いながら話したように聞こえた。

「一平。車体一部破損も『ヤプー』に先着予定。当方『ヤプー』接近時連絡すること。以上了解」

田宮さんからの返信が来ない。受信範囲から外れたようだ。

「飯塚さん、田宮さんたちは受信範囲から出たみたいです」

「分かった。それにしてもイルファンの車が破損ってかなり激しくやり合ったんやな。一平君、そのまま耳から受話器離したらあかんで」

「了解です」

「私の足元にある機械も一平君が今しゃべってたものと同じものなの？」

紗江子さんが振り向いて話しかけてきた。右手に受話器を握っている。

「そうです、無線機なんです。今手に持ってるのが受話器です。横に押しボタンがあるの分かりますか」

紗江子さんが送話ボタンに指を乗せた。

「それが送話ボタンで、押すと相手と話すことができます。話を聞く時は送話ボタンから指を離してください」

「これを使って田宮さんと電話みたいに話すなんて、なんか一日会わなかっただけでびっくりするほど状況が変化したのね」

紗江子さんが戸惑い驚くのは当然だと思う。昨夜僕とアメリカンがラジオ局の近くで襲われてから事態は激変している。

「ほんま紗江子さんのゆうとおり変化が激しすぎるわ。びっくりすることばっかりや。田宮さんがいきなり夜中に来て、脱出の手段とかフィリップの船が変更になったこと説明してくれたけど、けさからのことは私らが『スポット』を脱出して今この車に乗ってること以外なんも分からん。修羅場みたいな時に申し訳ないけど、誰かチョロッと教えてくれたらうれしいんやけど」

二人に共通しているのはもっと情報がほしいということ。当然だと思う。

飯塚さんは運転、僕は受話器を耳に当てたままだから話せない。アメリカンがここまでの流れを説明した。結構長い時間をかけてアメリカンは話していたが、その間、二人の表情は真剣なままだった。

聞き終えると紗江子さんと小夜ちゃんは大きくため息をついた。

小夜ちゃんが、「ビフカツ食べ過ぎたような気分や。胃が重なってきた」と言った。

「ビフカツのお代わりはまだまだあるで。遠慮したらあかん」

「飯塚さんのゆうお代わりはフィリップを船に乗せること。ここで胃が重いとか泣き言ゆうてるヒマがあるんやったら前に進めっちゅうことでしょ。了解。殴り込みに行く緋牡丹お竜の気分で頑張ります」

元気一辺倒の小夜ちゃんが弱気になったり今みたいに冗談っぽい言い方したり、感情の起伏が激しい。いつもの小夜ちゃんとちょっと違う。

「小夜ちゃん、気持ちがジェットコースターみたいに上がったり下がったり忙しいんじゃないの。普段どおりでいこうよ。そうしないと絶対気持ちが疲れてくるから」

アメリカンが前席の背もたれをつかんでいる小夜ちゃんの左腕を右手で軽く叩いた。

「うーん、そうやな。なんか大騒ぎになってるから、調子狂ってるのかもしれんな」

あれ？　小夜ちゃんあっさり認めた。

アメリカンは間違ったことを言ったわけではないので、小夜ちゃんが素直に同意する態度は全然おかしくない。しかしなんか引っかかる。

「一平君、『ヤプー』に連絡入れてみてくれるか。今ジェームス山の近くまで来てるから電波は届くやろ」

飯塚さんからの指示。疑念はどこかに吹っ飛んだ。僕は送話ボタンを押し、通話を始めた。

「一平。現在ジェームス山付近走行中」

「こちら周や。田宮君らはすでに到着してる。そっちは誰もけがしてへんか。ここにおるみんなが首を長くして待っとるぞ。一平君どうぞ」

周さんだ。僕は車内の全員に向けて、「田宮さんたちは無事に到着。今話しているのは周さんです」と大声で言った。

そして、「一平。全員無事」と、僕は周さんに向かって話した。

「こちら周や」と聞こえたところで声が途切れた。何か問題が起こったのか。『ヤプー』に『アーミー・ネット』の連中が踏み込んできたのか。

「一平。通信が途切れた。何かあったのか」

「周。田宮から簡潔に話せという指示。以降、用件のみ話す」

声が途切れたのは、田宮さんが用件だけ話すようにとアドバイスをしたからだ。トラブルではなかったのでホッとした。

「一平。了解」

「周。『ヤプー』前の車は昼過ぎにスミレが警察に電話して追い払った。ただしジェームス山周辺に網を張って君らを待ち伏せしているのは間違いない。見張りの人間を増やしてる可能性もある。最大限の注意を払え」

昨夜スミレさんが言っていた、「警察署長よう知ってるから駐車違反の車いてまっせって電話したろかいな」を実行したに違いない。

「一平。『ヤプー』前に車はいない。ジェームス山周辺で網を張っている。見張りの人間増えている可能性あり。最大限注意。以上了解」

「周。どうやってここに来るのか。策はあるか」

「一平。少し待て。確認する」

策を聞いていないので答えられない。

「飯塚さん、周さんがどうやって『ヤプー』に逃げ込むのか訊ねています」

「一平君、五分後に連絡するって周さんにゆうてくれ。その間にここにおるみんなにどうやるか説明するから」

「一平。五分後に連絡する。以上」

僕が通信を終えると、飯塚さんは右折坂道をしばらく上り、何度か右左折を繰り返した後、閑静な住宅街の一角に車を停めた。

飯塚さんは上体を左にひねって紗江子さんを見た。

「『ヤプー』に入る方法を説明する前に役割分担します。紗江子さんは前方の監視です。それと、ゆうのん忘れてましたけど、助手席には安全ベルトがあるんでそれを締めてください」

「前方の監視、了解しました」

そう言って紗江子さんは左腰付近にある安全ベルトを引っ張り出し装着した。

飯塚さんが僕たちの方に上体を向けた。

「拓也君はこの近くに住んでるから地理に明るいやろ。問題が起こった時にどの道行ったらええか指示してくれるか。それと後方の監視もやってくれ」

「ここら辺なら細い路地まで知ってます。任せてください」

「小夜ちゃんは拓也君と一緒、後方の監視や。こっからは相当きつい運転するから、振り向いて後ろを見たら首を捻挫する可能性がある。両腕で前の背もたれを力一杯つかみながらバックミラーだけでやってくれ。一平君は通信担当。右のドアにしっかり体を寄せたら安定させることができる」

　飯塚さんは『ヤプー』に向かう途中で『アーミー・ネット』に襲われることを想定している。激しい運転になるのは間違いない。だから体を護る方法を事細かに指示しているのだ。

「役割分担が終わったとこでルートの説明をするわ。行き方はほんま単純。ここから坂を下って国鉄と山陽電鉄が走ってる高架橋の下を抜ける。一国に出たら右折。そっからほんのちょっと走ったら『ヤプー』に到着や。一気に坂道を下るから、名付けて〝鵯越（ひよどりごえ）のさか落とし〟作戦。どうや」

「どうやって言われても」

　小夜ちゃんの戸惑った声。この期に及んで〝鵯越のさか落とし〟作戦という名称が必要なのか。そう言いたげな「どうやって言われても」だと思う。

　〝鵯越のさか落とし〟は、確かこの近くの鵯越か一ノ谷を舞台として、劣勢だった源氏側が行った戦法のはず。源氏側の騎馬隊が急峻な崖を下って急襲、平家側の軍勢を蹴散らし戦況を一気に挽回したと言われている。

　飯塚さんは、坂道を下るベレットＧＴＲに乗っている僕たちを源氏の騎馬隊になぞらえている。『アーミー・ネット』の車が現れたら弾き飛ばすくらいの意気込みだ。

「なんか勇ましい作戦名ですけど、運転するのは飯塚さんやから任せるしかない。それでも一つだけ確認させてください。どれくらいきつい運転をするんですか」

小夜ちゃんの声が少し心配そうな感じになった。

僕やアメリカンは飯塚さんの卓越した運転技術を経験している。しかしそれを知らない小夜ちゃんの危惧は当然。

「拓也君と一平君はすでに知ってるけど、状況によっては逆ハンをやることになるかもしれん。かなり身体が左右に振られるから覚悟しといて」

「逆ハンって自動車レーサーが使う高等テクニックやなかったかな」

「よう知ってるな、小夜ちゃん。遠心力がかなり強いんや。せやからしっかり体を支えなあかん。『やるで』ってゆうたら始めるから、拓也君、一平君どっちでもええから好きな方にしがみついといたら大丈夫や」

「そんな、しがみつくやなんてはしたないことでけへん」と言いながら、小夜ちゃんは僕とアメリカンを交互に見た。顔が笑っているのは、どっちにしがみつくか算段しているからか？　いずれにしても飯塚さんの冗談が効いた。さっきの心配そうな雰囲気は消えていた。

「運転するのは飯塚さん。だから、何が起ころうと全てお任せする。そういうことにしときましょ」

紗江子さんの言葉が出発の合図になった。

飯塚さんがエンジンをかけた。

「一平君、周さんとこに連絡してくれるか。これから出発する。正面玄関の扉を十分後に開けといてってゆうてくれるか」

僕は受話器の送話ボタンを押した。

「一平。現在ジェームス山近辺。これから坂を下る。山側から一国に出て右折後直進、『ヤプー』に向かう。この通信終了から十分後に『ヤプー』の扉を開放。以上」

「田宮。これから出発。十分後に『ヤプー』の扉を開放。以上了解。追伸。店の前にはおらへんけど、奴らが近くにおること忘れるな。追伸終わり」

「一平。追伸。奴らが近くにおること忘れるな。了解」

「一平君、〝鴨越のさか落とし〟作戦ってゆうの忘れんといてや」

飯塚さんは自分で名付けた作戦名がかなり気に入ってるようだ。そんなことより、追伸で知らされた「奴らが近くにおる」の方を気にしてほしい。

「一平。この作戦の名称は〝鴨越のさか落とし〟作戦。以上」

「〝鴨越のさか落とし〟作戦？　なんやそれ」

予想外の言葉を聞いた田宮さんは冒頭に名乗るというルールを忘れていた。仕方ないと思う。説明が面倒なので返信しなかった。

坂を下り始めた。前方に海。曇ってはいたが、こんなことがなければずっと眺めていたいほど美しい光景だった。

「後方異状なし」

アメリカンと小夜ちゃんの声がシンクロした。

「前はきれいな海しか見えません」

紗江子さんの優しい報告にホッとしたのもつかの間、アメリカンの張り詰めた声が聞こえた。

「後方、左の脇道から車が現れ左折中。こちらに向かっている」

バックミラーを見た。こちらに方角を変えつつある黒い車体が映っていた。あいつらの車かどうか分からない。しかし、かなり怪しい雰囲気。

「百メートルほど前方、右の脇道から車。左折してこっちに向かっています。『アーミー・ネット』かどうかは分かりません」

紗江子さんが前方の状況を説明した。

挟まれたか？

「紗江子さん、あいつらの車で間違いないです。車道の真ん中走って僕らが前に進めんようにしてますから」

落ち着いた声で前方の状況を分析した結論を教えてくれた。飯塚さんの激しくも正確な運転技術は、冷静な判断力に支えられているような気がしてきた。

「後ろの車もおんなじや、車道の真ん中走ってる。挟まれてしもた」

叫ぶような小夜ちゃんの声。

「あいつら連携のとれた動きしとる。何人かを神戸の方から来るわしらの車が通りそうな道路とか見通しの利くとこに配置して、発見したらわしらとおんなじように無線機で知らせてるんちゃうかな。そうやないと、こんなうまいこと前後で挟む連携なんか取ることでけへん。かなり面倒なことになったけど、こうなったらしゃあない、出たとこ勝負や。進路変更。右に曲がる」

「飯塚さん、左です。右は途中で道幅が狭くなってて歩行者と自転車しか通れませ ん」

ここらへんは細い路地まで知ってると言い切ったアメリカンがいて良かった。

飯塚さんはすばやく左にハンドルを切った。

「一国出るまでの道案内は拓也君に任せる。曲がる方向と曲がるまでの距離を指示してくれ」

「了解です。三十メートル先再び左。勾配のきつい坂を上ります」

アメリカンは身を乗り出し前を見ていた。

左に曲がり急坂を上った。定員より一人多い五人が乗車していても、ベレットGTRは急坂を物ともせず力強く進んだ。連なって追いかけてくる『アーミー・ネット』

の車を引き離したのがバックミラー越しに分かった。

十字路にさしかかるたび、飯塚さんは警笛を短く一度だけ鳴らした。左右の道から出てくるかもしれない歩行者や無関係の車に注意を促している。

「一平君、『ヤプー』に連絡。心配無用。絶対に振り切って逃げ込むって伝えてくれ」

僕は送話器のボタンを押した。

「一平。車二台に追跡されている。飯塚より伝言。心配無用。絶対に振り切って逃げ込むとのこと。以上」

スミレさんの声が受話器を通して聞こえた。

「スミレ。伝言了解。絶対に戻ってこい。失敗したら呪い殺すと飯塚に伝えてくれ。以上」

怒鳴り声ではない。受話器を通して伝わる気迫の漲った低い声。周さんや田宮さんではなく、どうしてスミレさんが話すのかと思ったが、理由を考える余裕も時間もない。伝言を伝えた。

「スミレさんから飯塚さんに伝言です。絶対に戻ってこい。失敗したら呪い殺す。以上です」

返事はなかった。スミレさんから名指しで「失敗したら呪い殺す」と言われたら、どんな人でも無言になる。

「五十メートル先右に曲がって、二つ目の十字路を右。そのまままっすぐ坂を下ると目的の高架橋。その先が一国です」

アメリカンが簡潔に指示を出した。

「了解。小夜ちゃん、後ろはどないなっとる」

小夜ちゃんが後方を確認した。

「後方三十メートルにいます」

「よっしゃ、下り坂に入ったら一気に加速、一国に出る。あとは脇道から関係ない車が出てこんことを祈るだけ。一平君、車が一国に出たらすぐに到着すると連絡してくれ」

「了解です」

高架橋に向かう下り坂に入ると、ベレットGTRはグンとスピードが増した。さっきと同じように、飯塚さんは十字路を通過するたびに手前の位置から短く警笛を鳴らした。

高架橋を抜ける進入り口が三十メートルほどの距離まで迫ってきた。

「抜けるぞ！」

飯塚さんの怒鳴り声。ベレットGTRが減速することはなかった。一層加速しているが、恐怖感はなかった。

僕は両足で無線機を挟み、両手を天井に当てて体を支えた。

「やるで！」

再び怒鳴り声。警笛音。途切れない。今度は鳴りっぱなしだ。一国を走行している車に対する警告。

右ドアに強く身体を押しつけ、今度は両手で運転席の背もたれをつかんだ。視界の端でアメリカンにしがみつく小夜ちゃんが見えた。

警笛音が途切れた瞬間、耳に飛び込む激しいブレーキ音。左に引っ張られる遠心力に全力で抗う。

車内に漂う異臭。アメリカンが言っていた、摩擦熱でタイヤが焦げた臭いだ。

体に加わる強い負荷に加えてゴムの焦げた臭いで混沌とした感覚の中から、フッと遠心力が消えた。慌てて上体を立て直し、飯塚さんの肩越しに前を見ると、左手に海岸線が見えた。一国を全速で走行していた。

「あいつらの車がまだバックミラーに映ってます」

体勢を整えた小夜ちゃんがバックミラーを見ていた。

「しつこいな。ここまで来たらおれらが『ヤプー』に行けるんは分かりきったことやろ。意地になっとるんか」

くっついたら離れそうにないメガネ男の顔が浮かんだ。

「小夜ちゃん、今やったら体ひねって後ろ見ても大丈夫や。どれくらい離れてるか確認してくれ」

「百メートルくらいやと思います」

僕はお腹の上に落としたままだった受話器を拾い上げた。

「飯塚さん、到着するって連絡入れます」

「一平君、ついでに門が開いているか再確認してくれ」

「一平。到着する。再確認、門は開いているか」

「田宮。到着了解。門は開いている。追跡は続いているか」

「一平。後方百メートルに追跡車二台。これから『ヤプー』に入る。以上」

前方に一般の車両はなく、『ヤプー』までの距離がどんどん縮まってきた。

紗江子さん、小夜ちゃん、アメリカンから前後方の確認報告はない。僕は受話器を無線機に戻した。誰も追跡車のことを気にしなくなっていた。ひたすら『ヤプー』に到着することだけを考えていた。

「やるで！」

不意打ちのように飯塚さんが逆ハン宣言。またやるのか。

追跡車を引き離しているのだから、減速しながら左にハンドルを切って『ヤプー』に入ると思っていた。

前席の背もたれを力一杯つかんだ。

「小夜ちゃん、俺の身体つかめ！」

アメリカンの怒鳴り声。

急ブレーキの音。焦げたタイヤの臭い。右に持っていかれそうな体。そして、いきなり遠心力は消え、ベレットGTRは『ヤプー』の敷地内に停車した。

飯塚さんはハンドルを握ったまま微動だにしない。

紗江子さんは安全ベルトのバックルを外して、ドアを開けようとしていた。一番落ち着いていたのは紗江子さんかもしれない。

小夜ちゃんはアメリカンにしがみついたまま。コラッ、早く離れんかい。

コンコンと窓ガラスを叩く音がした。顔を上げるとイルファンの笑顔。

ドアを開けて外に出た途端、膝に力が入らずへなへなと座り込んでしまった。

「ドライブは楽しかったですか」

頭上から聞こえたイルファンの楽しそうな声で、戻ってきたことを実感した。

七

全員が食堂の円卓に座っていた。僕の左側から時計回りにアメリカン、小夜ちゃん、紗江子さん、フィリップ、周さん、スミレさん、田宮さん、イルファン、飯塚さんという席順。昨日は八脚の椅子を等間隔に並べていたが、今は二脚足されている。さすがに直径三メートルの円卓でも手狭な感じがする。

それぞれの席の前にはコーヒーが注がれたカップが置いてある。周さんもコーヒー。スミレさんが、「今は大事な打ち合わせをやる時。酒は絶対にあかん」と言ったからだ。

「了解。残念やけどこんな時に飲むわけにはいかん」

周さんも素直に従った。だから『ジャック・ダニエル』とグラスは円卓の上にない。

「ようやく全員が揃ったな」

周さんが全員を見渡した。

「あらためて紹介するわ。わしの横におる男前がフィリップや」

紗江子さん、小夜ちゃん、田宮さん、イルファンはすでにフィリップを知っているので軽く目礼しただけ。飯塚さんは「英語喋られへんから日本語や。よろしゅうたのむわ」と言い、アメリカンは“Nice to meet you.”、僕は軽くお辞儀をした。

挨拶をしている間、周さんは英語でフィリップに話しかけていた。トオル・イイヅカとかタクヤ・オオスギ、イッペイ・トミタが聞き取れたので、挨拶をしているのが誰か教えていたのだと思う。

「これから昨日話した計画の細かいとこを詰めよと思てるけど、その前にフィリップからみんなに言いたいことがあるそうや」

「英語苦手なので周さん通訳お願いできますか」

アメリカンの頼みに飯塚さんも同調した。

「おれもや。お願いします」

「了解。フィリップ、ゴーアヘッド」

フィリップの英語を聞き取ろうとした。しかし、理解できる英単語を日本語に置き換えている間に次の英単語が出てくるので、英語を日本文として組み立てることができない。六年間学んだ僕の英語は、英会話に対して何の役にも立たなかった。

フィリップが話し終えた。

「ほんなら翻訳するで。皆様、本当にありがとうございます。今ここで受けている恩義を私は一生忘れることがありません。皆さんは私にとって真の英雄です。まさに

〝ザ・マグニフィセント・ナイン〟（The Magnificent Nine）です。残念ながら今夜お別れすることになりますが、いつかどこかで再びお目にかかれることを願っています。以上や。ただ〝ザ・マグニフィセント・ナイン〟のとこだけ、なんかフィリップは意味を込めてゆうてるような気がするけどわしには分からん。単語の意味どおりに訳したら〝すばらしい九人〟。わしらのことやと思う」

ピンときた。多分フィリップの頭の中には『荒野の七人』があるはず。この映画の英語タイトルは『The Magnificent Seven』。悪党に立ち向かう七人に僕たち九人を重ね合わせたので〝The Magnificent Nine〟と言ったのだ。

「周さん、フィリップは『荒野の七人』のことをゆうてるんやないですか」

「『荒野の七人』って西部劇映画のか」

「そうです。ユル・ブリンナーとかスティーブ・マックイーン、チャールズ・ブロンソンなんかが出演してます。あの映画は原題が『ザ・マグニフィセント・セブン』なんです」

僕が言った映画スターの名前や原題の『ザ・マグニフィセント・セブン』が聞こえたと思う。フィリップの顔に笑顔が広がった。

“Oh yes ! Yul Brynner, Steve McQueen, Charles Bronson, *The Magnificent Seven*. That's right !”

知ってる単語ばっかりだったので、フィリップの英語を聞き取ることができた。僕の言ったことが正しかった。

「〝ザ・マグニフィセント・ナイン〟、日本語に直したら〝素晴らしい九人〟。なんやカッコええですね」

「イルファンのゆうとおりや。カッコええ。周さんが不動産業に貿易商、イルファンが貿易商、それに会員制クラブの経営者スミレさん、私立探偵の田宮さん、骨董屋の紗江子さん、大学生の小夜ちゃん、二十歳にもなってない拓也君と一平君、そしてオれが車の改造屋。なんか年齢とかやってることがバラバラの人間が九人集まっとる。不思議な仲間やけど、フィリップを逃がすことがでけんかったら、俺らは〝ザ・マグニフィセント・ナイン〟ではないっちゅうことになる。これは気合い入るで」

さっきの逃走で身体中の骨と筋肉が悲鳴を上げるほどの運転技術を体感させてくれた飯塚さん。これ以上気合いが入ったらどんな運転になるのか。

「周さん、そろそろ始めませんか」

田宮さんが本題に入ることを提案した。

「そうやな」

周さんの背筋がシャキッと伸びた。

「話しする前に小夜ちゃんに頼みや。フィリップの横に座って同時通訳してくれるか。

そのほうが話の区切りつくたんびにわしが通訳するよりよっぽど効率ええ」

『スポット』で面接受けた時、小夜ちゃんは「英会話は不自由せん程度には話すことができます」と言っていた。だから、話の内容は時間差もなくスムースにフィリップへと伝わるだろう。

紗江子さんと席を入れ替わった小夜ちゃんがすぐに英語で話しかけた。フィリップが笑顔と一緒に〝Thank you, Sayo.〟と言った。

周さんが腕時計を見た。

「今夜二十時に開始する。まずわしの腕時計の時刻と同じにしてくれるか。今は十三時二十九分になったとこや」

腕時計の時刻を確認したら二分進んでいたので修正した。

全員の時刻合わせが終わった。

六時間半後に僕たち〝ザ・マグニフィセント・ナイン〟は一斉に動き出す。

「一応みんなは作戦の詳細知ってると思うけど、フィリップは概要程度しか聞いてない。せやからもう一回再確認の意味も込めて説明し直す。全員覚えてることが間違いないかセルフ・チェックしてくれるか」

全員無言で頷いた。

「拓也君が乗る飯塚君の車と、小夜ちゃんが乗るイルファンの車は二十時に店を出て一国を東西に分かれて走る。それぞれに尾行が間違いなくつくけど、わざと引きつけながら走ってここから遠ざける。途中であいつらを撒いて、三十分後『ヤプー』に戻ってくる。無線機は一台ずつや」

ジェームス山で僕たちを追いかけ回した二台が『ヤプー』を見張っていた車だとすると、それ以外に六甲の道路で撒いた一台、芦屋に行った田宮さんたちを荒っぽく襲撃した一台が『アーミー・ネット』の車ということになる。

分かっている範囲で四台がこの周辺で僕らを監視している。

飯塚さんとイルファンが左右に分かれて走りだせば二台を尾行用に割かざるを得ないので、あいつらの戦力をかなり減らすことができる。周さんの狙いはそこにあった。

フィリップをここから脱出させる時にこの差は大きい。

「イルファン、車の後ろがかなり凹んでるけど大丈夫か」

「エンジンもタイヤも問題ないです。出せゆうんでしたらメキシコ４２００は時速二百キロで走りますよ」

「あの車メキシコ４２００ゆうんか。見た目は全然そんな感じせえへんけど馬力あるんやなあ。勢いのええ小夜ちゃんが乗り込むのにピッタリや。ほんで、小夜ちゃんは無線機を操作する係やってくれるか」

小夜ちゃんが頷いた。

「飯塚君の車に乗る拓也君は後部座席に、腰を前の方にずらせて頭くらいが見えるようにして座ってくれ。誰が乗ってるか分からんけど、ひょっとしたらフィリップかもしれんとあいつらに思わせたいんや」

「今僕が着てるジャンパーのフードをかぶります。N-2Bっていうアメリカ軍の防寒着ですからフィリップに見せかけることができます」

アメリカンはフードをすっぽりかぶった。みんなから感嘆の声が上がった。フィリップも“Oh...”と言った。確かにアメリカの兵隊に見える。N-2Bにこんな使い道があるとは誰も思い付かない。

「完璧や。小夜ちゃんも後部座席におんなじように座ってくれるか。女の子が男に見えるか分からんけど、やれることはなんでもやっとこ。スミレから帽子でも借りて女性っちゅうことを少しでも隠すことができたらええなあ」

「ちょっと帽子を探してくるわ」

スミレさんが立ち上がってドアの方に歩き出した。

「すんません、私通訳があるんで一緒に行けません」

小夜ちゃんが謝ると、「私が行きます。小夜ちゃんの頭のサイズとか好みも分かっているから」と言って、紗江子さんがスミレさんの後をついていった。

周さんはドアを出ようとしている二人に、「スミレ、紗江子さん、よろしゅう頼むわ」と声をかけた。そして、円卓に座っている僕たちに向かって再び説明を始めた。

「田宮君と一平君はわしと一緒に行動。フィリップを『ロン・アイララ』に連れていくのを手伝う」

「再確認ですけど、沖合に停泊してる『ロン・アイララ』まで僕らを運ぶ漁船の手配は終わってるんですか」

田宮さんが訊ねた。

「終わってる。漁港に二十時三十分から待機することになってる」

「よう漁師に連絡できましたな。あいつらがずっと見張ってるし、電話も盗聴されてる。そんな状況でどうやったんですか」

僕も田宮さんと同じことを考えた。周さんたちは『ヤプー』から一歩も出ることができなかったはずだ。

「田宮君らが戻ってくる前にスミレが警察に電話したんは知ってるやろ」

「無線で聞きました。あいつらを追い払って僕らが少しでも楽に入れるようにしといてくれたんでしょ」

「そのとおりや。けど、もう一つスミレがやったことがある。警察があいつらの車を追っ払ってる間に、ジャギュアでわしのメモ書きを漁師のとこに届けたんや。往復で十分もかからんかった」

「えらいフットワークが軽いですね」

「そうやろ、あっという間にスミレはやってしもた。身は軽い。せやけど身持ちは堅い。たいしたもんや。あっ、小夜ちゃんここは通訳したらあかんで」

周さんが軽口とはいえスミレさんを褒めている。珍しい。

「当たり前です、そんなのろけ話通訳できるわけないです」

吹き出しそうな顔をしながら小夜ちゃんは答えた。いつの間にか周さんの背後にいくつかの帽子を持ったスミレさんと紗江子さんがいたからだ。

「誰の身持ちが堅いんや」

周さんの身体が椅子から飛び上がったように見えた。

「おどかすなや、心臓に悪いやろ」

周さんの抗議を無視して、スミレさんは帽子を円卓に広げた。紗江子さんもこれに倣った。

「顔を隠すこと考えたらつば広の帽子やけど、そんなん被ったら男には見えへん。できるだけ男っぽく見えるように野球帽だけ持ってきた。好きなん選んでちょうだい」

「好きなん選んでって、そこにあるの何年も前にシカゴとかニューヨークに行った時わしがこ（買）うてきた野球帽ばっかりや。ほんま、よう持っとったなあ」

「身持ちが堅い女は、物持ちもええんや」

周さんの顔が少しほころんだ。そして、それに合わせるかのようにスミレさんも表情を柔らかくして、テーブルにある野球帽を一つ一つ指差しながら説明をし始めた。

「この二つがシカゴ、縞々の野球帽がニューヨーク、そこにあるんがロサンゼルス、赤い鳥が刺繍されてるのはセントルイスや。ほかにもあるで。ワシントン、サンフランシスコ、ボストン、みんな周のお土産や」

「でもなんで野球帽なんですか。女の人にあげるんだったら香水とかバッグっていう気がしますけど」

しごく真っ当なアメリカンの質問。

「周はアメリカの野球が大好きなんやけど、アメリカの野球場に私を連れていって、こうてきた帽子を頭に載せながら一緒に観たかったんちゃうかな」

何でもないような感じでサラッと言ったスミレさん。しかし、周さんとスミレさんを除いた全員からはため息のような感じでおーっという声が上がり、同時に周さんの顔がサッと赤くなった。

「スミレ、そんな苛めんといてくれ。もうええやろ野球帽ばっかりこうてきた話は。小夜ちゃん、早いとこ被るもんなんにするか決めてんか」

小夜ちゃんはニコニコしながら、「私はこのシカゴのやつにするわ」と言って野球帽の一つを手に取った。すると、小夜ちゃんが手にした野球帽を指差してフィリップが満面の笑みを浮かべた。

“Good choice, Sayo. That baseball cap is CHICAGO CUBS. CHICAGO CUBS is my favorite team.”

多分フィリップは好きなプロ野球チーム、シカゴ・カブスの野球帽を小夜ちゃんが選んだことを言っている。

「それは十年前シカゴに行った時こうたもんや」

小夜ちゃんが周さんの言葉を翻訳したとたん、フィリップの顔から笑いが消えた。周さんもなんか表情が硬い。

「十年前のシカゴって、カルロさん、フィオレンティーナさんと出会った時でしょ」

「そのとおり。拓也君わしの話よう覚えてるな。それはリグレー・フィールドっちゅう野球場の周りをぶらぶらした時に、たまたま入った土産物屋で手に入れたんや」

僕たちがフィリップを助けることになった原点と言える、十年前にシカゴで起こった悲劇。その最中に購入したシカゴ・カブスの野球帽ということになれば、やはり特別な存在になる。

「えらい重たいもん選んでしもたな。私が被ってもええんやろか」

これから何が起こるか分からない。失いでもしたらと考えれば、小夜ちゃんが尻込みするのも無理はない。

アメリカンがカルロ、フィオレンティーナと言ったことで何かを察したフィリップが周さんに話しかけた。二人の会話が始まり、そばで聞いている小夜ちゃんは時々頷いていた。速射砲のような英語なので僕には全く理解できない。

会話が終わり、周さんが話の内容を話してくれた。

「被るの止めようとしてるって話したら、ぜひ使ってくれってことや。目に見えない運命の糸で皆さんと繋がっているからこそ小夜さんは選んだんです。ここで使わないと、私の両親から始まって、私、ミスター・シュー、そしてここにいる皆さんへと繋がっている糸が切れるような気がします。そんなことをゆうとる。えらい大げさな話になったけど、確かにフィリップの気持ちは分からんでもない。あとは小夜ちゃんしだい。肩の力抜いて考えよか」

周さんは笑っていた。

「責任重大なことになってきたなあ」

いつもの小夜ちゃんらしくない。

「こら、小娘！」

出た、スミレさんの強烈な一撃。

フィリップはその迫力にびっくりして目を見開いている。

「被ったらええんや。外で見張っとるボケナスをその野球帽でだましたらんかい。今私らが置かれてる状況考えてみい。責任重大とか砂糖みたいに甘いこと考える前に行動。それしかない。悩んでるヒマがあるんやったら、その野球帽被って隣の部屋からコーヒーのお代わり持ってこい」

スミレさんの叱咤激励は、腰が引けた小夜ちゃんを奮い立たせた。

「小娘、了解しました。野球帽被ります」

勢いよくつばを後ろ前にして野球帽を被ると、隣の部屋へ小走りで向かった。

「よっしゃ、これでオッケー！」と、周さんは勢いよく言った。

「飯塚組とイルファン組の体制は整った。次はフィリップと一緒に漁船へ乗り込む組。予定どおり田宮君、一平君、わしの三人や。二十時三十分にここを出る。裏口から海沿いに五、六百メートル離れた漁港まで行くけど、田宮君は最後方で後方監視や」

小夜ちゃんがいないので、周さんは自分が言ったことを英語に翻訳してフィリップに説明した。田宮さんはそれが終わってから「了解です」と答えた。

「おじさん、きのう夜中に僕の家行くのに裏口使った時は、見張りいたんですか」

アメリカンの質問を周さんがフィリップに話している時に小夜ちゃんが戻ってきた。両手で抱えていた魔法瓶を円卓の上に置くと、フィリップの横に座って通訳を再開した。

「あの時は気配もなかったけど、今晩も同じかと聞かれたら自信ない。おれら全員が追跡振り切って『ヤプー』におるんやから、あいつらも何かやるとは絶対に思てる。そう考えたら見張りの人数増やして、海の方も監視してる可能性は高い」

「田宮君のゆうように状況は厳しなってる。それでや、昨日の打ち合わせの時は一平君に前方を監視してもらうことにしてたけど変更する。わしをサポートしてくれ。前方監視はフィリップにやってもらう」

周さんのサポート？

「見張りがおってもおらんでも海沿いを全力で走ることになる。しかも足に負担がかかる砂浜のところもある。その時にわしがヒイヒイ言い出したら蹴飛ばしてもええ、引きずってもええ、とにかく漁船に乗せてくれ。なんとしてでもフィリップが『ロン・アイララ』に乗り込むのを見届けたいんや。サッカーやってるから体力に自信はあるやろ」

サッカーの試合における僕の定位置はレフト・ウイング。タッチ・ライン沿いをトップ・スピードで何度も行ったり来たりするので体力には自信がある。

「了解です。周さんを蹴飛ばすのはできませんけど、全力でサポートします」

自分の得意なことで勝負できる場所が与えられた。うれしい。

「もう一つ難儀なこと頼みたいんや。わしのサポートもあるから走りにくうなるけど、無線機入れたリュックサックを背負ってくれるか」

無線機の重さは五、六キロ。

まあ、スパイクとスパイクの隙間に押し込まれた泥と甲皮に浸み込んだ雨水で重くなったサッカーシューズ、水気をたっぷり含んだ革製のボール、ぬかるんで足を取られるグラウンド、体力のほとんどを泥水と格闘することに費やされる雨天の試合。それに比べれば、身体にかかる負担はよっぽど少ない。取りあえずそう思うことにした。

「大丈夫です。任せてください」

言ってはみたものの、高まる緊張感に足が震えそうだ。

「一平君、ちょっと顔が青いんちゃうか」

右に座っている飯塚さんが心配そうに僕の顔をのぞき込んだ。

「大丈夫です。走る、サポートする、船に乗る、全部ちゃんとやりきります」

"Ippei, it's OK. You can do it. Because you are one of The Magnificent Nine."

小夜ちゃんの英語を聞いたフィリップが、単語一つ一つを区切るようにゆっくりと話したので、意味は明確に理解できた。

フィリップから勇気をもらった。

"Thank you, Philip. I got the courage from you."

生まれて初めてアメリカ人に英語で返事をした。

残念ながら誰も僕の〝初〟英会話に注目しなかったが、これは仕方ない。状況は逼迫。それどころじゃない。フィリップが僕の英語に対して、親指と人差し指で作った丸を示してくれただけで大満足。

「これで漁船組の行動確認は取りあえず終わり。今度は『ヤプー』に残ってもらうスミレと紗江子さんや。店の方は大丈夫か」

「今日もお客さんで満員になると思う。店のマネージャー、コック、フロアガール、弦楽四重奏団もおるから賑やかになるで。消防に火事の通報入れる時間に変更はないな」

「変更なしや。飯塚君とイルファンがここを出るのが二十時、消防に通報するんは二十時二十分。紗江子さんが１１９してくれるか。スミレは紗江子さんが電話してる間にジャギュアを店から三、四十メートルのとこに駐車させて戻ってくる。あいつらの襲撃に注意するんやで」

「了解。台所で天ぷら揚げてたら油が燃えた。紗江子さんが消防にゆうのはこれでえやろ」

　陽気な口調のスミレさん。

「お前放火すんの楽しみにしてるみたいやな。火ぃつけたらすぐに消火器で消してボヤに見せかける。そのことを忘れるなよ」

「分かっとるがな」

「サイレンの音が聞こえたら紗江子さんと一緒に客と従業員の避難誘導してくれ。消防車とか避難した人間でごちゃごちゃになる二十時三十分に漁船組が裏口から出発。ここまでの動きは分かってくれたかな」

僕はスケジュールを頭の中にたたき込んだ。

「僕たちの車と飯塚さんたちの車は出発して三十分後に戻ってきて、店の近くに停まればいいんですね」

「ジャギュアのすぐそばに駐車。イルファンと飯塚君は車から降りて、消防署の人間に対応してるスミレと紗江子さんのそばにいてやってくれ。ボヤ程度でも消防は二、三時間はおるから、その間はあいつらも手出しでけへんけど念のためや」

「僕と小夜ちゃんは車の中で待機ですか」

アメリカンも自分の行動を周さんに再確認。僕と同じように緊張感の針が最大限に振れていると思う。

「拓也君は無線機を持ってジャギュアに移動。小夜ちゃんはそのままメキシコ４２００の中で待機。二人とも受話器から耳を離したらあかん。いつ漁船組から連絡入るか分からんからな」

頷くアメリカンと小夜ちゃん。

「来たれ、海からの朗報、ということですね」

「そのとおりや小夜ちゃん。消防がおらんようになったタイミングで、飯塚君はジャギュアで拓也君と一緒に芦屋の港へ向かう。イルファンはスミレ、紗江子さん、小夜ちゃんを乗せて柳原さんの家に直行。あいつらが追いかけてくるかは今のところ分からんけど、ついてきたら全力で振り切ってくれ」

「最後の仕上げで失敗はでけへんな」

飯塚さんの言葉に、腕組みをしたイルファンも硬い表情のまま頷いた。

「芦屋の港で漁船組の周さん、おじさん、一平と合流して、そのまま柳原さんの家に行く。それでいいんですよね」

「そうや。柳原さんとこで全員の顔を見ることができたら一段落。フィリップの『ロン・アイララ』乗船を祝って、未成年の拓也君と一平君はコーヒーやけど、他のみんなは『ジャック・ダニエル』で乾杯しよか」

長い説明が終わった。腕時計を見たら十五時過ぎ。あと五時間弱で作戦決行だ。

二十時五分前。

飯塚さん、イルファン、アメリカン、小夜ちゃんの四人は車に乗るため部屋を出ていこうとしていた。すでにアメリカンはN-2Bのフードで頭部を覆っていた。小夜ちゃんはシカゴ・カブスの野球帽を被っている。

漁船組の出発までまだ時間があるにもかかわらず、僕は無線機が入っているリュックサックを背負った。それなりの重量があるはずなのに、ショルダー・ストラップが肩に食い込む感覚がない。重さを感じないほど緊張しているからか。

フィリップが車に乗る四人の一人ずつと握手をしている。アメリカン、小夜ちゃん、飯塚さん、イルファンはここを出ればもうフィリップと会うことはない。

「作戦開始」

周さんの合図で四人が部屋を出ていった。

戦いが始まる合図のようにエンジンを吹かす音がした。二十時だ。

何度かタイヤの激しくきしむ音が聞こえ、そのあと一気に静かになった。メキシコ4200とベレットGTRが『ヤプー』を出発した。

「一平君、背中を向けてくれ」

言われたとおり背中を向けた。周さんは僕の背中にある無線機で飯塚さんとイルファンに連絡を取ろうとしている。

「周。拓也、状況知らせてくれ。どうぞ」

しばらく受話器からの返答に耳を澄ませていた周さんが再び口を開いた。

「周。追跡されている。了解。小夜ちゃん、そちらの状況知らせてくれ」

「周。追跡されている、了解。飯塚、イルファンに予定どおりの運転頼むと伝えてくれ。通信終了」

「大丈夫かな」

紗江子さんの独り言のようなつぶやき。追跡されることが予想どおりとはいえ、危険な状況に変わりはない。

飯塚さんの運転技術、イルファンが駆るメキシコ４２００の性能を持ってすれば、あいつらの車が追いつけるわけがない。そう自分自身に言い聞かせた。

二十時十五分。

「さてと、あと五分で消防に電話する時間や。台所燃やしてくるわ」

現実離れした言葉を残して、スミレさんが悠然と部屋を出ていった。

数分経過して突然シューという微かな噴射音が聞こえ、しばらくしてから白い煙と一緒に消火器を引きずったスミレさんが部屋に入ってきた。

「ホンマの火事に見えるよう壁をちょっと焦がしといた。けど火は完全に消したで。紗江子さん、１１９やってくれるか。私はジャギュアを動かしてくる」

そう言って、スミレさんは紗江子さんと共に急ぎ足で部屋を出ていった。

ほどなくしてジャギュア４２０Ｇのエンジン音。

紗江子さんが戻ってきた。

「消防車呼びました。すぐに来ると思います」

スミレさんが戻ってくれれば避難誘導開始。僕たちは裏口から漁港で待機している漁船を目指す。

「いよいよやな一平。これがうまいことといったら南京町で豚まんごちそうしたるわ」

僕を呼び捨てにする状況でありながら軽口をたたく田宮さん。

「その時はわしも誘ってくれ。ついでに出来たての焼き豚と焼き飯も食べよか」

周さんも話に加わってきた。

これから起こる避難誘導時の混乱をじっと待つより、話していた方が気が楽。僕も気の利いた冗談かなにかで返事をしたかったが、「楽しみにしてます」しか思いつかない。しかたなく「楽しみにしてます」を言おうとした時、スミレさんが戻ってきた。

「消防車が近づいてきたで」

耳を澄ませた。だんだんと大きくなるサイレンの音。

「よし、避難誘導や。Philip, we'll escape from here several minutes later more. So stand by now.」

僕の耳が英語に慣れてきたのか、周さんの英語が理解できた。フィリップがスミレさんと紗江子さんのそばに駆け寄り握手をした。

"Thank you so much."

フィリップの感謝に対して、スミレさんが"See you later."、紗江子さんは"I'm wishing for your health."だった。

スミレさんが「また今度ね」、紗江子さんが「あなたの健康を願っています」。対照的な二人の返事。紗江子さんの返事は分かるにしても、「また今度ね」と軽く言ったスミレさん。フィリップと再びどこかで会うつもりなのか。

「スミレ、紗江子さん、気ぃつけてな」

周さんの声に促されて二人は避難誘導のため部屋を出た。残ったのは周さん、フィリップ、田宮さん、そして僕。

まもなく起こるであろう『ヤプー』の玄関前と店内で繰り広げられる混乱を待った。サイレンの音がひときわ大きく鳴ってから止んだ。消防車が店の前に着いたようだ。玄関の方からザワザワと人々の声が聞こえ始め、「落ち着いて行動してください！」と叫ぶスミレさんの声がざわめきに被さった。

『アーミー・ネット』の連中もこの騒ぎを見ているはずだ。二十分以上前に二台の車が一国を左右に分かれて走り去り、今は消防士や多くの避難する人間が『ヤプー』の前で入り乱れている。

二つの異常なことが連続して起こっているのだから、僕たちが何かを企てていると予測するのは簡単。しかし、奴らは具体的なことが何も分からない。『ヤプー』周辺が大混乱となっているので突入することもできない。

　主導権はこっちにある！


　二十時二十七分。

　漁船が漁港に待機する時間まであと少し。

「消防士が部屋に入ってくる前に行くぞ。Philip. Let's go !」

　周さんを前後で挟むようにして僕とフィリップは裏口から外に出た。

　電灯は全て消してきたのでかなり暗く、僕たちは闇に紛れている。しかし、火元の台所までスミレさんが消防士を案内する時は部屋を明るくするはず。その前にここを離れる必要がある。

　田宮さんが後ろから回り込んできて、周囲の様子を窺った。

「走れ！」

　田宮さんの押し殺した声。僕たちは一斉に走り出した。

　漁船が停泊しているところまで五、六百メートル。夜で視界が不明瞭な中を全力疾走。足元に予期せぬくぼ地や流木などの障害物があるかもしれない。神経を使う分だけ体力の消耗も激しくなる。

　百メートルも走らないうちに周さんの呼吸が激しくなってきた。足の運びも遅い。

「大丈夫ですか」

僕は周さんの右腕の付け根あたりを左腕で持ち上げるようにつかんだ。片方だけつかむとバランスが悪くなるのか、僕の思惑とは反対に周さんは走りづらくなったような気がした。

"Philip, Syu's left arm !"

無意識に呼んでいた。

状況を察したフィリップが周さんの左腕をつかむと体勢が安定、走るスピードも盛り返した。このまま漁船まで行くしかない。

まだ半分も行かないところで、フィリップが"Ippei, change the position !"と言いながら左手で僕を指さし、すぐに自分自身を指差した。

フィリップの指示がありがたかった。僕の左腕は支え続けた負荷に耐えきれず限界に近かったのだ。力を使っていない右腕に替えることで、再び周さんをしっかり支えることができる。

「周さん、僕とフィリップの位置を変えます」

いったん止まり、僕とフィリップは位置を入れ替えた。田宮さんは呼吸を乱しながらも背後を警戒していた。

「悪いな」

「気にせんでください。体力だけは有り余ってますから」

「きついです」と言えるわけがない。

空元気でも何でも使えるものは全て使う。気持ちを強く持って突っ走るのみ。

"Let's go."

フィリップの合図で再び走り出した。

「来た！」

田宮さんの張り詰めた声。

振り返ると複数の人影がぼんやりと見えた。距離は百メートル前後。明らかに僕たちを目標にして走っている。『アーミー・ネット』。暗闇に紛れて海の方を見張っていたに違いない。

「負けてたまるか！」

声には出さないで、自分自身を奮い立たせた。

周さんを支える右腕に力を込め直した。フィリップとの足並みは揃っている。

「このまままっすぐや。すぐに乗り込めるようにはしごを下ろした漁船がおる。エンジンかけてるからすぐに分かる」

周さんが荒い呼吸の中、切れ切れに話した。

返事はしない。返事するヒマがあったら足を前に運ぶ。

「あいつらとの距離六、七十メートル。一人だけ速いのがおる。そいつとは五十メートルぐらいや」

背後から田宮さんの声。あいつらに比べて僕たちのスピードはかなり遅い。だいぶ間隔を詰められた。漁船まであと百メートルほど。先頭の男には追いつかれるかもしれない。まずい。

「周さん、漁船まであともうちょっとです。蹴飛ばしましょか」

思わず口から出てしまった。

周さんはハアハアという息の合間に、「やれるもんならやってみい」とけんか腰の言葉を挟んだ。

よかった、周さんまだ元気だ。

「さっきヒイヒイゆうたら蹴飛ばしてもええって言いましたやん」

「まだヒイヒイゆうてない。今はハアハアや」

命をかけた脱出なのに笑いそうになった。

「二人とも走りに集中。あいつらの人数は六人、追いつかれたら勝ち目ないぞ」

田宮さんの怒鳴り声。

後ろを気にするのはやめた。前に進むだけ。気持ちを切り替えた時、いきなり「一平！」と言う声が聞こえ、左の民家などがある方向からアメリカン、イルファン、飯塚さんが現れた。

気がついた田宮さんも予想外の事態に「なんやおまえら」と言ったきり次の言葉が出てこない。

「田宮君、事情はあとで聞こ。漁船に行くんや。Philip, go to the fishing boat. Run run run !」

周さん、疲労困憊でも冷静だった。

フィリップがあっという間に駆けていった。周さんも走り出したが息が荒く足元はおぼつかない。それを見たアメリカンとイルファンが周さんのサポートに回った。

僕は後方監視役として、サイドステップで前と後ろを交互に見ながら、田宮さん、飯塚さんと一緒に最後尾から進んだ。

右側の海岸に漁船がうっすらと見えた。距離にして五、六十メートル。

後ろを振り向くと、一人だけ抜きん出て速い男がいた。ひたすらこちらへ向かってくる。残りの追っ手はその男の三、四十メートル後方。

「一人速いのがいます。距離二十メートルもないです」

周さんのスピードを考えると、この男には追いつかれる。

「このまんまやとやばい。飯塚、俺とおまえで周さんの足を持ち上げよ。四人で運ぶんや。その方が速い」

田宮さんも追いつかれるという判断だった。意図を理解したアメリカンとイルファンが周さんの左右の肩口をそれぞれがつかみ、田宮さんが左足付け根、飯塚さんが右足付け根を持ち上げた。

周さんは仰向けの状態で持ち上げられた。

「こらっ、恥ずかしいことすんな」

周さんの抗議は無視され、四人が足並みを揃えて走り出した。一気にスピードが増した。

僕は最後尾を走りながら後方を監視。男がぐんぐん間合いを詰めてくる。

フィリップはすでに乗船しているはずだ。アメリカン、田宮さん、イルファン、飯塚さんは周さんにかかりっきり。

僕が対処するしかない。どうすればいいのか。

漁船まであと十メートルほど。

「コラ！　追いつかれるぞ、根性出さんかい！」

聞き慣れたスミレさんの叱咤。嘘でしょ。

漁船からフィリップ、スミレさん、紗江子さん、小夜ちゃんが手を振りながらこっちを見ていた。

当初の計画とは大違い。修羅場の真っただ中に全員集合。

後ろを見た。メガネ男。

ぐんぐん迫ってきていたのはこいつか！

『スポット』で聞かされた簡潔にして無愛想、無作法な口調。雨の日に尾行されたこと。ラジオ局近くの襲撃。これまでのことが一気に頭の中に浮かび、瞬時に怒りが沸点に達した。

背中のリュックサックを手早く外し、左足を後ろに引いて身構えた。

メガネ男まで三メートルほど。

一つ大きく息を吸い込み、両膝を軽く曲げて腰を落とした。

狙うはメガネ男の腹部。

今だ！

前に出した左足で力いっぱい砂地を蹴飛ばし、続けて前に出した右足にもできる限りの力を込めた。一気に加速した突進力を利用して、僕はメガネ男の腹部めがけて頭から突っ込んだ。

頭頂に柔らかな衝撃がかかると同時に、頭上で「ぐふっ」というくぐもった声がした。
二、三歩たたらを踏みながら体勢を立て直すと、足元に仰向けのまま足を伸ばしたメガネ男がいた。メガネが口の辺りまでずり下がっていた。ピクリとも動かない。

「一平、早く来い！」

アメリカンの叫ぶ声。

振り返ると仲間が僕を見ていた。

まだ残りの追っ手がいる。捕まってたまるか。

急いでリュックサックを拾い上げ、十メートルにも満たない超短距離をダッシュ。

アメリカンに向かってリュックサックを放り投げ、はしごを登って中に飛び込んだ。

直後に漁船は離岸。ついに僕たちは『アーミー・ネット』を振り切った。

少しずつ遠ざかる薄暗い陸地に追っ手の人影。大の字になっているメガネ男がうっすらとシルエットで見えた。

ざまあみろ！


漁船はけっこう揺れた。両手で力一杯舷側をつかみ、しっかり踏ん張っていないと転びそうになる。

「一平君、最後のヘディング決まったな」

田宮さんに褒められたがまだ息継ぎがうまくいかない。二、三度頷くのが精一杯。

「一平君、お疲れさんやった」

周さんを見た。

「うまいことといってよかったです」

なんとかそれだけは言えた。

「そうやな。全員集合は想定外やったけど、とにかく『ロン・アイララ』に向かうことができてる。あともう少しや」

「分からんのは周さんのゆうてる想定外のことです。なんでイルファン、飯塚、拓也がおって、漁船にスミレさん、紗江子さん、小夜ちゃんなんや。びっくりしたわ」

周さんの腕をつかんで身体のバランスを保っていたスミレさんが田宮さんを見た。

「田宮君がそうゆうのも無理ない。打ち合わせと違うこと指示したんは私なんや」

「やっぱりスミレか。二階からわしらの様子を見てたんか」

「そうや。なんか気になったから、消防士の相手を紗江子さんに任せて二階から見てた。そしたら一、二分もせんうちにあいつらが六人も現れよった。こら危ない思てイルファンと飯塚君のとこに行ったんや」

「びっくりしました。飯塚さんと一緒に消防士と話してたらスミレさんが来て、『追われとる。全員車で漁船に行く！』でしょ。その言葉で何が起こったか分かったんで、僕の車と飯塚さんが運転するジャギュアに全員が分乗して移動したんです。消防士があっけにとられてました」

「おれも焦った。車の中で消防車見ながら無線機のチェックやってたら、スミレさんと飯塚さんが入ってきて『漁船に行く』だろ。でも、一平たちを助けにいくってのはパッと理解できたから、一気に気持ちは戦闘態勢に入ったけどね」

勢いよく話すアメリカンの二の腕を、フィリップに向かって通訳しながら小夜ちゃんがつかんでいた。この前から感じてたけど、なんかこの二人怪しいなあ。

スミレさんが、「私らの方が早く漁船のそばに着いたから少し様子見てたら、追っ手の先頭にえらい足の速い男がおった。そんなとこにいきなりわたしらが加勢に現れたら逃げるスピードが落ちるし、混乱もする。せやから、万が一なんかあった時に助けられるようにイルファン、飯塚君、拓也君に隠れてもろてたんや。私、紗江子さん、小夜ちゃんは漁船で待つことにした。あとはみんなが見たとおり」と、着いた後のことを説明してくれた。

「判断は正解やったな。わしは情けない格好で運ばれて恥かいたけど、誰もケガせんと乗船できた。ホンマよかった」

周さんが「情けない格好」と言ったところで、万歳をするように両腕を上げて運ばれた時の格好をまねしたので、全員が声を上げて笑った。

「あと五分ほどで貨物船に着きまっせ！」

船頭の声はしわがれていたがよく通った。

小夜ちゃんから船頭の言葉を翻訳してもらったフィリップが、こけないようにバランスを取りながら周さんに近づき、手を差し出した。

二人は握手をし、そのまま無言で見つめ合っていた。

周さんが口を開いた。

“See you again, Philip.”

“I'll be waiting for you.”とフィリップは答えた。周さんの腕をつかんでいるスミレさんはうんうんと頷いていた。

確信した。周さんとスミレさんはフィリップと香港で合流する。そこから先は想像もつかない。ただ、うまく事が運んで三人が静かな生活を送ることができる、それだけを強く願った。

次にフィリップは紗江子さんと握手をし、小夜ちゃん、アメリカン、田宮さん、飯塚さん、イルファンと続き最後は僕だった。

フィリップの手は柔らかく温かかった。

船頭の「貨物船が見えた！」と叫ぶ声。

みんなが進行方向に顔を向けた。僕も前を向いたが暗くてはっきり見えない。しかし、そのまま目を凝らしていると一隻の船の姿が少しずつ大きくなってきた。

それから十分ほど進んだ後、僕たちの乗った漁船は『ロン・アイララ』の船体間近でゆらゆら揺れていた。目の前に海面ギリギリまで下ろされた階段があり、最下段は二人くらいなら立つことができるほどの踊り場になっていた。

この階段を上れば、フィリップには新しい人生が待っている。

再び全員がフィリップと握手をした。周さん、スミレさんは香港で再会すると思う。しかし僕にそういう機会はない。

最後の握手。強く握ったらそれ以上の力で握り返してきた。フィリップの顔を見たら目に涙。こっちまで泣きそうになってしまった。

僕の手を離してフィリップが全員を見回した。

"The Magnificent Nine, it's my pride."

波の音にも消されずしっかりと耳に届いた。

フィリップは軽やかに踊り場へ飛び移り、あっという間に階段を駆け上がっていった。

"Good-bye!"

乗船したフィリップが身を乗り出し、叫びながら両手を大きく振っていた。僕たちも手を振った。去りがたい。しかし、そんな気持ちに区切りをつけるかのように、周さんが「行こか」と船頭に声をかけた。

漁船は少しずつ『ロン・アイララ』から離れていった。

周さんとスミレさんは肩を並べ、遠ざかる『ロン・アイララ』を見ていた。

僕はやり遂げることができたという解放感に浸っていたが、その反面、これで本当に終わりなのかという疑念というか、不安感のようなものが『ロン・アイララ』から離れるにつれて大きくなってきた。

なんだろう。成功したはずなのに、このどっちつかずの不安定な気分は。

「芦屋の港に行ってくれるか」

周さんが大声で操舵室にいる船頭に指示を出した。

「あいよ！」と言う船頭の声が聞こえ、船は東に向かって大きく変針した。

左手に街の光。山から見える〝百万ドル〟と称される夜景に劣らず、初めて見た海からの夜景も息をのむほどに美しかった。

山の中腹から海岸線にかけて広がる圧倒的な光の洪水に見惚れていたら、紗江子さんの声が聞こえた。

「周さん、後片づけはいつやるんですか」

少し大きな声だったが世間話をするような言い方だった。後片づけ？

「柳原さんとこに着いたらすぐに動く。上から二番目の男が横田基地におるから、そいつに連絡取って明日会う約束しよと思てる」

友達の家に行くような言い方。しかし内容はとんでもないこと。

「今晩と明日が勝負ですね。それにしても横田基地におるってよう分かりましたな」

イルファンも最初から後片づけのことが分かっていたような口調だ。

「イルファンは貿易やってるから知ってると思うけど、華僑のネットワークは世界中に張り巡らされとる。まあそん中には非合法な組織もある。伝手を頼ってそこに『アーミー・ネット』のこと調べてもろたら、ボスは南ベトナムのダナンにおるけど、ナンバー・ツーが東京の横田基地におることが分かった。名前、階級、住んでる官舎の場所、電話番号、家族構成みんな教えてもろた」

「日本におるんやから、今回わしらを追い回した連中の司令塔はこいつですね」

「田宮君のゆうとおり司令塔やと思てる。せやからそいつと話をつけなあかん」

紗汀子さん、田宮さん、飯塚さん、イルファンが頷いた。スミレさんは周さんの足元を見ていた。

「あの、少し分からへんことがあるんやけど」

みんなが小夜ちゃんの方を見た。

「後片づけの意味が分からんのです。教えてもらえませんか」

スミレさんが顔を上げ、周さんに代わって説明を始めた。

「簡単にゆうたら、司令塔と直談判してお礼参りされんようにすることや。そこまでやらんと、私らはこれからもずっとあいつらに襲われる心配ばっかりせなあかん。小夜ちゃんもそんなんイヤやろ」

お礼参り。小夜ちゃんとアメリカンの顔が一瞬にして引き締まった。僕も同じ顔つきになったのは間違いない。

『アーミー・ネット』が壊滅したわけではない。組織は健在なのだから、復讐される可能性がある。さっきフィリップを見送ったあとに感じた疑念と不安感の正体はこれだった。

「なんや拓也君も一平君も、それに小夜ちゃんまで心配そうな顔になってしもて。ちゃちゃちゃっと電話して、あした新幹線でちょちょっと東京に行って話すだけや。気楽に待っててくれたらええ」

穏やかな表情で説明したのは、司令塔を説得する秘策とか自信があるからなのか。それとも僕たちを安心させようとしてなのか。周さんのことだから多分前者だ、と思いたい。勝算もないのに「気楽に待っててくれたらええ」と言うわけがない。

「私も一緒に行く」

スミレさんは強い口調で主張した。

「あかん！」

周さんが言下に否定した。船のエンジン音に負けない声量。絶対に連れていかないという強固な意志の表明。その迫力にスミレさんは気圧され、次の言葉が出てこない。

やっぱり危ない交渉なのだ。

翌日、周さんは始発の新幹線で新大阪駅から東京へ向かった。一人で行くつもりだったのを、スミレさんの「これだけは死んでも譲るわけにはいかん」という強硬な主張で、田宮さんとイルファンが同行することになった。

残された僕たちは、柳原さんの屋敷で周さんからの連絡をひたすら待った。

八

一九七一年三月下旬。

三週間ほど前、僕は志望大学に合格して、脚本家になるための第一歩を踏み出した。

今住んでいる学生課の斡旋で契約したアパートは、西武池袋線東久留米駅から徒歩十分ほどのところにある。六畳一間、ガス水道完備、共同トイレ、風呂無し、家賃九千円の部屋は、狭くても自分の城だと思うと何の不満も湧いてこなかった。

紗江子さんにもらったレミントンのタイプライターは机の上に置いて、好きな時に触(ふ)れることができるようにしている。一緒にもらった『MADISON SQUARE GARDEN』のバッグは汚れないようビニール袋に入れ、ファンシーケース（ビニールと細い鉄パイプで組み立てた簡易洋服ダンス）の中にしまってある。

今は使うつもりがない。将来脚本家になった時、原稿用紙や筆記用具、資料を持ち運ぶためのバッグにするつもりだ。

入居したのは三月半ば頃だが、あっという間に十日ほどが過ぎていた。生活に必要な細々したものを揃えたり、数日後に行われるオリエンテーション（履修科目に関する説明会）の準備などで毎日が忙しい。

ただし、今日だけは諸々の準備に時間を割くわけにはいかない。国鉄関内駅で田宮さん、飯塚さん、イルファンと合流し、横浜港から出港するナホトカ行きの船に乗船するアメリカンと小夜ちゃんを見送るからだ。

フィリップを『ロン・アイララ』に乗船させた日の翌日、周さんが『アーミー・ネット』のナンバー・ツーと直談判し、僕たちに対して手出しできないようにしてくれた。だから、尾行や襲撃を警戒する必要はなく、大手を振って見送りに行ける。

直談判の様子や内容については当初知ることができなかった。「全部ケリがついたで」という田宮さんの言葉だけだった。

「小夜ちゃんとか拓也君、一平君みたいな若い人が生々しいやり取り聞いたらびっくりするだけや。結果だけ知らせて交渉の内容はゆわんほうがええ。紗江子さんと飯塚君にはわしの方から話しとく」

周さんはそう言って、同行した田宮さんとイルファンに口止めしていたからだ。

しかし僕は知りたかった。アメリカン、小夜ちゃんも同じだった。それで、去年の五月の終わり頃に三人で示し合わせて田宮さんを食事に誘った。もちろん直談判の詳細を聞き出すのが目的。

「久しぶりに食事しませんか。僕らが声をかけたので、南京町にある例のお店の豚まんおごります」というのを誘い文句にした。田宮さんがそこの豚まんに目がないことを知っていたからだ。

もちろん幼稚な作戦は見抜かれていた。

「君らの目的は分かっとる。話せるとこと話せんとこがあるから大まかな話になる。それでええやろ」

店に着いて大量の豚まんを注文し終えると、田宮さんの方から話を切り出してきた。田宮さんの話から感じたのは、なにがなんでも仲間は守るという気迫を漲らせ、終始強気でナンバー・ツーと交渉した周さんの圧倒的存在感だった。

フィリップは脱走アメリカ兵を海外に送り出す組織によってすでに日本を離れた。もちろん彼の所在地が我々に知らされることはない。だから居場所を聞き出すために脅迫しても、我々は知らないのだから無駄であり意味がない。

また、あなたが復讐と称して私や私の仲間を襲うように命令したなら、『アーミー・ネット』全体にとって極めて不幸な事態が訪れる。

命令が出されたとこちらが承知した時点で、私はあらゆる華僑ネットワークを駆使してあなたたちの様々な不法行為を暴露する。暴露先にはマスコミを始め国防総省、軍警察、ＦＢＩ、および関係する全てのアメリカ政府機関が含まれていることは言うまでもない。

また、そのような行動をさせないために私を殺しても無駄だ。私が死ねば、信頼できる同胞が動くことになっている。

あなたが今後我々に関わってこないと確約できるなら、私も一切行動を起こさないと確約しよう。だから手を出すな。それが双方の安全につながる。

このようなことを周さんは話したそうだ。

ナンバー・ツーは最初口汚く周さんを罵り、拳銃まで持ち出し脅かしたらしい。しかし周さんの話を聞くうちに段々と怒りのトーンは下がり、最終的には今後行動を起こすことはないと渋々約束したという。

話が終わると、アメリカンが「フィリップ匿ってる時でもナンバー・ツーと接触して交渉できたんじゃないかって気がするんですけど。その方が襲われることもなかったと思うし」と疑問を口にした。

田宮さんは否定した。

「それは無理や。フィリップを消すことに成功したら悪事を証言できる証人がおらんのやから、周さんがいくら不法行為をマスコミとかアメリカの政府機関に訴えても説得力がない。あいつらはそれが分かってるから、なにがなんでもフィリップの抹殺を最優先にしたと思うで。そんな時にナンバー・ツーに会いに行ったら交渉どころの話やない。フィリップの居所吐かせるために何でもやりよる。あいつらのやり方がえげつないのは君らも経験したやろ」

僕、アメリカン、小夜ちゃんが同時に頷いた。

「あいつらの行動を抑止させた大きなポイントは、脱走アメリカ兵を海外に送り出す組織が介入したというとこや。何人もの脱走アメリカ兵を日本国外へ逃がすことに成功してるこの組織が、居所を漏洩させせんための複雑な逃走システムを構築してることは、あいつらも軍の人間やからよう知っとる。せやから周さんはその組織を利用したと嘘ついて、『彼の所在地が我々に知らされることはない』ってゆうたんや。これであいつらはフィリップの追跡を諦めた」

「でも実際は周さんが脱出させ、香港に送り出した」

「一平君のゆうとおり。ナンバー・ツーとの交渉っちゅう修羅場で拳銃向けられても顔色一つ変えんととぼけよる。ホンマ大した爺さんや」

周さんの命をかけた直談判は成功した。以降、僕は自分の身に危険が及ぶことを心配することなく自宅、予備校、『スポット』を行ったり来たりできるようになった。

アルバイトをやりながらの受験勉強は時間のやり繰りが大変だったにしても、あの三月から四月にかけて経験した命がけの出来事に比べればなんてことなかった。実に静かで充実した日々を送っていた。

しかし、この平和で規則正しい生活も長くは続かなかった。『スポット』が八月二十日で閉店し、周さんとスミレさんが十一月に香港へ向かうと聞かされたからだ。周さんとスミレさんが日本を離れることは、フィリップと香港で合流すると予想していたので驚きはなかった。むしろ祝福したい気分だった。ただ、『スポット』の閉店は考えもしなかった。周さんがいなくなっても紗江子さんは店を続けると思っていた。

当たり前のように生活の中に存在していた『スポット』が消える。生きていく上で大切な拠点の一つを失ったような気分だった。

閉店の話を聞いたのは六月半ばのことだ。

小夜ちゃん、アメリカン、僕の三人が定休日の『スポット』に集められた。周さんの指示だった。店にはスミレさん、紗江子さんもいて、全員が揃うとすぐに話が始まった。

「わしとスミレは十一月に香港へ行ってフィリップと合流する。最終的にはイギリスで残りの人生を三人で過ごすつもりやから、日本にある財産はみんな処分する」

周さんの発言はすんなり心の中に入った。スミレさんと一緒になり、そこにフィリップが加わって生活するのは周さんの念願という気がしたし、僕も早くそうなってほしいと願っていたからだ。

アメリカン、小夜ちゃんも概ね僕と同じような反応だった。ただ、全ての財産を処分というところが気になった。周さんの持ち家で営業している『スポット』はどうなるのか。

紗江子さんに訊ねた。

「『スポット』はどうなるんですか」

「八月二十日で『スポット』は閉店します。別の場所で再開することは考えてなくて、私はそのままいったんは東京の実家に戻ります」

周さんとスミレさんはあらかじめ聞いていたと思う。落ち着いた表情だった。対照的に小夜ちゃんは驚いたように小さく「えっ」と声を上げ、アメリカンもびっくりした顔をしていた。もちろん僕も思わぬ展開に驚いた。

紗江子さん『スポット』やめてどうするんだ。「いったんは東京の実家に戻ります」と言った。実家で何かを始めるのか。いや、それだったら〝いったん〟という言葉は使わない。

「店を閉めて別の何かやるんですか」

小夜ちゃんの質問。

「定休日とか時間のある時に、『ヤプー』とか生田神社の近くにあるキャバレーで歌わせてもらってたのは知ってるでしょ」

『スポット』の近くにある高級クラブでも歌っていた。しかし、それが閉店とどう繋がるのか。

「最初は息抜きのつもりで歌ってた。それが、何度か歌っている内にジャズに夢中だった若い頃の自分を思い出すようになってきて、ここ半年ほどは店を続けることに前向きな気持ちを持つことができなくなっていたの」

紗江子さんの気持ちが変化していたことに全然気がつかなかった。

「そんな中途半端な気持ちだった時にフィリップさんのことがあって、それが解決したら、今度は周さんの方から屋敷を売却するっていう話。その瞬間かな、吹っ切れたのは。『スポット』は別の場所で再スタートしない。ニューヨークでジャズと向き合ってみようって決めたの」

ニューヨークでジャズと向き合う？

向き合うというのがどういうことか分からない。ジャズを歌うということなのか。とにかくえらいことになった。

「もういっぺん若い頃みたいにジャズ・シンガー目指すってことなんですか」

「最初は拓也君の言うようにステージで歌うってことだったんだけど、日本で無名の私がニューヨークでゼロからスタートしてステージに立つっていうのは、絶対に不可能だとは言えないけど、年齢を考えるとかなりシビアな話というのが現実」

たしか紗江子さんは三十歳を少し超えたくらいだ。今からスタートしてもまだまだ可能性はあると僕は思った。『スポット』がなくなると僕は困る。しかし、やりたいことを始めるのに年齢なんか関係ないと、思いっきり後押ししたい気分だった。

「だからもっと裾野を広く捉えて、ニューヨークから日本に向けてジャズに関する新鮮な情報を発信できればと考えているの。若い人向けの雑誌や音楽専門誌にそれを提供したり、音楽プロダクションにこんなジャズ・シンガーとかプレイヤーがいますよって知らせたり、とにかくジャズに関する情報のスペシャリストを目指すつもり」

「紗江子さん、ものすごいこと考えたんですね。絶対に成功してほしいけど、なんのアテもなしにやるわけにはいかんでしょ。それに、似たようなことやってる日本人ってけっこういそうな気もするし……。ニューヨークにいるジャズの関係者とか日本の出版社なんかにコネみたいなもんはあるんですか」

小夜ちゃんは紗江子さんの決心を前向きに捉え始めていた。だから現実的な疑問も出てくる。

「大学時代の親友がニューヨークに住んでて、旦那さんが有名なジャズクラブのチーフ・エンジニアなの。その人と連絡を取ってる。日本の音楽プロダクションとか出版社に関しては、試しに二、三社当たったけど絶対ダメって感じじゃなかった。私がニューヨークから最新情報を送るってとこに、ちょっとだけ魅力を感じてるみたい。競争相手が多いのは分かっている。だから、私自身の努力次第ってとこかな。周さんとスミレさんもアメリカの音楽関係の知り合いに連絡取ってくれてるけど、まだ決まってないことも多いから、ニューヨーク行きは来年になりそう」

「紗江子さんの一大決心や。私らも最大限できることは何でもやるつもりや」

スミレさんの言葉に紗江子さんが無言で頭を下げた。

「本場の最新情報が日本に入ってくる。すごい楽しみにしてます」

「拓也君、それはまだ先の話。なんの実績もない人間がポンとニューヨークに行ってすいすい事がうまく運ぶなんてあり得ない。苦労するのは目に見えてる。でも努力はするし、絶対に実現してみせる。これだけはみんなの前で約束しとくね」

「頑張ってください。これは約束の握手」

アメリカンが立ち上がって右手を差し出した。紗江子さんも席を立ち、二人は握手をした。小夜ちゃんも同じように握手をした。

負けじと僕も立ち上がり、紗江子さんの手を力一杯握った。

「一平君、せっかく仕事も慣れて面白くなってきたと思うけど、いきなり店を閉める話になってごめんね」

「そんなこと気にせんでください。僕が学資貯めるために働いてたことも、絶対に気にせんでください。足らんとこは東京で稼ぐのでなんとかなります。学徒援護会でも訪ねたらバイトくらいなんぼでも紹介してもらえるんですから」

できるだけ気楽に話した。紗江子さんの気持ちに負担をかけたくない。

「周さん、そろそろ言ったほうが」

紗江子さんが周さんに向かって促すような言い方をした。

スミレさんも、「周、一平君が東京で働くってゆうてるし、今話したほうがええんちゃうか」と、紗江子さんと同じようなことを言った。

まだびっくりする話があるのか。スミレさんを見たら笑っていた。

周さんが足元に置いていたカバンを持ち上げ膝に乗せた。

「今から渡すもんは君らの夢を実現するための道具や。わしとスミレからのお礼として受け取ってほしい。紗江子さん、田宮君、飯塚君にはすでに渡してある。イルファンは、あいつらしいけど、すでに十円の契約金もろてるから受け取るわけにはいかんということやった。ということで、きみらは契約金受け取ってないので辞退は認めん」

周さんはカバンを開けて大きめの茶封筒を三つ取り出し、小夜ちゃん、アメリカン、僕の前に一つずつ置いた。

「みんなの前に置いた茶封筒の中には現金が入ってる。みんなおんなじ金額になってて、二百五十万円や」

僕たちは思わず顔を見合わせた。言葉が出ない。小夜ちゃんが茶封筒を手に取り、ゆっくりと中からお金を引っ張り出した。生まれて初めて見る一万円札の束。

これだけあれば、東京で四年間大学生活を送るために必要な費用はほぼ賄える。親にかける負担を心配する必要がない。良いことだらけ。が、それにしても金額があまりにも大きい。

たじろぐ気持ちが素直に受け取りたい気持ちを上回る。しかし、小夜ちゃんは僕の小心なんかとは無縁だった。

「ありがたくいただきます」

受け取る意志を明確にした。

「このお金と拓也君が受け取るお金は、ポルトガルで夢を実現するための費用として使わせていただきます。拓也君、それでええやろ」

間髪入れず、アメリカンが「俺もそのつもり。このお金があったら向こうで四、五年は一緒に生活しながらアズレージョの勉強できるもんな」と言った。

スミレさんが、「二人でポルトガル？　アズレージョ？　あんたらどないなってんねん」と言ったきり絶句してしまった。

「二人で行くって、えらいことになったもんや」

周さんもアメリカンと小夜ちゃんの思いがけない反応に驚き、次に続ける言葉が出てこない。

二人が怪しいというのはなんとなく感じていたので、周さんやスミレさんほどショックは受けなかった。とはいえ、一緒になると宣言するほど二人の交際が深まっていたのは予想外。なんか羨ましい。

「アズレージョはポルトガルで昔から作られているタイルなんです。芸術的なものも多くて、それを拓也君は現地でその技術を修得しようとしているんです。小夜ちゃんはポルトガルで一緒に生活しながら拓也君をサポートするつもりなんです」

紗江子さんが冷静な口調で周さんとスミレさんに説明した。アズレージョのことまで話せるのは、小夜ちゃんから全て聞いていたからだろう。

「わしとスミレのお金が拓也君と小夜ちゃんの将来に投資される。そんなふうに考えたらええんやな」

紗江子さんの話に納得したのか、周さん立ち直りが早い。スミレさんも同じだった。

「周とイギリスに住むようになったら、あんたらが住んでるとこへ遊びに行くわ。そん時はうまいもんいっぱい食べさせてや」

「もちろんです。ポルトガルの名物たくさん作りますから、遠慮なく来てください」

「ポルトガルゆうたらカステラしか思いつかんけど、楽しみにしとくわ。せやけど、君らいつ頃から付き合いだしたんや。全然気がつかんかった」

　周さんの問いにアメリカンが答えた。

「去年の春頃です。僕が母の使いで『スポット』へ何回か行くうちに仲良くなって、そこから交際が始まったんです」

「紗江子さんは気がついてたんやろ」

「すぐに分かりました。それに、気がついた後は小夜ちゃんから詳しい話を聞いていましたから」

「一平君は知ってたんか」

「なんとなく二人の雰囲気でそうじゃないかなとは思っていました。でもそれは最近のことで、去年の春から付き合ってたのは全然知りませんでした」

「悪い」

　アメリカンが僕に向かって拝むように両手を合わせた。

「小夜ちゃんは紗江子さんに話してるから、俺も一平に話さなきゃとは思ってたんだけど、きょう言おう、いや、あした言おうって思ううちに時間が経っちゃったんだ」

「かまへん、かまへん。プライベートなことや、気にせんでええ。それよりアズレージョの勉強、小夜ちゃんと一緒に頑張ってくれよ」

「任せとき。拓也君は私がしっかり見るから大丈夫。それより一平君はこのお金なんに使うつもりなん」

小夜ちゃんの質問だったが、僕は周さんとスミレさんのほうに体を向け、背筋を伸ばした。

アメリカンと小夜ちゃんが自分たちの目標に向けてお金を使うと聞いた時点で、二百五十万円という大金にたじろいだ気持ちはきれいさっぱり消えていた。

「このお金は、脚本家になる夢を叶えるために使わせていただきます。具体的に言いますと、来年の春、東京にある志望大学に合格したら、その後に必要となる学資、生活費に充てようと考えています」

「うれしいなあ。一平君も自分の夢を実現するためにお金を使うんやから、みんな未来の自分に投資ということになった。わしとスミレもこれで気分よう香港でフィリップに会えるし、イギリスにも行ける。ホンマありがたいこっちゃ」

周さんとスミレさんが本当に嬉しそうな顔をしてくれた。

そして、周さんとスミレさんからのビッグ・プレゼントがあった以降も、僕と小夜ちゃんは閉店となる八月二十日まで『スポット』で働いた。

八月一日からは閉店セールをやったのでかなり忙しかったが、最終日を迎える前に商品はあらかた完売という状態になった。

わずかに残った家具も田宮さん、飯塚さん、イルファンが事務所用にと、紗江子さんの好意で格安となった価格で購入したので、店仕舞い当日の夜には商品がきれいさっぱりなくなった。

がらんとした店内で小夜ちゃんと一緒にコーヒーを飲みながらぼんやりしていたら、奥の事務所から紗江子さんが濃紺地に白抜きで『MADISON SQUARE GARDEN』と書かれたバッグを持って出てきた。

机の上にドスンとバッグを置くと、中から小さな紙包みを取り出し、小夜ちゃんに手渡した。

「これ小夜ちゃんにプレゼント。ほしがってたトンボのブローチ」

「えっ、でもこれフランスの骨董品でものすごい高いですよ」

「気にしないで。結婚祝いで小夜ちゃんにあげるつもりだったから。大事にしてね」

「うわあ、えらいもんもろたなあ。一生大切にします。ありがとうございます」

小夜ちゃんは紗江子さんに抱きついた。

「そしてこれは一平君へのプレゼント。日本語は打てないけど、これを机の上に置いたら少しは脚本家になった気分が味わえるでしょ」

そう言って紗江子さんがバッグの中から取り出し僕に手渡したのは、レミントンのタイプライターだった。

「大学に合格して、絶対に脚本家になってね」

紗江子さんは僕の両肩に手を置き、しっかり見つめながら言った。思わず小夜ちゃんと同じように抱きつこうとしたが、両手はレミントンで塞がっていた。

全てがうまくいくわけではない。


八月三十一日。紗江子さんが東京の実家に戻った。

送別会や当日の見送りはやらなかった。

理由は、七月中旬に行ったアメリカンと小夜ちゃんの結婚前祝いの会で周さんが提案したことにあった。

「わしらの香港行きのことやけど、お別れ会なんかやらんでええから。それと見送りも必要ないと思てるんや。わしはスミレと一緒に香港行って、そのあとイギリスに住むことになるけど、どこにおってもここにおる九人はつながってる。別れのケジメつけるんは葬式の時だけでええ。『香港行ってそのあとイギリスか、気ぃつけてな』。これくらいの緩い気分でわしとスミレを見といてくれたら、ホンマ嬉しいんやけど」

「大賛成。私が拓也君とポルトガルに行って、周さんとスミレさんが香港からイギリス、来年になったら紗江子さんがニューヨークやし、一平君は東京に行く予定や。あっちこっちバラバラになるけど気持ちはつながっとる。それでええやん」

僕のところだけ「予定や」と言われたのは少し引っかかったが仕方ない。大学に合格するかどうかまだ分からないのだから。

「でもみんないろんなとこに行ってしまうんやから、見送りはやらんでええとしても、それぞれのお別れ会だけはやった方がええんちゃうかな」

遠慮がちな言い方で飯塚さんが提案した。田宮さんも軽く頷いた。

イルファンは新規事業をシンガポールで立ち上げることを公表していたので、「シンガポールにおることが多なりますけど、神戸の事務所に戻ることもあるしボンベイに行くこともある。そんなどこにおるかはっきりせん状態で何回もお別れ会とか見送りに呼び出されたらたまりまへんで」ということだった。

冗談っぽく言いながらも、イルファンは周さんの意見に賛成という意思を示した。

「飯塚君と田宮君は、飲み食いできる楽しい時間がなくなると思てゆうてるやろ」

周さんが笑いながら指摘した。

「飲み食いできるのがおじさんの楽しみですやん。それを取り上げるんですか」

田宮さんは抗弁したが、スミレさんの、「飲み食い以外のことを探せ、おじさんの楽しみは」という無慈悲な宣託によって、田宮さんと飯塚さんの共同提案は却下された。

そんなわけで、周さんとスミレさんが静かに神戸を去ったのは十一月十四日だった。

紗江子さんが東京に向かった時と同じように、送別会も見送りもなかった。僕は昼間に予備校、夜は自宅で受験勉強。いつもと変わらない浪人としての一日を過ごした。

二人が日本を離れたことに触発されて『スポット』があった洋館を見に行ったり、メガネ男を気絶させた塩屋をぶらぶらして思い出にふけるという発想はなかった。

周さんとスミレさんがフィリップと一緒に過ごす新生活へのスタートを切り、紗江子さんは東京でニューヨーク行きを目指している。アメリカンと小夜ちゃんもリスボン行きの準備に奔走。

みんな走り出している。

僕だけ遅れるわけにはいかないという気持ちだった。

脚本家になるという目標の第一歩となる志望校合格を絶対に実現させる。そんなことを十一月十四日の深夜、紗江子さんからもらったレミントンのタイプライターを触りながら再確認した。

十二月に入ってすぐ、「俺たち来年三月の終わり頃に日本を出発する」という連絡がアメリカンから入った。詳しい話は小夜ちゃんと一緒に話したいということだったので、久しぶりに三宮地下街の喫茶店で会った。

この日二人から聞いたのは、日本を出発する日に加えて、リスボンまでの移動ルート、現地住居、アズレージョを学ぶ方法など事前準備の進捗状況だった。

リスボンまでの移動ルートは、アメリカンが言った「俺たち五木寛之の『青年は荒野をめざす』方式でヨーロッパに入るから」ですぐに分かった。

横浜港から客船でソビエト連邦のナホトカ港まで行き、そこからシベリア鉄道でハバロフスク、モスクワを経由してヨーロッパに入るルートだ。

「なんでそんな体力と時間を使う方法にしたん。雑誌で読んだことあるけど、船がナホトカ港に着くまでだけでも五十時間以上かかったたんちゃうかな。飛行機使えばええやん」

「滅多にないチャンスだからボヘミアンしながらリスボンに行きたかったの」

この移動ルートを提案した小夜ちゃんによると、ボヘミアンとはヨーロッパ中を移動しながら生活している人々のことをいうらしい。その人たちに倣っていろんな国々を三、四ヶ月かけてウロウロしながらリスボンを目指すということだった。

アズレージョを学ぶための環境作りに関しては、かなり苦戦していた。

「直接現地の工房に手紙出したり親父の伝手とか使ってなんとか三つの工房にアタリをつけたけど、そこで働けるかどうかは全くの未知数。でもよ、飛び込んでダメだったら次考えればいいじゃん。リスボンで生活始まったらくじけてるヒマなんてないと思ってんだ」

アメリカンは小夜ちゃんという相棒を得て一層前向きになっている。

「大丈夫か。なんかえらい前のめりになってるような気もするけど」

僕の危惧は小夜ちゃんがきっぱりと否定した。

「一平君、これくらい気持ちに勢いがないと向こうではやってられへん。目標は拓也君が制作技術をマスターすること。そして私がやることは、日本に戻った時にアズレージョの素晴らしさをどうやって世間に伝えるかや。そのためにも今からじっくり戦略を練っとかなあかん。厳しい戦いになるけど絶対に乗り切ってみせたる。一平君が脚本家になるのと、私らが日本に戻ってアズレージョを広めるの、どっちが早いか競争や」

現状を聞くつもりが、お尻を叩かれた。

受験まであと二ヶ月。なんとしてでも合格してやると決意を新たにした。

そして二月下旬。入学試験時に受験会場で頼んだ合否通知電報が自宅に届き、そこには『サクラサク』の文字が印字されていた。その時に感じたのは合格して嬉しいというよりも、これで脚本家になるための階段を一段上ることができたという安堵感だった。

アメリカンと小夜ちゃんが横浜港を出港する日時は分かっていたので、「その頃はおれも東京におるから、周さんのゆうてたこととちゃうことになるけど見送りに行くわ」と、合格報告を兼ねてアメリカンに電話で伝えた。

「うれしいな。身内が誰も来ないのは別にいいんだけど、一平が見送ってくれたら小夜ちゃんも喜ぶと思う」

「身内が誰も来ない」ってどういうことだ。何か問題でもあるのか。

「なんか気になるな。身内がけえへんってどういうことや。親やったら見送りに行くんちゃうか」

「大丈夫。別に俺たちのポルトガル行きに反対してるわけじゃないんだ」

アメリカンによると、二月に内輪で結婚式を挙げた時に、両家とも横浜港へ見送りに行かないことになったそうだ。

「『だってアンタまた日本に戻ってくるじゃない』ってのが母さんの理屈。親父も『右に同じ』って言ったけど、それ聞いた時はなんか気持ちが一気に軽くなったな」

「小夜ちゃんとこはどうなんや」

「それがみごとに俺んちと一緒」

安心した。問題があったのではなかった。

そんなやり取りをアメリカンとした後、田宮さんにも合格のことを電話で伝えた。

「合格おめでとさん。よかったな」

「ありがとうございます」

「それでちょっと聞きたいんやけど、姉さんから拓也と小夜ちゃんが横浜港から出発するのは聞いてるけど、一平君は見送りに行くんか」

ようや」

「それやったら俺も行くからどっかで待ち合わせしよか。それで、見送りが終わったら横浜の中華街で食べることができる豚まんが、南京町と比べてどんなもんか味見し

「行きます」

田宮さんが横浜に行く目的の半分は、中華街で大好きな豚まんを食べることだと思う。スミレさんに、「飲み食い以外のことを探せ、おじさんの楽しみは」と一刀両断されたことを、あえて忘れたふりをしているような気がする。まあ、そこを僕みたいな若造が突っつくのもよくない。

「中華街で豚まんのおいしい店知ってるんですか」

「知らん。せやけど店構えがちょっと汚いくらいのとこがおいしいのは常識や。そんな店探して飛び込んだらええんちゃうかな」

そんな大ざっぱなやり取りがあって、国鉄関内駅で待ち合わせることになった。すると数日経って田宮さんから連絡があり、飯塚さんとイルファンも参加するとのこと。

「飯塚も見送りに行くって。イルファンもシンガポールから来よる。『仲間の旅立ち見送らへんかったら一生後悔する。仁義にも反する』ってえらい大層なこと言いよった。前に『何回もお別れ会とか見送りに呼び出されたらたまりまへん』ってゆうたんきれいサッパリ忘れてるみたいや」

電話口の田宮さんの声は弾んでいた。

国鉄関内駅で合流した僕たち四人は、中華街がどこにあるか事前に確認したいと田宮さんが言ったので途中道を逸れたりしたが、出港の二時間ほど前にナホトカ行きの客船が停泊している桟橋に到着した。

アメリカンと小夜ちゃんはすぐに見つけることができた。小夜ちゃんは紗江子さんからもらったトンボのブローチを胸につけていた。

すでに辺りは乗船する人と見送りの人でごちゃごちゃしていたので、人混みから少し離れたところに移動した。

岸壁から船を見送る時間はあるが、言葉を交わせるのは今しかない。

「おめでとう」、「病気せんよう気いつけてな」、「ありがとう。行ってきます」を何度かやり取りして少し雰囲気が落ち着いた時、小夜ちゃんが「もうすぐ紗江子さんも来ることになってます。私が連絡しといたんです」と言った。

「紗江子さんに会えるんですか、ホンマ楽しみやな。久しぶりですやん」

イルファンが周りを見回しながらうれしそうに言った。

僕も紗江子さんを見つけようと左右をキョロキョロしていたら、「ホンマ、おまえら雁首揃えて何してんねん」という声が背後から聞こえた。

田宮さんと飯塚さんが声を合わせて「出たっ！」と小さく叫んだ。

懐かしい声。笑いたくなった。

アメリカン、小夜ちゃん、イルファンは思いがけない人物の出現に目を見開いていた。

振り返ると、思ったとおりスミレさん。その横に笑顔の周さん。そして、拝むように両手を合わせている紗江子さん。

「ごめんなさい、びっくりさせて。私のニューヨーク行きの話を国際電話で周さんと話してる時に、今日のことも話したの」

なぜ周さんとスミレさんがここにいるのかを僕たちは理解した。

「そしたら周さんが、『若者の門出や、行くしかないやろ。フィリップは日本で米軍から脱走した人間やから、念のためを考えたら連れて行くことはでけへんけど』って。悪い話じゃないし、日本に来る日が分かったら小夜ちゃんに知らせよう、そう思ってたんだけどなかなか連絡がなくて、突然きのうの夜電話がきたの。『今、紗江子さんが若い頃ステージに立ってた横浜のバンドホテルにおる。あしたロビーで待ち合わせて一緒に行こ。みんなには黙っといてびっくりさせたらおもろいで』でしょ。不意打ちみたいになってほんとすみません」

恐縮しっぱなしの紗江子さんだが、そんなことはない。周さんたちに今日のことを知らせてくれたことに感謝したい気持ちでいっぱいだった。

会うことはかなり難しいと半ば諦めていた。それが、紗江子さんのおかげで思いがけず再会することができた。残念ながらフィリップはいないが、それでもこんなうれしいことはない。

「それともう一つ話したいことがあります」

少しかしこまった言葉遣いになった紗江子さん。

「先月、ニューヨークに住んでる親友から準備が整ったっていう連絡があったので、五月に日本を発ちます。厳しい環境の中でどれだけやれるか分かりませんが、絶対に諦めない気持ちで精一杯頑張ってきます」

「周さんから紗江子さんのやりたいことは聞いていましたが、自分のやることに自信を持っているのですね。すばらしいことです」

イルファンの称賛に、「それがなければニューヨークに行くことは考えなかったです」と、紗江子さんは少し笑みを浮かべながら言い切った。

「すばらしい、本当にすばらしい。住むところが決まっているのでしたらあとで教えてください。私がニューヨークに行った時一緒に食事でもしましょう」

「私と周もおんなじや。ニューヨークには絶対に行くと決めとる」

スミレさんも負けじと声を張った。

「ところで周さん。この前の結婚前祝いの会で胸張ってゆうてましたけど、別れのケジメつけるんは葬式の時だけやなかったんですか」

わざと意地悪な言い方をした田宮さん。ニヤニヤしている。

「耳が痛いけどしゃあないやん。去年一緒に頑張った若いもんが、リスボンに行ってゼロからのスタートを切ろうとしてる。これを知らんふりしたらバチが当たるわ」

「そういうこっちゃ。拓也君と小夜ちゃんは〝少年よ大志を抱け〟をそのまんま実行しようとしてるんや。その門出に脚本家志望のサッカー少年やらニューヨークでジャズと向き合うおねえちゃん、メリケン波止場の私立探偵、車の改造屋、シンガポールで派手に動いてるって噂のインド人、みんな見送りに来てる。そこに私らがおらんでどうするねん。一緒に命張った〝マグニフィセント・ナイン〟、仲間やろ」

スミレさんは「仲間やろ」のところで声が大きくなった。

しばらく誰も口を開かなかった。

僕は再び全員が揃ったことに感動していた。

「そろそろ出国手続きと乗船手続きせなあかん時間です。拓也君と私はここで失礼します。手続きが終わったらデッキに出ますんで、船の近くで待っててください」

小夜ちゃんが遠慮がちに声をかけた。そしてアメリカンを促し、二、三歩後ろに下がって僕たちと向き合った。

「ありがとうございました」

アメリカンが声を出し、二人は同時に頭を下げた。

周さんが前に出て小夜ちゃん、アメリカンと握手をし、スミレさんが続いた。その
あとは紗江子さん、田宮さん、飯塚さん、イルファンとなって最後が僕。

小夜ちゃんと握手をして、次にアメリカンの顔を見たら、なんか胸がいっぱいに
なってしまった。

「元気でな」

かろうじて言えた。

「絶対アズレージョをマスターして日本に戻ってくる」

「待ってるで」

ダメだ涙が出そう。なんとか堪えてくれと念じた。

「拓也君、そのジャンパー大丈夫か」

突然発せられた、飯塚さんの意図が見えない質問。すんでのところで涙は止まった。

アメリカンは愛用のN-2Bを着ていた。アメリカ軍がアラスカの冬を基準にして
作った防寒着だから、春に向かっているとはいえまだ寒い中でのソビエト横断を
考えれば当然の準備。

「どういうことや」

田宮さんが怪訝な顔で飯塚さんを見た。

「それアメリカ軍の払い下げ品やろ。これから行くのはアメリカとえらい仲が悪いソビエト連邦や。考えすぎかもしれんけど、そんな国に敵対国の軍服着た人間が船に乗ったり列車で移動したらどないなるかなと思たまでや」

飯塚さんの指摘が的を外れているのかいないのかよく分からない。ただ、ひょっとしたらいろんなところで難癖つけられるかもしれない、そう思わせる程度の説得力はあった。だからよけい判断に困る。

全員が「うーん」とうなり声を上げそうな勢いで考え込んでしまった。アメリカンと小夜ちゃんは乗船間際の問題発生に落ち着かない様子だ。

「ジャンパーはそれしかないんか」

スミレさんの質問に、「これ一着だけなんです。冬物はかさばるんであとは現地で買おうと思ってたから」とアメリカンは答えた。

「それやったら今できることは一つしかあらへん。一平君が着てるもんを拓也君のやつと交換するんや」

スミレさんの、命令に限りなく近い提案。みんなの視線が僕のジャンパーに注がれた。

「名案や。問題が起こる前に芽は摘んどく。交換するしかないやろ」と言わんばかりに、みんなが僕に対して無言の圧力をかけてきた。

今日僕が着てきたのは表地に厚手のツイードを使い、取り外しできるキルティングの裏地を装着したジャンパー。N-2Bほどの防寒性は期待できないにしてもかなり暖かい。いくらかはソビエト連邦の寒さに耐えてくれそうな気はする。

決めた。

「拓也、交換しよか」

ホッとした顔のアメリカンと小夜ちゃん。

僕は急いでジャンパーを脱ぎ手渡した。代わりに受け取ったN-2Bの袖に手を通しジッパーを引き上げた。着てすぐに暖かくなった保温性にびっくりした。

「これで問題解決。二人とも急いで手続きに行ったほうがええんちゃうか」

周さんの言葉にハッとした表情になった小夜ちゃんが腕時計を見た。

「ほんまや時間ないわ。拓也君、走るで」

旅行カバンを持って慌ただしく去っていくアメリカンと小夜ちゃん。

「日本でお前のアズレージョ見るのを楽しみにしてるぞ」と、声に出さないでエールを送ったら、突然アメリカンが立ち止まり振り返った。

「このジャンパー、日本に戻ったら絶対返すからな」

そう言うと、再び小夜ちゃんと一緒に走り出した。

思わず僕は二、三歩前に進み、叫んだ。

「N-2Bと交換や。日本で待っとるぞ」

アメリカンは走ったまま、了解と言わんばかりに右手を挙げて大きく振った。

そして、二人は人混みに紛れて見えなくなった。

アメリカンと小夜ちゃんがポルトガルのリスボン。周さんとスミレさんは香港からいずれはイギリスへ。紗江子さんは五月にニューヨーク。イルファンはシンガポールを拠点にして世界各地を行ったり来たり。田宮さんと飯塚さんは懐かしの神戸。僕は東京・東久留米のアパート。

みごとにみんなの拠点が散らばった。しかし、気持ちまでバラバラになったという感覚は全くない。さっきスミレさんが、「一緒に命張った〝マグニフィセント・ナイン〟、仲間やろ」と言ったが、どこにいようと僕たちは繋がっているのだ。

去年の三月と四月、フィリップを日本から脱出させるために九人の仲間と力を合わせて戦った。あの濃密な二ヶ月間で太くなった糸が切れるわけない。

そして、いつかまた全員が同じ場所に集まる機会は絶対にある。

希望を言わせてもらえれば、僕の書いた脚本が初映画化され、封切館で上映される初日に全員が集まれば最高だと思う。

「一平君、そろそろ船の方に行こか」

田宮さんの促すような声が背後から聞こえた。

振り向くと、周さん、スミレさん、紗江子さん、田宮さん、飯塚さん、イルファン、みんな僕を見ていた。

「なんや、泣いてたんとちゃうのん」

飯塚さんが拍子抜けしたような声を上げた。

「拓也君と小夜ちゃんが走ってった方を見たまんまやから泣いてると思て、わしら泣きやむの待ってたんや。みんな優しいからな」

そう言ってイルファンが笑った。

うーん、確かにさっきは泣きそうだったけれど、泣かなくて良かった。新たなスタートに涙は似合わない。

「さあ、次は拓也君と小夜ちゃんが日本に戻ってきた時に、みんなで集まろか」

「ちょっと待った、周さん。その案却下です。僕の脚本が初映画化されるのが、アメリカンと小夜ちゃんが日本に戻ってくる日より早いです。劇場公開される初日。〝マグニフィセント・ナイン〟が集まるのはその日しかないでしょ」

口には出さなかった。

だから僕の反論に周さんが気づくはずもない。

周さんは、「その時を楽しみにして、あの二人をとびっきりの笑顔で岸壁から見送ってやろうやないか」と言った。

まっいいか。

仲間が再び揃うなら、悪い理由でない限り、何でもいい。

僕たちはアメリカンと小夜ちゃんを見送るため、船が停泊している岸壁に向かって歩き始めた。


〈了〉

著者プロフィール

大下 潤（おおした じゅん）

1951年、兵庫県生まれ。
芸能誌、スポーツ専門誌の編集者を経て、現在はフリーランスのライターとして活動している。

逃がせ！ 脱走アメリカ兵を
神戸・1970年のマグニフィセント・ナイン

2022年 6 月15日　初版第 1 刷発行

著　者　大下 潤
発行者　瓜谷 綱延
発行所　株式会社文芸社
〒160-0022　東京都新宿区新宿1－10－1
電話　03-5369-3060（代表）
03-5369-2299（販売）

印刷所　株式会社暁印刷

ISBN978-4-286-23736-7